# BTM,
# HISTOIRES DE FEMMES NOIRES MODERNES

Nelly KOUMBA
Andrésia MEGNENG

# BTM, HISTOIRES DE FEMMES NOIRES MODERNES

Nouvelles



Illustration de couverture : Clarisse Bodzen
Illustrations intérieures : Massira Keita

ISBN 979-10-359-1759-3

*Aux Femmes Noires,*

*Celles qui nous ont inspiré ces histoires,*
*Celles qui s'identifieront à nos personnages,*
*Celles qui sont elles de manière authentique,*

*Merci !*

# Mon Âme Sœur

|

# To The Moon and Back

*« Cause I'd rather die young*
*Than live my life without you*
*What I'm telling you*
*I'm giving you my life, it's in your hands*
*And what I'm gonna do*
*Is be a woman and you can be a man*
*And I wanna say*
*Nobody understands what we've been through.* [*] *»*

* *Beyoncé – Rather Die Young (4, 2011)*

# 1

Sarah sourit. Elle adore la façon dont Axel raconte leur rencontre et leur histoire. Non pas que ce fût une histoire drôle, mais surtout parce qu'ils n'avaient pas du tout la même version de leur amour. Elle se rappelait l'avoir rencontré au lycée. En classe de seconde, plus précisément, mais selon sa version à lui, l'histoire remontait à bien plus longtemps. Et elle y jouait un rôle qui la faisait éclater de rire chaque fois qu'elle l'entendait en parler. Selon Axel, ils s'étaient rencontrés pour la première fois à l'âge de sept ans, au CP, dans une école privée française de la capitale. Elle sait que c'est vrai car elle a des photos de cette époque, et effectivement, il y apparaît. Mais elle ne se souvient pas de cette période dans les détails, contrairement à lui.

*La première fois que je l'ai vue, elle était entourée de ses amies. Elle trônait au milieu d'elles comme la reine des abeilles dans la cour de jeux. Mais tout de suite, j'ai été fasciné par ce petit bout de fille. Au bout de quelques mois, donc, moi, petit garçon en surpoids de huit ans, je décide de lui écrire une lettre pour lui avouer mes sentiments. Je n'y vais pas de main morte. Je lui dis dans ma lettre que je la trouve belle, qu'elle porte de jolies robes, que j'aime bien son sourire, etc. Et je finis par un solennel : Je suis amoureux de toi, Sarah, veux-tu être ma petite amie ? Je pique une jolie enveloppe à ma mère et je mets la lettre dans le casier de son pupitre en arrivant, le lendemain. Pendant toute la matinée, je la surveille donc du coin de l'oeil et je la vois découvrir ma lettre. Elle l'ouvre, la lit rapidement et la met dans un livre. Je me dis que c'est joué. Qu'elle va répondre oui, forcément. À la récréation, je la vois qui s'approche de moi avec deux de ses petites copines. Elles ont un air moqueur. Je suis sur le terrain de foot avec d'autres garçons de notre classe. Là, elle dégaine ma lettre et la lit à voix haute devant tout le monde. Bien sûr, les enfants sont terribles, ils se mettent tous à me rire au nez. Mais ma tortionnaire ne s'arrête pas là. Après sa lecture, elle se plante devant moi et déchire ma lettre en petits morceaux. Une peste, je vous dis. Une peste. Elle m'a littéralement brisé le coeur. Je suis rentré en pleurant, ce jour-là.*

Sarah sourit, elle rigole même de bon coeur. Mais uniquement parce que cette histoire remonte à plus de vingt ans et surtout qu'elle l'a entendue encore et encore. Elle sait qu'Axel ne lui en a jamais tenu rigueur. Elle n'était qu'une enfant. Une petite peste, de toute évidence, mais une enfant. Depuis, elle s'est fait pardonner. Axel avait changé d'école l'année suivante. Il lui expliqua plus tard que ses parents avaient divorcé cette année-là. Sa mère avait dû changer de quartier et il avait dû s'habituer à une nouvelle vie. Ils ne se revirent que cinq ans plus tard, à l'église. Sarah suivait alors des cours de catéchisme tous les samedis après-midi et se rendait directement à la messe du samedi soir dans la même église. Axel y servait en tant qu'enfant de choeur. Elle se rappelle avoir vu ce garçon se balader en soutane blanche, tenant à bout de bras l'immense croix en pleine procession, et s'être dit que son visage lui disait quelque chose. Et encore une fois, ils se perdirent de vue, une fois ses sacrements obtenus. Il faut croire que le destin s'évertuait à les mettre sur la même route. Même si l'explication la plus plausible était simplement qu'ils vivaient dans un tout petit pays où, finalement, tout le monde connaissait tout le monde. Les fameux sept degrés de séparation.

Axel et Sarah se retrouvèrent de nouveau au lycée, en classe de seconde. À cette époque, Sarah sortait avec Michel, un garçon de terminale qui avait des allures de *bad boy*. Lorsque l'année scolaire commença et qu'Axel arriva, encore une fois, elle eut cette impression de déjà-vu, mais ni lui ni elle n'abordèrent leurs éventuels antécédents. Pendant les cours, Axel s'asseyait juste devant elle, sur ordre de l'un de leurs professeurs qui le trouvait trop dissipé pour rester au fond de la classe. Au fil des jours, des semaines et des mois, ils développèrent une relation simple. Ils papotaient ensemble pendant les cours, puis pendant la récréation. De fil en aiguille, ils passèrent de plus en plus de temps ensemble.

Sarah se rappelle à quel point le début de leur histoire d'amour avait foutu un véritable bordel dans leurs vies respectives. À cette époque, elle était toujours avec Michel qui, même s'il apprenait dans un autre établissement, avait eu écho de son rapprochement avec le bel Axel. Il lui avait fait une crise de jalousie digne de ce nom. Un après-midi, alors qu'ils étaient tous réunis pour leur cours d'EPS, Michel débarqua sur le terrain de sport et se dirigea directement vers Axel. De loin, Sarah vit les deux garçons discuter, la peur au ventre. Non pas qu'il se passât quoi que ce soit entre Axel et elle, mais elle ne voulait pas que la pseudo-insécurité de son petit ami nuise à leur amitié. Si Michel avait l'intention d'intimider Axel en allant directement lui demander de se tenir à distance de Sarah, leur confrontation eut l'effet inverse sur le jeune homme.

Environ un an et demi plus tard, alors qu'ils étaient eux-mêmes en classe de terminale, ils se rendaient fréquemment le samedi après-midi dans leur lycée pour réviser avec leurs camarades de classe en vue de leur baccalauréat. Vers dix-huit heures, ils se retrouvèrent seuls sous un préau dans la cour. Ils discutaient de tout et de rien quand le téléphone portable de Sarah sonna. C'était son père qui voulait savoir comment et à quelle heure elle allait rentrer à la maison : « Ne tarde pas et ne traîne pas dans les taxis. Sois là avant la nuit, Sarah. » Tandis qu'elle discutait, Axel la regarda, hésita un instant, mais finit par se pencher et déposer un léger baiser sur les lèvres de son amie. Elle fut surprise dans un premier temps, puis sourit. Elle était toujours avec Michel, et lui, avec une fille de leur classe, Olivia. La situation se compliquait de plus en plus. Mais Sarah se rappelle lui avoir rendu son baiser ce jour-là, et pendant plusieurs mois, ils vécurent leur histoire dans le secret.

Elle ne dira jamais que c'était bien, qu'ils avaient le droit d'agir de la sorte, qu'elle n'eut pas de profonds remords, mais à dix-sept ans, on ne réfléchit pas réellement. Axel finit par quitter Olivia au bout de quelques semaines, mais Sarah continua à jouer double jeu un moment. Elle avait passé quatre années avec Michel et même s'ils n'étaient encore que des adolescents, elle se rappelle qu'elle l'aimait réellement et était profondément attachée à lui. Axel accepta la situation. Comment avait-il pu accepter une chose pareille pendant près de six mois ? « Je t'aimais déjà plus que tout, ma déesse. Et puis, j'étais l'outsider. C'était à moi de m'imposer. ». Sarah est bien consciente que sans le dévouement et la patience d'Axel, leur histoire n'aurait jamais vu le jour, elle serait passée à côté d'un amour particulier.

En y pensant, elle le regarde en souriant et lui saisit le bras. Elle serre fort sa main. Comment pourrait-elle vivre aujourd'hui sans lui ? Se rappelle-t-elle désormais un jour sans lui ?

## 2

Sarah obtint son baccalauréat d'office. Axel, moins assidu, devait passer les rattrapages et avait trois matières à valider. Il avait pensé abandonner. Recommencer l'année suivante. De toute façon, ça ne ferait qu'une année de plus. Il n'avait pas réellement envisagé ou organisé sa vie après le lycée. La situation financière et professionnelle de sa mère s'était fortement dégradée ces dernières années et il savait que s'il voulait faire des études supérieures, il devrait s'autofinancer. L'option bourse fut également écartée. Axel était un élève moyen. Il se contentait d'avoir à peine la moyenne pour passer en classe supérieure. C'est pourquoi, pour lui, reprendre la classe de terminale ne le dérangeait pas plus que ça, au début. Mais voilà, cette année-là fut également celle du début de son histoire avec Sarah et il était désormais hors de question pour le jeune homme que de simples mauvaises notes et un budget inexistant les séparent.

« La seule raison pour laquelle j'ai eu mon bac est que je ne voulais pas qu'elle parte sans moi. On me l'aurait piquée au bout de quelques mois. Je ne pouvais pas rester derrière ». S'amuse-t-il désormais à raconter. Là encore, cette vision fait sourire Sarah. Elle se rend souvent compte à quel point il doute de ses sentiments pour lui ; à quel point il pense que leur amour est conditionné à ce qu'il peut faire pour elle. Mais ce qu'elle apprécie malgré tout chez lui est lorsqu'il ajoute : « Je voulais la rendre fière. Qu'elle soit fière de m'avoir choisi. J'ai bossé comme un dingue pour rattraper tous mes points, comme si je le lui devais. »

Pourtant, cela n'avait pas suffi, qu'il obtienne son diplôme, pour qu'ils restent ensemble. Le couple avait tout de même été séparé pendant une année. Elle avait obtenu une bourse pour poursuivre des études de comptabilité en Allemagne et était partie à la rentrée.

Lui, fauché et sans la moindre chance d'obtenir une aide pour partir étudier à l'étranger, décida de rester. « Juste un an. Je vais travailler, faire de petits boulots, économiser assez pour pouvoir te rejoindre. Je te promets que l'année prochaine, on sera ensemble. » Sarah était donc partie, le coeur en compote, vers son avenir, avec la promesse d'un amour éternel. Mais que valent les promesses de deux adolescents à l'aube de leur vie d'adulte lorsqu'ils sont séparés pour une longue période ?

Sarah s'était installée dans une petite ville pour commencer ses études de comptabilité. Inscrite en première année à la Faculté de finances et de comptabilité, elle avait également choisi de s'investir dans le BDE et participait à l'organisation de soirées et d'événements pour sa promotion. Malgré sa bourse et une aide financière supplémentaire de la part de ses parents, elle se décida, comme la plupart des étudiants, à chercher un petit boulot. Elle s'inscrivit dans une agence d'intérim comme aide scolaire pour les enfants du primaire. Le reste de son temps libre, elle le passait à la bibliothèque universitaire. Au bout de sa première année, elle avait obtenu d'excellents résultats et commençait à prendre ses marques dans ce pays, loin de sa famille, et dans lequel, chaque regard posé sur elle lui faisait ressentir sa différence. Parfois, elle se sentait tellement seule qu'elle n'en dormait pas. Elle appelait alors Axel, qui prenait la peine de toujours lui répondre à n'importe quelle heure du jour et de la nuit. Parfois, elle paniquait en pensant à leur relation. Elle se disait qu'il devait sortir avec une autre fille, là-bas. Qu'il lui mentait chaque soir et chaque matin quand il affirmait qu'elle lui manquait plus que tout. Qu'ils ne seraient plus jamais réunis. Ou alors que lorsqu'ils se retrouveraient, le temps et la distance auraient fait leur travail et qu'ils n'auraient alors plus rien à se dire. Elle s'endormait alors pleine de doute et d'une colère sourde.

Cependant, elle ne lui parla jamais de Lukas, un garçon qu'elle avait rencontré par hasard au détour d'une rue. Il n'était pas du tout « son genre » et, au début, le jeune homme lui avait fait un rentre-dedans tellement maladroit qu'il l'avait finalement fait rire et attendrie. Si elle n'avait pas cédé à ses avances, Lukas et Sarah étaient cependant devenus très amis et se voyaient désormais deux à trois fois par semaine. Elle aimait ces instants passés avec lui. Il lui fit visiter la ville, découvrir ses adresses secrètes. Au début de l'été, ils firent du vélo pendant toute une journée à travers un immense parc et terminèrent la journée devant un feu d'artifice qui mettait fin à la fête foraine de leur ville. À la fin de l'été, Axel lui annonça qu'il avait obtenu une inscription dans une école de commerce dans une plus petite ville près de chez elle. Il avait également pu, grâce à l'aide d'un oncle éloigné, obtenir un financement supplémentaire qui venait compléter ses économies. Il attendait désormais son visa pour la rejoindre.

Sarah se rappelait encore ce soir-là. Il l'avait appelée, tout heureux, lui disant qu'il venait de déposer sa demande de visa auprès du consulat et qu'il avait assez pour vivre pendant au moins six mois sans se faire de souci. « Bien sûr, dès que j'arrive, je cherche un petit boulot. Caleb m'a parlé d'un bon plan pour faire des études tout en étant payé. L'alternance. Je pourrais faire ça dès ma deuxième année, je crois. Ce serait super. J'aurais un salaire et je pourrais faire des économies en continuant à vivre avec un statut d'étudiant. ».

Ce jour-là, elle se rendit compte qu'elle appréhendait sa venue plus qu'autre chose. Elle appréhendait le fait que ça change sa vie, qu'il ait du mal à s'adapter à son nouvel environnement, à se fondre dans la masse. Elle ne lui dit rien, mais Sarah paniqua et la première personne à laquelle elle pensa fut Lukas. Elle avait besoin de passer du temps avec lui. Elle lui envoya un message et il lui répondit de le rejoindre un peu plus tard, chez lui. Lukas vivait dans une petite chambre étudiante à l'autre bout de la ville.

Ils avaient l'habitude de s'y retrouver lorsqu'ils n'avaient rien à faire. Quand elle arriva, il était en train de faire la cuisine.

« J'ai préparé des tacos et… J'ai déjà choisi le film. Un classique : Im Juli. Je te promets que quel que soit ton problème aujourd'hui, ce film te fera tout oublier. Tiens ! » Il lui tendit une petite bouteille de bière aromatisée à la pêche, tandis qu'il installait leur dîner sur l'unique table de la pièce, qui servait initialement de bureau. Elle lui avait dit qu'elle n'aimait pas le goût de la bière et après avoir essayé, à plusieurs reprises, de lui inculquer les nuances de cette boisson, il lui proposait désormais des « bières de filles ». Sarah s'assit sur le bord du lit d'un air las. Elle ne savait pas elle-même ce qui la dérangeait dans l'arrivée d'Axel, mais elle ne se sentait pas aussi excitée qu'elle aurait dû l'être et cette sensation l'attrista.

Elle ne sut pas réellement pourquoi, mais à ce moment précis, être avec Lukas était ce qui la rassurait…

# 3

« Comment as-tu pu faire une chose pareille ? Non, Sarah, comment as-tu pu me faire une chose pareille ? À moi ! Je viens de passer une année entière à travailler comme un forcené. J'ai dû aller contre l'avis de ma mère et demander de l'argent à mon oncle pour pouvoir te rejoindre et être avec toi ! Comment as-tu pu faire ça ? C'est ça, ton truc ? Te taper tes amis ? »

Ils se trouvaient dans la chambre de Sarah. Elle était assise sur le lit et Axel se tenait debout, près de la fenêtre. Tout à coup, elle eut l'impression qu'il était immense alors même qu'il faisait un peu moins d'un mètre quatre-vingts. Cela faisait exactement trois mois et demi qu'il était arrivé. Lorsqu'elle l'avait vu à l'aéroport, avec ses deux valises, son sourire sûr de lui, ses doutes s'étaient dissipés. Quand il l'avait vue, il avait lâché ses sacs et ouvert grand les bras. Elle s'y était blottie et là, elle s'était sentie enfin à sa place. Elle s'en voulut d'avoir douté. De lui. D'eux. De leur amour. De leur histoire. Elle sut enfin que c'était lui qu'elle aimait. Lui avec qui elle voulait être. Elle décida donc de ne pas lui parler de ce qu'il s'était passé quelques jours plus tôt avec Lukas. Elle décida que cela ne comptait pas réellement.

Mais maintenant, tout lui revenait à la figure à cause d'une rencontre fortuite. Après cette fameuse soirée chez Lukas, elle était partie au petit matin sans attendre qu'il se réveille. Une fois arrivée chez elle, elle s'était contentée de lui envoyer un *SMS* : Je préfère qu'on ne se revoie plus. Quelques minutes plus tard, elle recevait un simple OK, comme réponse. Elle décida donc que son amitié avec lui avait pris fin et n'en parla pas à Axel lorsqu'il arriva.

Tout allait bien entre eux jusqu'à ce qu'ils le croisent, cette après-midi, au détour d'une ruelle alors que Sarah et Axel faisaient du shop-

ping. Ils firent une pause et s'assirent à la terrasse d'un café.
— Sarah !

Au son de la voix, le coeur de la jeune fille avait fait un bond. Elle leva les yeux en faisant une prière au fond d'elle-même.
— Lukas ? Salut. Comment ça va ?

Sa voix était aiguë.
— Bien, et toi ? Ça fait un moment. Bonjour ! dit-il en se tournant vers Axel et en lui serrant la main.
— Bonjour. Axel !

Axel avait regardé un moment le jeune homme avant d'observer sa petite amie. Elle avait l'air nerveuse.
— Enchanté. Sarah m'a beaucoup parlé de toi. Je suis content que vous soyez réunis. Bon… Je vous laisse profiter du soleil… Je suis content de t'avoir vue, Sarah.
— Au revoir !

À peine s'était-il éloigné qu'Axel lui dit d'un seul trait : « Tu as couché avec ce mec. »
— Quoi !??? Non !
— Ce n'était pas une question, Sarah…

Le silence s'installa entre les deux amoureux.
— … Axel…
— Je crois qu'il vaut mieux qu'on rentre, là.

Deux heures plus tard, ils en étaient là. Dans la chambre d'étudiante de Sarah, en train de discuter de ce qu'il s'était passé avec Lukas et elle en perdait le souffle dans son explication. Évidemment qu'elle n'avait pas eu à avouer sa nuit avec lui, Axel ne la connaissait que trop bien. Il lui avait suffi d'observer sa gêne en sa présence pour comprendre que sa petite amie avait fauté. Il avait senti la tension qui l'avait envahie lorsque Lukas s'était approché d'eux, et son impatience à ce qu'il s'en aille. Le fait qu'elle ne lui ait jamais parlé d'un garçon qui affirmait qu'elle lui avait parlé de lui l'avait convaincu qu'il s'était passé quelque chose de louche entre eux.

Maintenant, il était debout, dans la pénombre, adossé à un mur avec cette immense colère qui montait en lui. Volontairement, il se tenait à distance de sa petite amie. Une année entière à passer de petits boulots en petits boulots. À surveiller ses inscriptions en école de commerce. À économiser le moindre centime pour réunir la somme nécessaire pour convaincre le consulat de lui délivrer un visa d'études et, à peine quelques mois après son arrivée, il découvrait que Sarah ne l'avait pas attendu. Elle avait couché avec quelqu'un d'autre. Son cerveau était en ébullition et il imaginait, en exagérant, bien sûr, chacun des détails de cette relation.

— Tu t'es foutue de moi pendant une année entière ! finit-il par murmurer.

Il avait envie de crier, de hurler, mais aucun son ne sortait de manière audible de sa bouche. Sa gorge était nouée, mais il ne voulait pas lui montrer son émotion, donc il se tut.

— Non !! Ce n'est pas ce que tu crois. C'est arrivé une seule fois, et après, je ne l'ai jamais revu. J'ai complètement coupé les ponts alors qu'on était bons amis…

— Je dois te remercier pour ça, Sarah ?

— Non… Ce n'est pas ce que je dis. Je te dis juste que ça n'a été qu'un moment de faiblesse. Je me faisais du souci pour nous deux. On ne s'était pas vu depuis des mois et je me suis dit que ce ne serait plus pareil entre nous. Je suis allée voir Lukas pour décompresser…

— Tais-toi, Sarah ! Tais-toi. Rien de ce que tu penses être une explication plausible à tout ça n'est réellement une explication. Rien ne justifie ton comportement. Ni mon absence, ni ta peur, ni je ne sais quel sentiment tu penses avoir eu sur le moment. Tu m'as trompé. Toi seule et ce mec savez si c'est arrivé une seule fois, comme tu le dis, ou toute cette année ! Tu t'es trouvé un mec au cas où je ne venais jamais ? C'est ça ? Et pourquoi tu ne m'en as pas parlé ? Pourquoi, quand on s'est vu, tu n'as rien dit ? Tu n'aurais rien dit si on n'avait pas croisé ce petit con avec son sourire suffisant. Évidemment, il peut faire son prétentieux ! Il a baisé ma copine ! cria-t-il.

— Je t'interdis de me parler sur ce ton, Axel. Ce n'est pas parce que tu es fâché que tu peux m'insulter !

Axel se tut de nouveau. Effectivement, il avait envie de l'insulter. Un long silence s'installa dans la pièce. Sarah se mit à compter dans sa tête en attendant qu'il parle de nouveau. Quand elle arriva à soixante-deux, il dit enfin :

— Je crois qu'il vaut mieux que je rentre chez moi et qu'on reste chacun de notre côté pendant un moment…

— Il est vingt-trois heures ! Tu ne trouveras pas de train à cette heure-ci… Tu peux partir demain matin ?

Encore aujourd'hui, ce fut la nuit la plus étrange de leur histoire pour chacun d'entre eux. Ils s'allongèrent ensemble en silence dans un lit trop petit pour deux personnes qui ne souhaitent pas se parler. Ils évitèrent ne fût-ce que de se frôler et au petit matin, Axel se leva, rassembla ses affaires et partit sans un mot.

# 4

Axel ne répondit ni à ses appels, ni à ses messages, ni à ses mails pendant deux semaines. Au bout de ce moment qui fut une véritable torture pour Sarah, il lui donna enfin rendez-vous pour qu'ils s'expliquent. Sarah espérait que la colère était passée, que son amour avait pris le dessus et, surtout, qu'il était prêt à entendre ses excuses. Elle regrettait réellement. C'est donc avec la peur au ventre et l'espoir au coeur qu'elle l'attendait chez elle cet après-midi-là.

« Je préfère qu'on se sépare. Je ne peux pas oublier ce qu'il s'est passé, Sarah. Je ne peux pas… »

Sarah avait senti son monde s'effondrer. Elle s'attendait à de nouveaux reproches, à des remontrances, et même à de nouvelles insultes. Elle s'apprêtait à s'excuser, à négocier, à prendre sur elle pour se faire pardonner. Elle anticipait les moments de doute, les malaises, la colère enfouie pour les prochains mois, mais jamais elle n'aurait imaginé qu'il lui dirait ça. En fait, tout au long de leur histoire, jamais elle n'aurait imaginé qu'il oserait un jour la quitter. Il avait mis tellement d'énergie dans cette histoire, tellement d'amour ; et maintenant, pour un simple malentendu, il osait la plaquer ? Sans même essayer de la comprendre ou de l'écouter ?

— Mais…
— C'est non négociable, Sarah, je ne peux pas…

Il était assis et gardait la tête baissée pendant qu'il lui parlait. Depuis qu'il était entré dans la pièce, il ne l'avait pas directement regardée une seule fois. Sarah essaya de se rapprocher de lui pour lui saisir le visage et l'obliger à la regarder. Avant même qu'elle puisse poser ses mains sur ses joues, il se leva pour l'esquiver et s'éloigna.
— Je vais y aller. Prends soin de toi…

La discussion ne dura donc que cinq minutes et Sarah entendit la porte s'ouvrir et se refermer derrière Axel.

***

Sarah et Axel se recroisèrent deux années plus tard. Axel attendait un de ses amis devant un centre commercial lorsqu'il la vit sortir du métro. Il se rappelle, il faisait froid, le vent soufflait. On était en plein mois de novembre. Il était au téléphone et discutait avec sa petite amie, Sandy, au moment même où il l'aperçut. Elle marchait vite et avançait les mains enfoncées dans un manteau noir.
— Je te rappelle.

Il raccrocha.
— Sarah !!! cria-t-il.

Elle ne réagit pas et continua à avancer vers la galerie marchande à grands pas. Rapidement, il se fraya un chemin dans la foule pour la rejoindre. Il lui tapota l'épaule. La jeune femme sursauta en se retournant, elle enleva en même temps ses écouteurs.

— Oh… salut Axel…

Il la regarda et sentit les mots se coincer dans sa gorge.

— Axel ? Tu vas bien ?
— Oui… Euh, il faut que j'y aille. Un ami m'attend un peu plus loin. Au revoir.

Il s'éloigna à grands pas sous le regard interrogateur de son ex. Quelques minutes plus tard, Sarah reçut un message : *Je suis désolé, je ne m'attendais pas à perdre mes moyens devant toi après tout ce temps.*

Sarah hésita entre ignorer le message ou y répondre, tout en sachant que de nouveau, leurs vies s'entremêleraient. Elle savait que du temps avait passé, que le souvenir et la rancoeur de son infidélité s'étaient évanouis. Ils avaient, certes, chacun avancé et fréquenté des personnes de leur côté, mais au moment même où elle s'était retournée et s'était de nouveau retrouvée en face de lui, elle avait également perdu le souffle et senti son coeur s'emballer même si, de toute évidence, elle avait réussi à le camoufler un peu mieux que lui. Mais ça, c'était normal : Axel était une personne qui n'arrivait pas à cacher ses émotions alors qu'elle, elle était plus dans le contrôle, même lorsqu'elle était perturbée, elle se comportait toujours comme si elle maîtrisait parfaitement une situation. Elle finit par lui répondre : *Tu veux qu'on se revoie calmement et qu'on discute ?*

Sarah et Axel se revirent, discutèrent et décidèrent qu'ils s'aimaient toujours. Quelques mois plus tard, ils avaient réciproquement quitté leurs compagnon et compagne du moment et s'installaient ensemble dans un deux-pièces. Plus jamais ils n'abordèrent le sujet Lukas ; plus jamais ils ne parlèrent non plus de ces deux années passées loin l'un de l'autre. Ils se comportèrent comme si cette parenthèse dans leur amour n'avait été qu'un instant fugace. Sarah finissait alors sa première année de master tandis qu'Axel achevait sa licence pro, effectuée en alternance. Il espérait que l'entreprise dans laquelle il travaillait en alternance depuis deux ans le garderait. Cependant, il se mit également à rechercher activement un poste pour la rentrée suivante. Il envoyait régulièrement une partie de son salaire à sa mère qui, malheureusement n'avait toujours pas retrouvé une activité salariée. Ils décidèrent donc de faire particulièrement attention à leurs dépenses.

« Axel… Je suis enceinte ! Je suis vraiment désolée. »

Le jeune homme de vingt-quatre ans accueillit la nouvelle comme un coup de massue sur la tête. D'ailleurs, il en perdit quasiment l'équilibre sur le moment et s'assit rapidement. Sarah se tenait de-

vant lui avec deux tests de grossesse urinaires dans les mains.
— Comment ????
— Je ne sais pas… Je veux dire, je ne sais vraiment pas, Ax'. Ça fait des années que j'ai mon stérilet et ce n'est jamais arrivé.
— Tu es sûre ? C'est peut-être une erreur.
— J'ai deux mois de retard et j'en suis à mon troisième test. En plus, je commence à me sentir vraiment malade. Hier, je n'ai quasiment rien mangé. Tout me dégoûte.
— Il faut que tu fasses une prise de sang ! répondit-il à voix basse.
— OK… Mais, Axel, il y a 90 % de chances que ce soit vraiment une grossesse. Il faut que tu assimiles l'information dès maintenant.
— …

Il ne savait pas quoi répondre. Certes, ils étaient plus ou moins autosuffisants entre son salaire et les petits boulots que Sarah effectuait pendant son temps libre, mais pas de quoi assumer un enfant. Lorsque toutes leurs charges étaient payées, il ne leur restait généralement qu'une centaine d'euros, somme qui servait à « se faire plaisir ».

Ils n'avaient aucune économie et la nouvelle aurait fait l'effet d'une bombe dans la famille de Sarah. Il lui restait une année de cours avant son diplôme, et un enfant dans les sept mois à venir allait empiéter considérablement sur sa scolarité.
— Qu'est-ce qu'on fait ?

Il leva les yeux de nouveau, au son de sa voix. Elle se tenait debout devant lui, les bras croisés sur sa poitrine. Il croisa son regard et, pour la première fois depuis qu'ils se connaissaient, il y vit de la détresse. Elle, si pleine d'assurance habituellement, avait aussi peur. Inconsciemment, ça lui donna plus de courage qu'il ne pensait avoir dans une telle situation. Ils ne pouvaient pas se mettre tous les deux à paniquer. Il finit par esquisser un sourire.

— Approche ! Maintenant ou plus tard, peu importe, finalement. Tu avais bien l'intention d'être la mère de mes enfants, non ?

Et sans savoir pourquoi ni comment ils allaient gérer les mois à venir, ils éclatèrent tous les deux de rire.

# 5

« Tu te rappelles la naissance d'Andrew ? Tu étais tellement paniqué, Ax'. Je ne savais plus si je devais prendre soin du bébé ou de toi. »

Sarah rigole. Sa grossesse et la première année de leur fils avaient été la période la plus intense et pleine de défis de leur relation. Ils étaient prêts à affronter les obstacles, mais ils ne s'attendaient pas à ce que ce soit aussi dur. Axel avait dû enchaîner les heures de travail et Sarah avait passé sa dernière année de fac enceinte. Andrew vit le jour mi-avril et, quelques semaines plus tard, sa mère repartit passer ses examens finaux. À sa grande surprise, l'annonce de sa grossesse ne fit pas trop de remous au sein de sa famille. Elle l'annonça à ses parents au téléphone au cours de son troisième mois et Axel demanda à sa mère de réunir une partie de leur famille pour aller se présenter à celle de Sarah dans les jours qui suivirent.

Le plus dur pour eux fut de gérer un nouveau-né à deux avec un budget réduit. Les réveils en pleine nuit, le manque de sommeil, les visites médicales en transport en commun, l'allaitement, puis la séparation. Axel insista pour mettre Andrew dans une crèche une fois qu'il eut neuf mois. Il souhaitait que Sarah poursuive ses autres rêves. Il l'encouragea donc à chercher du travail, une fois son diplôme d'expert-comptable en poche. Elle se fit engager au département audit d'une start-up régionale tandis qu'il signait son second contrat de travail en tant que commercial sédentaire.

Sarah se rappelle cette période. Elle se rappelle le dévouement de son compagnon à prendre soin d'eux. Il tenait tellement à faire mieux que son père qui était parti, qui avait laissé femme et enfants se débrouiller tout seuls dans une ville hostile aux personnes sans relation. Elle se rappelle que parfois, elle estimait qu'il en faisait trop, parfois pas assez, mais elle remerciait surtout le ciel d'avoir mis un homme comme lui sur son chemin dès son plus jeune âge.

Pourtant, tout ne fut pas parfait. Il y eut des disputes, des incompréhensions, des accusations. De nombreuses fois, ils cohabitèrent dans leur petit appartement sans s'adresser la parole, le fort tempérament de Sarah se heurtant à l'impatience d'Axel. Quand leur fils eut deux ans, ils déménagèrent pour un appartement plus grand dans une résidence récente, mais surtout, Axel décida qu'il était temps de retourner dans leur pays pour quelques mois.

« Ma fille, tu es sûre que tu veux épouser cet homme ? »

Sarah se tenait dans la cour de la maison familiale et la demande provenait de la bouche de son oncle maternel. Ils étaient une vingtaine de personnes réunies dans l'espace sous deux petites tentes louées pour l'occasion. Juste avant leur voyage, Axel lui avait fait sa demande. Elle n'avait alors pas hésité une seconde et avait dit « oui ». Aujourd'hui, deux semaines plus tard, se passaient les présentations officielles, le « kokoko ». Les oncles et les parents d'Axel étaient venus cogner à la porte de sa famille pour officiellement demander la main de la jeune fille, comme la tradition le prévoyait. La question de son oncle était une question rhétorique. Ils savaient tous qu'elle n'allait pas dire non. Elle hocha doucement la tête en regardant Axel dans les yeux. Il souriait d'un air timide. Deux de ses tantes poussèrent des ululements traditionnels exprimant la joie d'unir deux familles et de marier leur fille. L'oncle de Sarah lui tendit la main et la dirigea vers un siège à la gauche d'Axel. Une fois près de lui, elle lui tendit doucement sa main, qu'il saisit et serra fort. Il avait les mains moites et tremblantes. Sarah posa sa seconde main sur son genou pour calmer le trépignement de sa jambe, traduisant sa nervosité.

Ils étaient fiancés, devant les hommes, Dieu et leurs ancêtres. Ils seraient unis. Pour toujours.

***

— Sarah ? Tu devrais manger quelque chose ? Tu ne veux pas rentrer prendre une douche ?

Sarah ouvrit les yeux. Sa tête faisait mal et ses yeux étaient lourds. La voix, lointaine au début, se rapprocha et elle reconnut un des meilleurs amis d'Axel, Caleb. Il se tenait près de la porte et murmurait presque. Il s'approcha d'elle et posa sa main sur son épaule puis l'aida à se redresser. Elle regarda à sa droite. Axel était étendu près d'elle. Il portait un masque sur son visage et sa tête était presque entièrement recouverte d'un bandage. Elle le fixa pendant un instant. Elle tenait toujours sa main dans la sienne ; elle était toujours moite. Elle s'était endormie sur sa chaise, la tête posée sur le bras sans vie de son mari.

D'un coup, les deux dernières journées revinrent à son esprit comme un flash douloureux. Le déménagement, le week-end en amoureux pour décompresser, l'autoroute, la chanson précise qui passait dans la voiture, la pluie, le camion qui zigzague à 180 km/h. Axel avait tendu le bras droit vers elle, comme pour la retenir alors qu'il essayait de freiner brutalement. Elle lisait. Elle n'avait pas exactement vu ce qu'il s'était passé. Au moment où il posa fermement sa main sur sa poitrine pour la maintenir contre son siège, elle leva la tête. Un simple cri s'était alors échappé de sa gorge : « AXELLLL ! » et puis un trou noir. Plus rien.

Elle s'était réveillée quelques heures plus tard à l'hôpital. On refusa au début de lui dire où était son mari. Les médecins lui firent passer une batterie de tests et d'examens médicaux avant de conclure qu'elle était hors de danger et qu'elle pouvait voir son époux.

« Madame, votre mari est dans le coma et, pour vous dire la vérité, il y a très peu de chance qu'il se réveille. Son cerveau a été gravement endommagé pendant l'accident. Il a un traumatisme crânien sévère. De plus, il a de nombreuses vertèbres endommagées et l'un de ses poumons a été perforé. Nous avons déjà procédé à deux opérations pour le stabiliser. Pour l'instant, nous ne pouvons pas faire plus… Même si, par miracle, il reprenait conscience, il faut que vous compreniez que ce ne sera plus le même et… »

Sarah ferme de nouveau les yeux. Elle les garde clos pendant plusieurs minutes, ignorant la main posée sur son épaule et les voix qui l'entourent. Elle continue à serrer un peu plus fort la main d'Axel, attendant une réaction. Elle continue à se dire qu'elle rêve, que ce n'est qu'un cauchemar et qu'elle ne sait plus comment se réveiller, dans son lit, avec son mari près d'elle, leur fils à quelques pas, le doux froissement des draps chauds. Elle veut être chez elle. Avec lui. Ça a toujours été elle et lui. Ensemble. Il fallait qu'il se réveille, qu'il lui dise que tout allait bien se passer, qu'il s'en remettrait. Mais la main d'Axel reste molle et moite.
— Sarah, il faut vraiment que tu manges ou boives quelque chose, s'il te plaît. Ça fait deux jours que tu n'as pas bougé. S'il te plaît, suis-moi…

Elle inspire puis expire bruyamment, regarde autour d'elle et pense à son fils qu'elle n'a pas non plus vu depuis deux jours. Au moment de l'accident, il passait le week-end chez une de ses cousines. Celle-ci avait proposé de le garder encore quelques jours. Il faut qu'elle voie son fils, qu'elle le rassure. Il a besoin d'elle. Elle serre de nouveau la main d'Axel, inconscient de ce qui l'entoure. Elle se décide à lâcher prise, elle libère sa main et se lève en silence. Elle se rapproche de son oreille et y murmure doucement : « *Love you to the moon and back.* On se revoit bientôt. »

Alors qu'elle est dans le couloir et qu'elle s'apprête à monter dans l'ascenseur, elle observe des infirmières s'agiter et appeler un médecin. Tandis que les portes de l'ascenseur s'ouvrent devant elle, Sarah se précipite de nouveau dans le couloir, bousculant tout le monde sur son chemin. Elle arrive enfin devant la porte de la chambre d'Axel… juste à temps pour entendre un médecin prononcer l'heure officielle du décès.

*« And I don't really need these fingers,*
*if I don't get to touch your spine*
*Well, I don't need these legs, if I ain't walking by your side*
*And I don't really need to be if I can't be with you*
*'Cause darling I wake up just to sleep with you*
*I open my eyes so I can see with you*
*And I live so I can die with you.* »*

* *Beyoncé – Die With You (2017)*

# Folle Furieuse
# |
# You Ain't Gonna Be One

*« I am the dragon breathing fire*
*Beautiful man, I am the lion,*
*Beautiful man, I know you lying*
*I am not broken, I am not crying*
*You ain't trying hard enough,*
*You ain't loving hard enough*
*You don't love me deep enough*
*We not reaching feats enough*
*Blindly In love, I fuck with you,*
*Til I realize I am just too much for you...*[*] *»*

---

* *Beyoncé – Don't Hurt Yourself (Lemonade, 2016)*

# 1

« Putain de merde, il est déjà trois heures du matin ».

Pourtant, je n'arrive pas à m'endormir et à lâcher mon téléphone. Je n'aurais jamais cru que j'utiliserais mes talents de journaliste pour littéralement espionner mon petit ami sur internet. Une nouvelle fois, j'ouvre Instagram et passe en revue ses likes et ses derniers abonnements. Je suis sûre qu'elle est là ; qu'une de ces filles est sa « maîtresse ». En même temps, je me demande comment j'ai bien pu en arriver là ; à passer en revue les réseaux sociaux de l'homme que j'aime, celui avec lequel je souhaite passer le reste de ma vie, celui qui doit être le père de mes enfants. J'ai toujours trouvé ce genre de comportement particulièrement malsain. Je me rappelle qu'il y a quelques années, une de mes amies, qui soupçonnait son petit ami de la tromper, avait subtilisé le téléphone portable de celui-ci pour y trouver des preuves. Je lui avais alors dit d'un ton particulièrement réprobateur que c'était de la violation de vie privée. « Vie privée ? C'est mon mec ! Je suis sa vie privée ! » Voilà ce que je répondrais aujourd'hui si quelqu'un me reprochait mon obsession, à la limite de la paranoïa.

Le problème est que je ne trouve rien. Jour après jour, je navigue entre les divers réseaux sociaux, et rien. Malgré ses 2 433 abonnés et 503 abonnements, James n'a jamais rien eu à se reprocher… En théorie. Cela fait un peu plus d'un an et demi que nous sommes ensemble. Je me souviens de notre rencontre comme si c'était hier. J'avais interviewé James pour les besoins d'un reportage sur les nouvelles pépites du web. Il m'avait alors fixé rendez-vous en début d'après-midi dans un café.

J'étais arrivée en avance avec mon dictaphone et mon carnet de notes et m'étais installée devant un café latte lorsque cet homme superbe est entré. Je ne l'avais jamais vu. Nous nous étions uniquement parlé par téléphone et par mail. Il affichait un bon mètre quatre-vingt-dix et jouait clairement de sa stature de sportif. Plus tard, il m'expliqua qu'il jouait au basket-ball deux fois par semaine. James portait un pantalon noir de ville, un pull couleur café et un trench-coat parfaitement taillé. Son sourire, d'une blancheur immaculée, contrastant avec la couleur foncée de sa peau et ses dreadlocks parfaitement tracées finirent par achever la moindre résistance en moi.

Après avoir répondu à mes questions sur la Fintech pour laquelle il travaillait, il s'était immédiatement intéressé à moi, à mon travail, mes études, mes aspirations. L'entretien, qui devait durer une heure, me prit finalement trois fois plus de temps. Je le quittai ce jour-là à regret, complètement fascinée par le personnage. Pourtant, deux jours plus tard, un bouquet de tulipes jaunes était livré à mon bureau avec une note : *J'ai souvenir que vous n'aimez pas les roses, et que le jaune est votre couleur préférée. Êtes-vous libre pour un nouvel entretien, cette fois moins formel ? James.* À l'arrière du papier était noté son numéro de téléphone privé. Je me rappelle avoir hésité.

À vingt-sept ans, je venais de rompre avec mon dernier petit ami. Nous étions restés ensemble pendant plusieurs années. La rupture avait été inéluctable. Après ses études supérieures, il était rentré dans son pays natal, comme prévu, pour seconder son père à la tête de l'entreprise familiale. J'avais refusé de le suivre, voulant bâtir ma propre carrière de journaliste ici. À l'époque, nous étions convaincus que nous pourrions vivre notre histoire à distance, mais au bout de six mois de séparation physique, une simple conversation téléphonique avait anéanti les cinq dernières années. Je faisais le deuil de cette relation lorsque James fit irruption dans ma vie.

J'ai attendu une semaine avant de l'appeler. Candice, une amie et collègue de travail, m'avait alors encouragée à sortir un peu plus, à me faire de nouveaux amis, à flirter un peu. J'ai donc appelé James et accepté de dîner avec lui. Ce soir-là, il est venu me chercher et m'a emmenée dans un restaurant au charme discret, doté d'une cheminée. Le cadre était idyllique, la nourriture délicieuse, l'homme était charmant, charmeur, extrêmement cultivé. La soirée avait été une réussite et, une fois de plus, je ne vis pas le temps passer. Lorsqu'il me raccompagna, j'avais déjà pris ma décision : je ne voulais pas que ce soit un coup d'un soir ou une liaison éphémère. Je voulais être avec lui et, pour cela, il fallait que je prenne le temps, de le connaître, de le séduire. Après deux mois de cour assidue, j'ai fini par céder.

James est un homme qui sait ce qu'il veut, à la fois ferme et doux, patient et déterminé. Il est le fils aîné d'une famille de sept enfants. Son père enchaînait les épouses et il avait donc très vite été abandonné avec sa mère et son petit frère au profit d'une autre famille. Il avait grandi dans une cité de banlieue, mais au lieu de choisir un chemin tout tracé pour ces jeunes, James avait choisi de s'intéresser aux nouvelles technologies et à l'informatique. Il avait fini par suivre parallèlement des études de finance et d'IT. Désormais, il gagnait confortablement sa vie et, à trente-deux ans, avait offert à sa mère et son petit frère une petite maison en pleine campagne. Lui-même habitait un superbe duplex en plein centre de la ville. James m'a séduite. Il est charismatique, ambitieux, attentionné, spirituel et présent. Je n'ai donc pas vu les premiers mois passer, les premières imperfections de notre relation, les premiers hic. James est le genre d'homme qui arrive à tout faire passer, faire oublier, même les situations les plus incongrues.

Tous les deux très pris par nos emplois et projets respectifs, nous avons pris l'habitude de nous retrouver le vendredi soir dans mon appartement. Il reste alors tout le week-end et reprend le chemin de son duplex, le lundi venu. Après presque deux ans de relation, je ne me suis rendue chez lui qu'à trois reprises. La première fois, c'était au début de notre histoire, pour notre premier moment d'intimité. Il avait alors prévu un dîner à domicile, dîner qu'il avait cuisiné lui-même : du saumon accompagné d'un risotto et d'une sauce pesto maison. Il avait également prévu une bouteille de vin rouge, mon préféré. Nous avions passé la soirée assis sur le canapé à discuter livres, musique, philosophie, religions. En fond sonore résonnaient les classiques du R&B et de la Soul des années quatre-vingt et quatre-vingt-dix ; Brian McKnight, Whitney Houston et Joe me berçaient un peu plus à chacune de mes gorgées.

Je l'écoutais, comme envoûtée par sa présence. Pour dire la vérité, je suis aujourd'hui incapable de dire quel était le sujet de notre conversation à ce moment précis, mais lorsque les premières notes de *The Closer I get to You* de Luther Vandross et Beyoncé ont envahi la pièce, je lui ai saisi le visage et l'ai goulûment embrassé. Nous avons fait l'amour pour la première fois sur ce tapis, puis dans sa chambre, et une troisième fois, le lendemain matin, sous la douche. Par la suite, son petit frère, qui avait choisi de faire un doctorat en sciences économiques, s'est installé chez lui car il était plus près de son université. Il préférait donc que l'on se voie chez moi. C'était plus intime. Cette décision ne me dérangeait pas ; je suis quelqu'un d'assez pudique et la présence quotidienne d'un autre homme me gênait également. J'ai donc arrêté d'aller chez lui. Aujourd'hui, je me dis que ce fut une très mauvaise décision. J'aurai dû m'imposer également dans son quotidien car, de la manière dont nous fonctionnons, je me rends compte qu'il a définitivement le dessus. Il y a beaucoup trop de paramètres qui m'échappent totalement. Ou alors je suis totalement parano ?

# 2

— Salut Princesse, bien dormi ?

Comme à son habitude, James m'appela ce matin-là à huit heures précises. Il était déjà dans sa voiture, en route pour son bureau. Moi, je me débattais avec ma porte d'entrée, cherchant dans mon sac à main mes écouteurs pour faciliter la conversation.

— Pas vraiment. Je n'ai dormi que deux ou trois heures. Je suis en train de sortir.

— Tu as fait un cauchemar ? Tu aurais pu m'appeler, tu sais ! Je te réponds toujours, à toute heure de la nuit. Je t'aurais raconté une jolie histoire pour t'endormir.

Il riait.

— Tu réponds lorsque ça t'arrange.

Mon ton se voulait cassant, volontairement. Je n'oubliais pas que deux semaines auparavant, James avait été injoignable pendant trois jours entiers, un long week-end qu'il affirmait avoir passé chez sa mère à quarante-cinq minutes de là. Je m'étais alors fait du souci. Il m'avait finalement rappelée le dimanche dans l'après-midi, prétextant à la fois un problème de réseau dans la petite bourgade dans laquelle il se trouvait, ainsi qu'un souci avec son IPhone qui « refusait de décrocher ». Pour appuyer son argumentation, il avait changé de téléphone quelques jours plus tard. Pourtant, cette « disparition », moi, je l'avais toujours en travers de la gorge.

— Tu recommences avec cette histoire, Lise... Je me suis déjà excusé à plusieurs reprises. Et je te le répète, si tu penses que je mens, tu peux toujours appeler mon frère. Il te dira qu'on a passé le week-end avec maman à manger et à jouer aux jeux vidéo...

Son frère. Bien sûr. Je suis assez intelligente pour savoir que cela ne sert à rien de rechercher des informations précises sur un homme auprès d'un frère ou encore un ami. C'est connu, Bros before Hoes. Tout comme il savait certainement que j'étais beaucoup trop respectueuse pour directement appeler sa mère à ce sujet. J'ai horreur d'impliquer famille ou amis dans une histoire de couple.
— Il faut que je me presse pour prendre le métro. J'ai une réunion importante, ce matin. Je ne veux pas arriver en retard.
— D'accord. On s'écrit dans la journée. Tu me dis si tu veux faire quelque chose de spécial, ce soir. Bisous. Je t'aime, Lise.
— Bisous.

James allait sûrement arriver le soir même chez moi vers vingt et une heures. Il finissait généralement à dix-neuf heures, mais jouait au basket-ball avec ses amis, le mardi et le vendredi soir. J'hésitais entre aller faire des courses après le boulot pour nous préparer un bon dîner, et tout simplement prévoir une livraison. Avec une bonne bouteille et Netflix, notre soirée serait parfaite. Je n'avais pas vraiment envie de sortir, ce soir-là. En plus, le lendemain, nous devions nous rendre à une exposition organisée par une amie.

— Heyyy ! Comment va Lisebeth ?

C'était Candice. Nous nous sommes rencontrées pendant notre dernière année en école de journalisme. Quelques mois après notre diplôme, elle me proposait de la suivre au sein de la rédaction du *Afropolitan*. Nous tenons également ensemble un blog *lifestyle*, mode et culture, qui regroupe désormais près d'un million d'abonnés. J'écris et Candice est derrière l'objectif, capturant le moindre détail. Candice est une métisse aux yeux en amande et au style hippie qui pense qu'un sarouel est un vêtement décent. Son *background* ethnique est tellement diversifié qu'elle-même évite de l'expliquer.
— Ça peut aller…

— Tu n'as pas l'air très convaincue… Qu'est-ce qu'il se passe ?
— Dois-je encore te faire un résumé de mes préoccupations ?
— *Girlllll, really ?* Toujours ton James ? Écoute, si tu ne fais pas confiance au larron, pourquoi tu restes avec lui ?
— Parce que je suis amoureuse de lui ; parce qu'un mec comme ça, on n'en trouve pas à tous les coins de rue. Et puis… Ce n'est pas toi qui m'avais encouragée à sortir avec lui ?
— À coucher, avec lui ! Je voulais juste que tu t'offres quelques bons orgasmes. Je ne t'ai jamais dit d'entamer une relation de longue durée avec Mister Dreadlocks ! Écoute, continua-t-elle, tes doutes sont-ils réellement fondés ou tu es juste en pleine crise de paranoïa ?
— Je n'ai toujours aucune preuve… Mais je le sens, quelque chose cloche. Je ne peux pas non plus le quitter sur des suppositions.
— Tu es folle…

Candice éclata de rire.

— Détends-toi. Tu veux que je te donne un conseil ? Si tu veux vraiment rester avec lui, ne fais pas ta *Angry Black Woman*. Les hommes n'aiment pas ce genre d'attitude. Laisse-le tranquille : fais-lui confiance ou quitte-le.
— Ma quoi ???
— Tu sais… Ne fais pas la femme noire, jalouse, colérique, trop curieuse, autoritaire, etc., ajouta Candice.
— Sérieux, Candice ? Vouloir obtenir des réponses claires, c'est faire sa mégère noire ? Qui a dit ça ?
— Euh… Les hommes noirs !

Elle éclata de rire.
— Je rigole ! Tu prends tout trop sérieusement… Respire un bon coup, Lisebeth ! Je ne comprends pas ton appréhension. Tu viens de le dire : c'est le mec parfait. Il est constamment en contact avec toi, il t'invite partout, te fait des tas de cadeaux sans raison particulière

et organise même des voyages pour toi…

— Des week-ends ! Tu trouves ça normal, toi, qu'en deux ans, nous ne soyons jamais partis en vacances ensemble plus d'une semaine ? Il s'arrange toujours pour poser ses congés quand je suis occupée… Pour partir chez sa mère, donc tout ce que j'obtiens comme vacances, ce sont des week-ends pas loin, tous les trois mois. C'est louche, ça, non ?

— *For God's sake, Lise ! I mean…*

Candice soupira en levant les mains au ciel. Je sais que lorsqu'elle se met à parler en anglais et à gesticuler, elle commence à perdre patience.

— Tu sais quoi ? Laisse tomber. Tu as raison, c'est moi qui me fais des idées. Je vais me calmer et profiter de mon parfait petit ami. Viens, on n'attend plus que nous en salle de rédaction.

Pendant que nous nous dirigions vers la salle de réunion, je me dis qu'elle avait raison, que je devrais arrêter de chercher la petite bête là où il n'y en avait pas. Je me fis intérieurement la promesse d'arrêter de scruter ses réseaux sociaux, d'analyser chacune de ses phrases ou de ses gestes.

# 3

— Burger, japonais ou indien ?

James était arrivé quelques minutes plus tôt. Il avait retiré son manteau et ses chaussures de ville et s'était affalé sur le canapé en prenant la télécommande.

— Comme tu veux, je n'ai pas très faim, en fait.
— Qu'est-ce que tu as, Lise ? Tu as l'air préoccupée ?
— Non, ne t'inquiète pas. Je suis un peu fatiguée, mais rien de particulier.

Je m'installai à côté de lui tout en prenant mon téléphone portable pour commander notre repas sur une application de livraison. Je finis par opter pour un repas japonais, le plus léger, selon moi. James se rapprocha de moi et déposa un baiser sur mes lèvres.
— Tu es mignonne dans ton petit peignoir en satin.
— Le livreur va arriver dans moins de vingt minutes, James, on n'a pas le temps pour ça !
— Je pense que j'ai quand même le temps de prendre mon entrée.
— … Quoi ?

Il ne prit pas le temps de répondre à ma question. James détacha les cordes de mon peignoir et posa ses lèvres sur mon cou, mes seins, mon ventre. Plus il descendait et plus chacune de mes pensées négatives s'évanouissait sous ses lèvres. Instinctivement, j'ouvris les cuisses pour qu'il poursuive son exploration et posai ma main sur sa tête, mêlant mes doigts à ses longues tresses crépues. Quinze minutes et un orgasme plus tard, le livreur sonnait à la porte. James mit un épisode de notre série du moment.

— Je pensais à un truc, me dit-il en fourrant un maki saumon et avocat dans sa bouche.

— Dis toujours.
— Franck pourrait venir avec nous, à l'exposition, demain soir ?

Franck était le meilleur ami de James. Les deux hommes se connaissaient depuis le lycée et avaient grandi dans le même quartier. Franck travaillait désormais dans la communication et habitait à quelques rues de chez James. Même s'il ne m'avait jamais donné la moindre raison de me méfier de lui, je ne l'appréciais pas particulièrement et James l'avait compris. Il évitait donc que nous soyons trop fréquemment dans la même pièce. Ne pas m'entendre avec son meilleur ami était un des paramètres de notre relation qui me préoccupait également.

— Bien sûr, répondis-je en roulant les yeux.
— Il vient de rompre avec sa dernière petite amie. Ça lui fera du bien de passer la soirée avec nous. On pourrait aller prendre un verre, après.

Franck enchaînait les relations éphémères avec des filles au comportement douteux. Je ne pense pas qu'une rupture supplémentaire l'affecte réellement.
— Vous devriez aller prendre ce verre juste tous les deux, décidai-je. Passe un peu de temps avec lui. Tu es tout le temps ici. Tu dois lui manquer…
— D'accord. J'irai à l'expo avec toi et ensuite, je vais le rejoindre.

Le lendemain, comme prévu, nous nous rendions à l'exposition *Black late sessions* qui se tenait dans une galerie pop-up dans le quartier historique de la ville. Candice était déjà sur place, son appareil photo à la main, prête à mitrailler la moindre oeuvre d'art pour notre prochain article de blog. Je devais interviewer deux des exposantes un peu plus tard. James se fondit donc dans la foule, discutant sans complexe avec les personnes présentes.

C'était une de ses qualités que j'appréciais le plus, cette faculté à ê-

tre à l'aise quel que soit l'environnement dans lequel on le plongeait. Après avoir parlé avec une sculpteure kényane et une peintre franco-gabonaise, Candice et moi le rejoignîmes devant une peinture mettant en scène deux femmes qui s'embrassaient.
— Ah ! Les hommes !! Un de vos plus vieux fantasmes, soupira Candice.
— Pas vraiment, Candice. J'admirais la précision du pinceau. De loin, j'ai cru qu'il s'agissait d'une photographie. C'est fascinant, un tel coup d'oeil, et j'admire les détails. répondit James, amusé.
— Oui, je viens d'interviewer l'artiste qui a peint cette oeuvre, une femme adorable. Je…
— Jameeeesssss !!!!!!!

Nous nous retournâmes tous les trois. Le visage de James se ferma tandis que Candice me jetait un regard interrogateur. Vers nous se dirigeait une jeune femme blonde au style bon chic bon genre, une coupe de champagne à la main. Elle devait avoir vingt-cinq ans, environ.

— James, je ne pensais pas te croiser ici. Comment vas-tu ?

James s'éloigna de nous et se rapprocha de la jeune femme avant que celle-ci ait pu se frayer son chemin vers nous. Je le vis lui faire la bise en souriant avant de passer son bras autour de son épaule et de s'éloigner vers une sculpture en fer-blanc.
— *Who is this ? What was that ? That was rude !*

Candice me lança son regard le plus inquisiteur. Je me posais les mêmes questions et surtout, je me demandais pourquoi James avait éloigné cette femme au lieu de nous la présenter.

— OK… On est d'accord, cette fois, que ça, ce n'est absolument pas normal.
— Ben… soit il ne veut pas que tu saches qui est cette femme, soit il ne veut pas être vu avec nous ou… ton copain ne connaît pas les

bonnes manières. À toi de voir !

— On sort ensemble depuis deux ans, Candice, et à part Frank et son frère, je ne connais quasiment personne de son entourage et là…
— On se calme ! Tu sais quoi ? Nous sommes à une inauguration, je suis photographe, je vais obtenir les informations qu'il te faut ! ajouta Candice en saisissant l'appareil suspendu autour de son cou.

Lorsque James revint vers nous, dix minutes plus tard, elle s'éloigna à son tour prétextant des photos supplémentaires à prendre.

— Je vous dis déjà bonne soirée, les amoureux, je vais encore errer ici et là à la recherche d'oeuvres controversées. Lisebeth, on s'appelle, ma belle !

Elle nous fit la bise. Je préférai ne poser aucune question directe à propos de ce qu'il venait de se passer. L'attaquer de front le mettrait sur la défensive et il ne répondrait pas à mes questions. Une fois dans la voiture, il me dit spontanément que la jeune femme blonde était une relation de travail. Je ne fis aucun commentaire. Il me déposa devant mon immeuble

— Je vais rejoindre Franck. On prend juste un verre. Ça ne me prendra que deux ou trois heures et je viens te faire plein de câlins.

Tandis qu'il démarrait, une seule image hantait mon cerveau, celle du visage de cette femme.

# 4

Vous avez déjà eu cette sensation ? Celle que quelque chose de grave se trame dans votre dos, mais vous êtes incapables de le définir, de le préciser, de l'identifier. Cette sensation que votre avenir dépend d'un élément ou d'un événement dont vous ne maîtrisez aucune donnée ? Pendant la semaine qui suivit l'exposition et notre rencontre avec la jolie blonde, cette sensation me poursuivit. Candice m'avait expliqué qu'après notre départ, à James et à moi, elle avait discuté avec la jolie blonde. Celle-ci lui avait dit s'appeler Sophie et travailler pour un commissaire-priseur. Elle avait fait des études d'art et faisait le tour des expositions pour affiner son « talent ». En bon stratège, Candice ne posa aucune question sur James, mais Sophie ne se fit pas prier pour se faire prendre en photo devant certaines oeuvres exposées ou avec d'autres invités : « Je lui ai dit que je tenais un blog très suivi et contemporain, elle m'a tout de suite donné ses coordonnées et ses réseaux sociaux pour garder le contact et pour, bien sûr, que je la tague directement sur nos publications où elle apparaîtrait. Je te l'ai dit, tout le monde aime se faire de la publicité gratuite. ».

Je savais donc de qui il s'agissait et Candice était devenue mon espionne attitrée dans ma quête de vérité, même si elle n'adhérait toujours pas à ma thèse sur l'infidélité de James. Ce matin-là, assises chacune à notre bureau dans l'open space du journal, Candice envoya une demande à la jeune fille sur son compte Instagram. Quelques minutes plus tard, elle se leva et fit rouler son siège près du mien : « Elle est rapide, elle vient d'accepter la demande. » Je me penchai alors pour avoir une vue directe sur son téléphone portable. « Par contre, elle ne s'ennuie pas celle-là, il y a un peu plus de 643 photos. Elle vit littéralement sur les réseaux sociaux. À vue d'oeil,

des selfies, des photos de paysages à travers le monde, de la nourriture, et des oeuvres d'art… quelle originalité ! » ajouta-t-elle en scrollant dans la galerie de photos et vidéos.
— Regarde ! C'est qui, ce mec ? dis-je en pointant une photo de Sophie avec un jeune homme brun.

Candice cliqua sur la photo pour l'agrandir et lire la légende.

— *Joyeux quatrième anniversaire à toi, l'amour de ma vie. À nos années à venir.* Bon, clairement, c'est son mec, et de toute évidence, ce n'est pas James… sauf s'il est adepte de décapage extrême, ces derniers temps !
— Continue…
— Lisebeth !
— Continue, s'il te plaît…

Candice continua à faire défiler les photos, jusqu'à ce que son pouce s'arrête et que nos regards se figent sur une photo de groupe. Sur celle-ci se trouvaient Sophie, son petit ami, une autre fille brune aux yeux verts et… James ? Ils étaient attablés dans un restaurant, de toute évidence sur une terrasse. En arrière-plan, on pouvait voir un décor de maisons blanches et la mer. La localisation précisait que la photo avait été prise sur une île grecque, Santorin. Les hashtags #couplesgateway #couplesgoal #couplesvacay #friends accompagnaient la photo.

Je sentis mon coeur faire un bond. La photo datait de moins de huit mois, de juillet dernier. Je fis un rapide calcul dans ma tête. James s'était absenté pendant une semaine. Il avait pris des vacances alors même que je ne pouvais pas le faire. Il avait choisi de passer quelques jours dans le Sud du pays avec sa mère, son frère et Franck. Ils étaient partis un dimanche et étaient rentrés le vendredi suivant. Je n'avais alors pas vu la semaine passer, entre mon boulot et le blog… et surtout James avait pris la peine de m'appeler au moins trois fois par jour, cette semaine-là, me répétant qu'il aurait aimé que je sois avec lui. Comment avait-il pu passer tout ce temps en Grèce sans que je ne m'en rende compte ? Tandis que je sentais mon coeur battre de plus en plus vite, mes oreilles se mirent à bourdonner. Candice saisit ma main pour me maintenir assise sur mon fauteuil.

— Attends, les personnes sont taguées, sur la photo.

Elle cliqua et les pseudos de trois personnes apparurent.

— Attends, ce n'est pas du tout le compte de James. Ce n'est pas son pseudo.

Une lueur d'espoir s'alluma dans mon esprit. Et s'il s'agissait uniquement d'un mec qui lui ressemblait fortement.

— OK… Je sais que j'ai passé mon temps à te dire que tu étais complètement folle avec tes soupçons, mais là, ma chérie, ce n'est pas du tout clair. Ce n'est pas un sosie, c'est bel et bien James sur cette photo et il a, de toute évidence, un second compte Instagram dont tu ignorais l'existence.

Tandis qu'elle parlait, elle cliqua sur le compte de la femme brune qui souriait innocemment tout en tenant la main de James. Le compte de la fille était privé et Candice ne put accéder à sa galerie. Paul, notre directeur de rédaction, arriva à cet instant précis.

— Mesdemoiselles, dit-il avec un ton légèrement réprobateur, j'attends toujours vos retours sur cette série d'articles relatifs au développement de l'économie collaborative… Et je ne crois pas que ce soit ce que vous êtes en train de faire à voix basse sur un téléphone portable. Au boulot, s'il vous plaît.

Paul avait raison. Candice et moi avions une due date pour toute une série d'articles qui devaient composer notre dossier du mois : « Peut-on vivre de l'économie collaborative ? ». Tout devait être bouclé pour jeudi et nous n'avions pas fini de sélectionner les divers angles à aborder. Je regardai Candice et lui fis signe de ranger son portable et de rejoindre son bureau, ce qu'elle fit à contrecoeur, son instinct d'enquêtrice ayant été titillé. Je décidai de me concentrer pour le reste de la journée sur mon travail, même si, dans un coin de ma tête, la photographie de James tenant la main d'une parfaite inconnue sur une terrasse grecque quelques mois plus tôt s'imposait de plus en plus à mon esprit. Je dus faire des efforts surréalistes pour boucler les interviews nécessaires pour le dossier.

# 5

*Bonsoir mon amour, comment s'est passée cette journée ? Moi, j'ai été débordé et je n'ai pas encore fini. Je dois passer à la salle de sport et faire un tour chez Franck pour suivre le match PSG/OM. Je te rappelle vers vingt-trois heures quand je suis dans mon lit. OK ?*

Le SMS de James me sortit de ma bulle. Je jetai un coup d'oeil à l'horloge de mon ordinateur. Il était dix-sept heures quarante-cinq et il m'annonçait, sur un ton délibérément détaché, qu'il ne serait pas joignable pendant les six prochaines heures. Dans ma tête, je fis un rapide calcul de ces soirées où il disparaissait pendant des heures et se contentait de m'envoyer un simple « bonne nuit », lorsqu'il négligeait de me rappeler. Je me rendis alors compte que mon besoin de liberté et mon amour de solitude lui avaient longtemps servi. Comme nous ne vivions pas ensemble et que jusqu'à présent, je n'en avais pas exprimé l'envie, il pouvait vaquer tranquillement à ses occupations en semaine sans éveiller de soupçons réels de ma part. Mais je sentais que l'étau se resserrait… mais autour du cou de qui ? Lui ou moi ? Tout à coup, je regrettais ma curiosité maladive, mes questions, mes enquêtes. Est-ce que j'étais réellement prête à découvrir ce que James me cachait ? Candice fit irruption dans mon dos :

— Paul propose de tous nous inviter à prendre un verre vers dix-neuf heures ! On pourrait aller dans ce nouveau bar à vins si branché qu'on avait repéré la fois dernière !

— Je n'ai pas vraiment l'esprit à boire du vin, Candice. Je suis vraiment…

— Tu veux que je continue de fouiner et que j'envoie une demande à cette fille ? C'est peut-être juste une amie, comme cette Sophie…

— Non ! Enfin, oui… Je ne sais plus…

Candice se rapprocha de moi. Elle avait l'odeur de l'encens qu'elle faisait brûler en continu dans son appartement.

— Écoute, je te propose de directement discuter avec James au lieu d'agir de cette façon dans son dos. Tu lui montres la photo et tu lui demandes des explications claires sur ces fameuses vacances. S'il ment, bafouille ou s'attaque à ton raisonnement sans réellement te donner d'explications, ce n'est pas la peine de réfléchir plus que ça, tu le quittes. Mais il faut que tu te calmes, OK ?… Bon, ce verre de vin ?
— D'accord, finis-je par murmurer.

À dix-neuf heures, je suivis donc Candice, Paul et plusieurs autres de nos collègues vers le bar à vins tant convoité. Amatrice de bonnes cuvées, je me réjouissais de découvrir de nouvelles bouteilles. Arrivés dans le bar à l'ambiance cosy, nous nous installâmes à une table pouvant accueillir une dizaine de personnes. Une fois notre sélection faite avec l'aide du sommelier, je me dirigeai vers les toilettes lorsqu'un rire sonore et grave attira mon attention. Je connaissais ce rire franc, sûr de lui. Dans la semi-pénombre du lieu, je pivotai et décidai de suivre la voix.
— James ? Franck ?

Les deux hommes étaient attablés devant deux bouteilles bien entamées et une planche de fromages et de charcuterie. Mais surtout, ils étaient accompagnés. Je me tournai alors vers la femme qui était confortablement avachie sur l'épaule droite de mon petit ami et je la reconnus : la fille de la photo, le regard rieur, innocent.
— Bonsoir, ajoutai-je à la tablée, sentant mon sang monter.
Les visages de James et de son acolyte étaient figés, mais impassibles.
— Élisabeth ! finit-il par dire, avec un sourire.

C'était la première fois depuis deux ans que je l'entendais m'appeler

par mon prénom en entier.
— Tu n'avais pas un match de foot à regarder ?
— Euh… excusez-moi, je ne crois pas qu'on se connaisse… Moi, c'est Stéphanie.

La jeune femme se redressa sur son siège et me regarda droit dans les yeux, d'un air à la fois réprobateur et curieux.
— Et vous ? Je vous connais, vous êtes Lise, du blog *The Connoisseurs*. J'adore votre travail. Je pourrais passer des heures sur votre site. Vous vous connaissez ? Jimmy, mon amour, tu connais Lise et tu ne me l'as jamais présentée ? Toi alors !
— Oui, Jimmy… Toi alors !!! répétai-je.
Le bougre ne disait toujours rien. J'avais l'impression de rêver ou plutôt de faire un cauchemar.
— Oui… Euh… j'ai rencontré Élisabeth, il y a quelques années. Elle avait écrit un article édifiant sur ma boîte pour le Afropolitan. Je n'avais pas fait le lien avec ce blog. Désolé, ma chérie.

« CHÉRIE ??? »
— Ah oui, je me rappelle cet article. J'étais tellement fière de toi !

Dans ma tête, j'oscillais entre la stupéfaction, la colère et une envie irrésistible d'éclater de rire. Il était réellement en train de jouer à ça, là, maintenant, avec moi, assis dans ce bar à savourer une bouteille avec cette fille accrochée à son bras. Je pris une profonde respiration et m'assis à côté de Franck, juste en face de Stéphanie. Elle ressemblait à la version brunette de son amie Sophie, une fille de bonne famille. Ignorant le regard de défi de James, je m'adressai directement à elle avec un sourire.

— Stéphanie, depuis combien de temps, James et toi êtes ensemble ?
— Hum… Cinq ans, environ, c'est ça, mon amour ? En fait, James a fait son stage de fin d'études dans l'entreprise de mes parents. On s'est connu comme ça. Un vrai coup de foudre. On a prévu de se ma-

rier au printemps prochain…

Elle tendit le bras gauche et imposa à mes yeux une bague parfaitement taillée, à son annulaire. Je vis les deux dernières années défiler en un quart de seconde devant mes yeux. James ne me trompait pas. Il trompait sa petite amie avec moi ! C'était moi, la « maîtresse », il avait entretenu un mensonge pendant tout ce temps et son entourage était complice de ses manipulations. Mais surtout, je vivais dans un mensonge.

Je sentis mes mains trembler, une colère noire s'empara de moi. D'un geste, je saisis le verre qui se trouvait devant Franck et projetai son contenu sur le visage de James sous les yeux effarés de sa fiancée. Tandis qu'il essayait de se lever, je décidai d'être plus rapide et d'un geste, je renversai avec rage la petite table, attirant l'attention de toutes les personnes présentes. Franck essaya de me maîtriser, mais à la place, il reçut la première claque. Tandis que Stéphanie reculait prestement, je me ruai sur James et lui administrai une gifle des plus monumentales. Je la sentis résonner à travers la salle et ma main en devint douloureuse. Candice s'était précipitée vers nous et tentait de me retenir avec l'aide d'un serveur. Sans m'en rendre compte, j'avais saisi les restes d'une bouteille cassée, par le goulot. Ils reculèrent tous. Je pointai les tessons directement vers James, qui semblait avoir été tellement décontenancé par la gifle, qu'il ne savait pas comment réagir. Je l'observai pendant plusieurs secondes qui me parurent une éternité. « Pauvre type ! ».

*« He is so arrogant and bold,*
*But she gone Love that shit, I Know*
*I done put in a call, Time to ring the alarm*
*'Cause you ain't never seen a fire like the one I gonna cause...*
*Ring the alarm*
*I been through this too long,*
*But I'll be damned if I see another chick on your arm !** *»*

---

* *Beyoncé – Ring The Alarm (B'Day, 2006)*

# Le Voile de la Honte
# |
# Uncover Me

*« The more I think about it,*
*The less that I was able to share with you*
*I try to reach you,*
*I can almost feel you,*
*You're nearly here,*
*And then, you disappear,*
*You disappear…* [*] *»*

---

* *Beyoncé – Disappear (I Am… Sasha Fierce, 2008)*

# 1

J'ai enfin reçu mon courrier pour ma candidature au programme PEPS. Il est arrivé ce matin, mais je ne l'ai pas encore ouvert. J'ignore pourquoi j'ai autant peur ; ma candidature est pourtant excellente. Je suis dans le top cinq de ma promo et j'ai eu le meilleur score aux tests d'admission au programme. Mais la décision finale sera prise sur l'ensemble de notre cursus. Et le mien est ce qu'on pourrait qualifier de particulier.

Avoir un Bac spécialisation Economie et faire une licence en Droit pour finalement se réorienter en Langues Etrangères ; quel revirement ! Je n'avais pas prévu que les choses se passent ainsi. J'ai toujours voulu étudier les Langues Etrangères, mon rêve étant de devenir Interprète. Mais pour mon orientation scolaire, j'ai fini par céder aux voix de la raison de mes parents qui voulaient absolument que je fasse du Droit, pour le prestige qui en découlerait, selon eux. Sans grande conviction, je me suis donc inscrite en Licence de Droit à l'Université de La Réunion.

La première année fût une catastrophe. J'avais de bonnes notes mais mon moral était au plus bas. J'avais perdu l'appétit et beaucoup de poids aussi ; ce qui n'inquiéta pas réellement ma famille. Je pense qu'ils essayaient de se convaincre que cela était dû à la charge de travail à la fac. Même si je cherchais à me voiler la face, à persister dans le déni, je savais au fond de moi que je n'étais simplement pas heureuse dans ce que je faisais. J'étais douée, mais ce n'était pas ce que je voulais faire. Mais la passion ne nourrit pas son maitre. Mes parents étaient convaincus que ma vie serait un gâchis si je suivais ma passion.

Heureusement, pour continuer à nourrir mon amour pour d'autres langues que la mienne et en dépit de la situation, je donnais des cours bénévolement dans un orphelinat deux fois par semaine. J'enseignais l'anglais aux adolescents du centre Poerani, mes petites « perles du ciel ». Ils adoraient faire de jolies phrases pour me montrer à quel point ils étaient attentifs en cours. Pour la fête de fin d'année, ils avaient monté un petit spectacle où ils mêlaient le créole réunionnais et l'anglais pour raconter une histoire qu'ils avaient rédigée eux-mêmes. J'étais fière d'eux, et en même temps, j'avais ce petit pincement au coeur en sachant que je ne vivais pas pleinement ce que j'aimais.

Il m'aura fallu plusieurs mois avant de me décider. J'irai à l'encontre de ce que mes parents attendaient de moi, mais je ne pouvais plus continuer à faire semblant. Je ne pouvais pas continuer à étudier autre chose que les langues étrangères. Alors, j'ai abandonné mes études de droit pour m'inscrire en cursus LEA en métropole ; l'université de l'île ne disposant pas d'un département dédié à cette filière. Je devais donc m'exiler pour réaliser mon rêve. Mes parents, en apprenant mon projet, m'ont simplement dit qu'ils ne paieraient pas pour « des caprices qui me mèneraient à ma perte » et que je devais retrouver la raison ou assumer les conséquences de ma folie.

Je n'ai donc pas eu d'autre choix que de travailler. Vu que j'avais arrêté les cours à la fin du premier semestre de ma deuxième année de licence, j'avais du temps pour enchaîner les petits boulots ; vingt heures comme caissière par-ci, dix heures comme baby-sitter par-là, deux nuits comme serveuse par semaine. Tous ces efforts pour avoir de quoi payer mes dépenses, une fois en métropole.

Mes parents n'ont pas voulu être mêlés à tout cela. De la procédure d'inscription à la demande de bourse, j'ai fait toutes les démarches seule. Le jour du départ, ils ne sont même pas venus à l'aéroport ; ce sont mes deux frères qui m'y ont conduite. Aujourd'hui encore, on ne se parle que très peu. Ils pensent encore que je vais changer d'avis et reprendre mes études de droit.

Se trouver à des milliers de kilomètres de chez soi, avec la certitude d'avoir déçu ses parents et qu'ils désapprouvent totatalement ce que vous faites, il y a de bien meilleures façons d'aborder la vie. Mais je savais que c'était ce que je devais faire. Comme dit JP, mon ancien collègue au McDo, « il faut muscler le mental ».

Heureusement, j'avais les cours et Raphaël. C'est ce qui me permettait de tenir les jours où je rentrais en pleurant, quand j'en avais ras le bol de l'ambiance et que je voulais rentrer chez moi, sur mon île. Puisqu'en métropole, je n'étais pas la bienvenue, d'après les gens que je croisais au quotidien. Que ce soit à la fac ou dans la rue, les remarques à la con pour me signifier que j'étais noire, les regards insistants qui me dévisageaient l'air de dire « mais qu'est-ce que tu fais ici ? Retourne chez toi ! » me donnaient envie de hurler que j'étais chez moi, que j'étais aussi Française que n'importe qui d'autre dans cette ville.

Le pire, ce fut à la fac. Je retrouvais des bouts de papier et des épluchures de fruits dans mes cheveux – je m'asseyais toujours à la première rangée, je suppose donc que mes camarades de promo les jetaient dans mes cheveux crépus pendant les cours ; mes fiches et mes notes finissaient souvent au sol lorsque je faisais un tour aux toilettes. Bonjour l'ambiance ! Surtout qu'on devait parfois rendre des travaux de groupe et les « étrangers » se retrouvaient toujours dans le même groupe. Avec le temps, j'ai appris à passer outre leur stupidité et à me focaliser sur ce qui était important : mes études. La communication était tellement inexistante avec le reste de ma promo que c'est par un pur hasard que j'ai entendu parler du programe PEPS.

Pour le cours de traduction juridique et économique, nous devions fournir un dossier d'une dizaine de documents à traduire, ainsi qu'une analyse des pièges de traduction relevés dans les textes. Il comptait pour 70 % de la note du semestre. N'ayant pas pu assister au TD plus tôt dans la journée, je me suis dépêchée d'aller remettre mon dossier à M$^{me}$ Alice Mapelton, notre professeure et responsable de promotion.

Je suis arrivée essoufflée à son bureau. Elle s'est gentiment moquée de moi : « Vous savez, vous auriez pu aussi m'envoyer le dossier au format électronique ; l'espace numérique des étudiants est ouvert jusqu'à dimanche. » J'avais complètement oublié l'espace numérique. Elle m'a tendu un verre d'eau et m'a proposé de m'asseoir pour reprendre mon souffle. Elle s'est rassise dans son fauteuil, a cliqué deux, trois trucs à l'écran puis s'est tournée vers moi.

— C'est bon, j'ai confirmé le dépôt de votre dossier.
— Merci Madame. Je ne vais pas vous déranger plus longtemps.
— Pas de souci. Mais avant de partir, je me demandais pourquoi vous n'avez pas candidaté au programme PEPS ?

Je la regardai sans comprendre de quoi il s'agissait. Je n'avais jamais entendu parler de ce programme.

— Je suis désolée, Madame, mais c'est quoi, PEPS ?
— C'est un programme d'échange interuniversitaire, un peu comme Erasmus, à la différence que celui-ci est privé. Vous avez la possibilité d'étudier dans une université à l'étranger et de valider votre cursus. Comme vous êtes une de mes meilleures élèves, je pensais que ce serait une excellente opportunité pour vous. Vous pouvez aller aux États-Unis, au Brésil, à Singapour ou en Australie avec la possibilité de faire un stage là-bas. Vous n'avez pas lu le mail d'information ? J'ai pourtant demandé en février au secrétariat d'envoyer les formulaires et le calendrier des tests d'admission.
— Je suis désolée, Madame, mais je n'ai rien reçu. Je vais vérifier

dans mes spams, mais je suis sûre de n'avoir rien reçu. Quelle est la date limite pour déposer les dossiers ?
— Vendredi.

Même en voulant essayer de rattraper ce retard, c'était impossible de réunir tous les documents nécessaires en seulement deux jours. Je me retenais de pleurer. Elle me proposa de m'aider pour la constitution du dossier. Ce n'est donc que grâce à son intervention que j'ai pu remettre ma candidature dans les délais. Pour les deux lettres de recommandation, elle m'en a fait une et a demandé à un autre professeur qui m'appréciait de m'en rédiger une également. Et le jour J était enfin arrivé. Aujourd'hui, j'allais enfin savoir si j'étais acceptée.

Je prends mon courage, et l'enveloppe, à deux mains. Je l'ouvre, lentement, comme pour retarder l'échéance, car je suis sûre d'avoir été recalée.

*À l'attention de Mademoiselle Zuli Heipua Moutoussamy,*

*Après délibération de notre commission d'admission, nous avons le plaisir de vous informer que vous avez été acceptée au sein du Private Exchange Program and Scholarship.*

*Vous intégrerez la NYU School of Professional Studies Foreign Languages, Translation, and Interpreting à la rentrée de janvier 2013, pour une formation de deux ans.*

*Vous bénéficierez également d'une bourse d'un montant de 70,000 USD pour l'ensemble de votre formation.*

*Vous trouverez les informations détaillées concernant votre admission et votre bourse en annexe de cette lettre.*

*Nous vous prions de bien vouloir nous retourner les documents nécessaires pour régler les derniers détails de votre admission. En cas de désistement, veuillez nous en informer au plus vite afin que nous fassions le nécessaire.*

*Veuillez agréer, Mademoiselle Moutoussamy, nos sincères salutations.*

*The PEPS Admission Board*

Je n'en crois pas mes yeux. Je lis et relis pour être sûre d'avoir bien compris ce qui est écrit. J'ai l'impression de ne plus savoir lire en anglais. Comme si c'était une blague de mauvais goût dans un rêve et que j'allais me réveiller d'un instant à l'autre. Mais c'est bien réel, l'année prochaine, je poserai mes valises à New York.

## 2

Je serre fort la main de Raphaël au moment du décollage. Peu importe le nombre de fois où je dois prendre l'avion, j'ai toujours cette peur inexpliquée de mourir pendant le vol. Rien que la sensation que je ressens au moment où l'avion quitte le sol me tord les boyaux. Je m'enfonce dans mon siège, les yeux fermés, jusqu'à ce que nous soyons autorisés à détacher nos ceintures de sécurité. Raphaël, avec ses grands yeux verts, me regarde d'un air amusé : « Un peu plus et tu me broyais la main ! ».

Raphaël est très taquin ; c'est un de trait de caractère que j'apprécie beaucoup chez lui. Il trouve toujours le petit mot pour me faire rire et me rassurer. D'ailleurs, quand je lui ai expliqué pour PEPS, il a préféré qu'on en rie et qu'on se concentre sur mon dossier d'inscription. J'aurais préféré débarquer au bureau du secrétariat et régler son compte à cette Camille Leblon. Elle peut prétexter le bug informatique autant qu'elle veut, mais elle ne me fera pas croire que c'est le hasard si seuls les étudiants de la promo avec un nom à consonance étrangère ont été écartés de la liste de diffusion pour les candidatures PEPS. À trois reprises ? Je n'y crois absolument pas.

En plus, je sentais bien depuis le début qu'elle avait un certain dédain pour les personnes à la peau d'une certaine carnation. Le jour de ma première inscription, lorsque je suis allée récupérer mon certificat de scolarité, elle avait écorché mon nom.

— Julie Apua Matukali ?

— Zou-li Hé-poua Mou-tou-ssa-my.

— Ouais, c'est pareil. Je n'ai pas que ça à faire, apprendre les noms bizarres. Voilà, votre certificat de scolarité et votre dossier d'intégration. Bonne journée !

C'est limite si elle ne m'avait pas jeté mon dossier à la figure. J'avais remarqué qu'elle ne se comportait ainsi qu'avec certains étudiants, bien remarquables par leurs différences ethniques ou religieuses. Je l'entends encore dire à la serveuse du restau U de bien nettoyer le comptoir après le passage d'une étudiante malienne. Car, disait-elle, « on ne sait jamais quelles maladies ces gens-là trimballent ».

Je regarde Raphaël s'amuser avec le filtre UV du hublot. Il a vraiment gardé son âme d'enfant, et en même temps, ça se voit, ça se ressent, dans ses décisions, des plus insignifiantes aux plus graves, que c'est quelqu'un de très mature pour son âge. Il a grandi trop vite. Sa mère est morte de la malaria quand il avait huit ans et il a dû aider son père à s'occuper de sa petite soeur. Ils ont quitté La Réunion et se sont installés en métropole quelques années plus tard.

JP se moquait parfois de moi parce que j'avais quitté mon île pour finalement me mettre en couple avec quelqu'un que j'avais déjà probablement croisé là-bas avant de m'en aller. En y repensant, c'était drôle, comme coïncidence. En revanche, je détestais les remarques de certains de nos amis qui disaient de nous que nous étions comme le jour et la nuit ; non pas pour parler de nos personnalités, mais de nos couleurs de peaux. « Mais Zuli, toi, ça va, t'es pas trop noire. Et puis Raph', ça se voit un peu, quand même, qu'il est bronzé. Même si en hiver, il est aussi blanc que la neige. » Ces réflexions stupides m'exaspéraient, mais je préférais me concentrer sur le positif.

— Tu ne veux pas laisser ces pauvres boutons tranquilles et plutôt choisir ton menu ? L'hôtesse va bientôt passer.
— Regarde-toi, nous ne sommes pas encore mariés que déjà tu veux me materner ! C'est mignon !
— Tu regrettes ton choix ? Je peux te rendre ta bague de promesse, si tu veux.
— Jamais ! Garde-la bien, jusqu'à ce que je t'offre une vraie bague.

Parfois, je devais me pincer pour être sûre de ne pas rêver. Parfois, j'imaginais le pire à son sujet, qu'il avait une vie cachée et qu'un jour ou l'autre, il me quitterait comme une merde pour épouser sa vraie copine. Il faut croire que les démons du passé sont difficiles à vaincre. Mes précédentes relations amoureuses n'étaient pas des plus reluisantes ; entre le don juan qui ne drague que dans ton entourage ; le salaud qui, à même pas vingt-cinq ans, a déjà trois gosses ; l'indécis qui ne sait pas choisir entre son ex et toi ; celui qui t'envoie un SMS pour rompre avec toi car au bout d'un mois de relation, tu n'es toujours pas prête à coucher avec lui et j'en passe ; j'ai bien cru ne jamais tomber sur un mec posé et sûr de ce qu'il voulait. Quelqu'un qui partageait la même vision et les mêmes valeurs que moi. Avec Raphaël, tout se passe bien pour l'instant et, même si nous sommes ensemble depuis moins d'un an, nous avons déjà discuté de la suite que nous voulons donner à notre couple.

Il a tenu à m'accompagner à New York pour ma rentrée. On passe le Nouvel An ensemble puis il repartira pour commencer son nouveau boulot. Après plusieurs mois de recherches et de stress, il va enfin intégrer, en tant qu'assistant juridique, un cabinet à Genève qui accompagne les expatriés qui s'y installent. Avec un peu de chance, et beaucoup de travail, je pourrai peut-être y trouver un poste de traductrice ou interprète assermentée. On verra bien. Pour l'instant, on va déjà profiter de ces quelques jours au pays de l'Oncle Sam.

***

Le campus a l'air immense et si je ne me dépêche pas, je vais arriver en retard à la réunion d'information. Je n'ai pas envie de faire mauvaise impression dès le premier jour. Je bouscule des personnes sur mon chemin et m'excuse sans me retourner pour arriver au plus vite; ça m'apprendra à vouloir rattraper toute la saison 4 de *Parks and*

*Recreation* en une seule journée. Je me suis couchée à pas d'heure et je n'ai pas entendu le réveil sonner.

J'arrive enfin à l'amphithéâtre où se tient la réunion. Il est immense, dans la démesure, comme les Américains savent si bien faire. Les 1.500 étudiants du programme sont déjà installés et attendent les discours d'ouverture du président et quelques alumni présents. J'essaie de ne pas trop me faire remarquer en descendant les marches pour aller m'asseoir à l'une des places encore libres.

La jeune fille sur le siège d'à côté me sourit rapidement avant d'enlever son sac. Elle porte un T-shirt noir sous sa veste blanche et un jean bleu. Son voile de couleur rose poudré protège ses cheveux. Ça m'a marquée, car je trouvais que ça mettait bien sa peau en valeur. C'était une « *Dark Skin* » comme ils disent ici, avec de grands yeux marron, un nez fin mais des lèvres charnues. Ses mains fines tapotaient rapidement sur le clavier de son MacBook ce qui avait l'air d'être un article de blog.

Je n'ai pas le temps de vérifier cela, le président, Mr Seth Cohen, commence son discours de bienvenue. Il rappelle les origines de PEPS, ses valeurs et ses objectifs, le fonctionnement de la plateforme numérique et le calendrier des formations. Je regarde autour de moi, des étudiants venus du monde entier, de l'Asie, de l'Europe, de l'Amérique du Nord et du Sud. Je remarque quelques personnes noires, mais je n'arrive pas à déterminer leurs origines.

Mon inspection de l'amphithéâtre se poursuit pendant que les intervenants se succèdent au pupitre. Que de solennités inutiles alors que tout le monde souhaite en finir au plus vite et aller vider le buffet.

Après deux heures de longs discours et trente minutes à attendre dans le hall d'inscription, j'ai enfin pu récupérer mon badge d'accès et les clés de l'appart que l'Académie de New York nous prête le temps du programme. J'avais vu quelques photos sur le forum.

C'est un bel appartement de deux chambres, mais nous serions quatre à y vivre. En soi, ça ne me dérange pas plus que ça, surtout que je vais faire quelques économies sur le loyer – même si, soyons réalistes, on est à New York, ça va coûter une blinde. J'espère juste que celle avec qui je partage ma chambre ne ronfle pas et qu'elle n'est pas bordélique.

Après un énième passage chez Shake Shack, parce que leurs burgers sont trop bons, Raphaël et moi retournons à l'auberge récupérer quelques-unes de mes affaires pour que je puisse commencer à m'installer à l'appart. Il nous a fallu quasiment une heure depuis Brooklyn pour arriver à destination. L'immeuble n'est pas récent, mais la façade a l'air en bon état. Dès l'entrée, on peut voir deux grandes portes en verre, séparées par un petit lobby où trône une rangée de plantes vertes de chaque côté de la pièce. Derrière la deuxième porte, deux ascenseurs de part et d'autre permettent aux visiteurs et résidents d'accéder aux étages.

Je me débats tant bien que mal avec deux sacs et Raphaël avec ma grande valise pour n'avoir à monter qu'une seule fois. On reviendra avec la deuxième valise demain. La porte de l'ascenseur s'ouvre sur l'appartement 29B ; c'est là que l'on va. L'intérieur a l'air neuf par rapport au reste de l'immeuble, il a sans doute été rénové récemment. Le séjour est simplement décoré et un grand canapé sépare le salon d'une petite cuisine ouverte. En face, deux portes séparées par un mur blanc où sont accrochées des photographies de New York. Ça doit être les chambres.

Nous étions en train de faire le tour de la pièce lorsqu'elle est sortie d'une chambre, en réajustant son voile. C'était la même fille que ce matin à l'amphithéâtre.

— Bonjour ! Tu dois être Zuli ? Moi, c'est Samira. Bienvenue chez nous, dit-elle avec un grand sourire chaleureux.

# 3

Enfin, les *finals* sont terminés. On va enfin pouvoir souffler un peu avant les stages. Je ne commence le mien que dans trois semaines. Et ce sera à l'ONU, l'organisme le plus prestigieux au monde – à mes yeux, en tout cas. Certes, je n'ai été appelée que parce qu'une des étudiantes admises au préalable a dû rentrer dans son pays et renoncer à sa place. Mais l'essentiel était de pouvoir ajouter cette ligne à mon CV, même si le stage n'est pas rémunéré. En revanche, j'aurais bien aimé être dans la liste des premiers choisis.

Samira, quant à elle, a été acceptée dans une start-up considérée comme la prochaine licorne de la Fintech et elle commencera la semaine prochaine. Ma Best Bae va participer au déploiement de leur principale solution sur le marché américain. Je suis contente pour elle, elle a travaillé comme une forcenée pour avoir de bons résultats et être choisie par cette entreprise. Elle craignait que le fait qu'elle soit musulmane et porte le voile ne soit un frein, mais tout s'est bien passé. De retour à Riyadh, elle va pouvoir travailler dans une grande banque de la place ou une de ces multinationales qui s'installent en Arabie Saoudite.

Elle m'a raconté comment là-bas, dans son propre pays, elle n'était pas considérée comme une « vraie » Saoudienne à cause de sa peau très foncée. J'avoue que moi-même, je ne pensais pas qu'il existait une population noire en Arabie Saoudite. Même s'ils sont peu nombreux, certaines familles y sont installées depuis des générations. Quand elle me raconte les insultes et les violences qu'elle et d'autres personnes noires subissent au quotidien, j'en ai le coeur qui saigne. Une fois, elle m'a confié qu'elle supportait plus facilement de vivre le racisme et l'islamophobie à l'étranger, que la négrophobie et le rejet dans son propre pays. Et ça, ça me parle, à moi qui, pour certains, ne suis pas non plus une vraie Française.

Sa famille est déjà venue la voir à deux reprises. La première fois, seules sa mère et sa petite soeur sont venues. C'était pendant l'été 2013. Elles ont dévalisé les magasins et fait la tournée des restaurants branchés de Tribeca et Manhattan. Samira a fait une tonne de photos pour alimenter son blog, sur lequel elle parle de beauté, de mode et surtout sur lequel elle milite, à sa façon, pour la représentation des populations noires en Arabie Saoudite et le respect de leurs droits. Selon elle, les privilégiés doivent être le porte-voix des moins chanceux.

Lors de leur seconde visite, toute sa famille, y compris son père et ses deux grands frères ont fait le déplacement. On dînait ensemble parfois, quand je ne dormais pas en salle d'études. Par respect, je mettais des vêtements plus amples et couvrants. Je ne le vivais pas comme une obligation, mais davantage comme une manière de les respecter et de les honorer, comme si c'était aussi ma famille. Après tout, je considère désormais Samira comme la petite soeur que j'aurais aimé avoir.

J'entends mon téléphone sonner dans le salon.

— Zuli, ton téléphone !
— C'est qui ?
— Un message de Raphaël.

Je lève les yeux en soufflant. En ce moment, on n'arrête pas de se disputer. Il me reproche de ne penser qu'au boulot et de le faire passer au second plan. Je devrais culpabiliser d'avoir fait ce que je pense juste pour ma carrière ? D'autant plus qu'il était le plus motivé de nous deux, au départ, concernant ma venue à New York ; il disait que ce serait un tremplin formidable. Et aujourd'hui, à cause de la distance et des longues périodes sans se voir, il pointe du doigt ce qu'il encourageait.

— Qu'est-ce qu'il dit ?

Samira, qui m'a rejointe dans la chambre, me regarde, perplexe, un sourcil levé. Je préparais ma valise.

— Tu es sûre que je peux lire ce message ? Je ne veux pas découvrir des choses *haram*, dit-elle en riant.
— T'es nulle, Samira. Vas-y, lis le message.
— *Bébé, je suis désolé pour hier. Appelle-moi stp.*

Je souffle à nouveau en levant les yeux. Je mets en pause la série que j'avais lancée sur mon ordinateur et je l'appelle sur Skype. Sa webcam est allumée.
— Allô bébé ?
— Bonjour.

Je réponds sèchement pour lui montrer mon agacement, mais je suis quand même contente de le voir. Il est toujours aussi beau, cet imbécile.

— Ça va ? Je m'apprêtais à dormir et j'ai pensé à toi. Qu'est-ce que tu fais ?
— Je prépare ma valise.
— Ah… Tu voyages. Tu vas où ?
— Je viens à Genève. J'ai trouvé une promo il y a deux semaines pour des billets aller-retour. Comme mon vol est à deux heures et qu'avec Samira, on va à une soirée tout à l'heure, je préfère faire ma valise maintenant.
— Je ne savais pas que tu venais. Ça me fait plaisir !
— Bah, si tu n'arrêtais pas de me crier dessus, peut-être que j'aurais pu te parler de certaines choses.
— Zuli…
— C'est rien, on en reparle à tête reposée quand j'arrive, ça te va ?
— Tu veux que je vienne te chercher à l'aéroport ?
— Non, ça ira. Je pense que tu seras encore au cabinet. Je t'attendrai à la maison.

— OK. Bébé ?
— Oui ?
— Tu me manques.
— Toi aussi. À demain, bisous.
— Bisous. Salue Samira de ma part.

Je vois bien que cette dernière se retient d'éclater de rire et je lui lance un oreiller.

— Va te préparer, toi, au lieu de te moquer des autres !
— À vos ordres, cheffe ! En revanche, je ne pense pas que je resterai longtemps. Tu sais, les soirées étudiantes d'ici, je n'aime pas trop ça.

# 4

Samira est morte ce matin. Je ne sais pas trop comment réagir. Hier, elle m'a appelée, en larmes, car ils avaient publié des photos sur le forum PEPS. Et des connards les ont aussi diffusées sur Facebook et Twitter, en prenant soin de l'identifier sur la dizaine de photos. Sur certaines, on la voyait, inconsciente, les jambes écartées, se faire pénétrer par un mec pendant qu'un autre avait enfoncé le sien, de sexe, dans sa bouche, simulant une fellation ; sur d'autres, à califourchon sur l'un d'eux pendant que les deux autres l'attrapaient au niveau des bras pour la maintenir ; sur le ventre, les mains derrière le dos, pendant qu'un la prenait par la taille et un autre lui touchait les seins en se masturbant. Sur la dernière, on pouvait lire « Whore of Islam » écrit au rouge à lèvres sur ses cuisses. Ils étaient trois sur les photos et certainement un quatrième pour tenir l'appareil. Ces enfoirés ont pris la peine de cacher leurs visages.

— Zuli, je t'assure que je ne voulais pas. Quand tu es partie à l'aéroport, je voulais rentrer à l'appart, mais Mike m'a proposé un dernier verre avant de partir. Je me souviens juste du verre de jus d'orange qu'il m'a tendu, et après, plus rien.
— Tu n'as pas à me convaincre, je te crois. Et ces sales chiens vont payer ! Qu'est-ce que la police dit ?
— Ils n'en ont rien à faire. Ils ont dit que c'était ma faute, que je n'avais pas à me retrouver seule dans une soirée alors que je n'étais pas dans mon pays. Et que de toute façon, le kit de viol était revenu négatif. Zuli, j'ai envie de mourir, je me sens sale. Et maintenant, tout le monde a vu les photos. Elles ont été enlevées du forum, mais elles tournent toujours sur les réseaux sociaux. Je reçois des messages d'insultes et des menaces de mort. Mes parents vont bientôt tomber dessus, j'ai apporté le déshonneur sur ma famille.

— Samira, écoute-moi. Ce n'est pas ta faute, les coupables, ce sont ceux qui t'ont agressée. Ce sont eux qui doivent culpabiliser et avoir honte de leur comportement. Écoute, je vais demander à Akiko et Meghan de passer te voir. Elles resteront avec toi jusqu'à ce que je rentre, okay ? Mon vol est dans deux jours, en attendant, promets-moi de te reposer, d'accord ? Déconnecte-toi des réseaux sociaux, prends un avocat et ne parle à personne d'autre que lui.

Malheureusement, je n'ai pas su la rassurer. Pendant que Meghan et Akiko dormaient au salon, Samira est montée sur le toit de l'immeuble et a fait un vol plané sur dix étages.

Lorsque j'ai reçu le coup de fil de Meghan, j'étais en train de préparer une quiche pour le dîner. Je venais de la sortir pendant que Raphaël mettait la table. La suite est floue dans mes souvenirs. J'ai vu le plat en verre tomber au ralenti, j'ai peut-être tenté de m'accrocher à quelque chose tandis que je vacillais dans la petite cuisine. Je me suis entendue crier comme si on me poignardait directement au coeur. J'ai eu mal. Une douleur que, jusqu'ici, je n'avais jamais expérimentée.

***

Je me demande tous les jours si j'aurais pu faire ou dire quelque chose pour la retenir. Je ne peux qu'imaginer la détresse dans laquelle elle se trouvait, le poids que l'humiliation publique avait posé sur ses épaules. Je me sens coupable pour tout ce qui lui est arrivé ; c'est moi qui lui ai demandé de m'accompagner à cette soirée car je ne voulais pas y aller seule, qui suis partie trop tôt en la laissant seule et c'est elle qu'on a entraînée dans une pièce isolée et dont on a abusé à plusieurs reprises. C'est elle qui a dû subir les attaques et les insultes. Pendant que ses agresseurs sont protégés par la loi, car « on ne peut rien prouver ». J'étais en colère, j'étais furieuse, j'étais impuissante, avant, face à la douleur de mon amie ; et maintenant, face à l'impunité dont ces sales chiens jouissent.

Et le pire dans toute cette tragédie est que, même dans la mort, la honte la suivra. Vu qu'elle s'est donné la mort, sa famille a dû encercler sa pierre tombale avec une chaîne et un cadenas pour signaler les conditions de son décès. C'est leur tradition. Toute personne qui visitera le cimetière où elle est enterrée saura. Et ses parents n'auront jamais la paix. Déjà que sa mère a dû prendre un billet en urgence pour venir identifier le corps de son propre enfant à la morgue. Regarder le visage défiguré de sa fille, son précieux bébé, confirmer qu'il s'agissait bien d'elle et la ramener à la maison. Je l'ai accompagnée pour qu'elle ne soit pas seule à ce moment-là ; mais je pense que c'était plus pour moi, pour être sûre de ne pas flancher lorsque je verrais son corps inanimé. Plus je la regardais, et plus j'avais l'impression qu'elle respirait encore et qu'avec un petit effort, elle pourrait rouvrir les yeux. Qu'elle allait se réveiller de son profond sommeil. Qu'elle allait essuyer nos larmes et nous dire de ne pas nous en faire, qu'elle allait se battre. Parce qu'elle était forte et courageuse et que rien ne pourrait lui voler sa joie de vivre.

J'étais écoeurée et triste, mais surtout révoltée lorsque j'ai appris que d'autres personnes avaient subi les mêmes agressions et que le Conseil ne faisait rien pour y remédier. Tous les ans, des jeunes femmes et hommes sont violés au sein même d'universités, subissent des attouchements et personne ne dit rien, ne fait rien. Comme si c'était normal. Tout le monde ferme les yeux et les affaires sont étouffées, pour ne pas entacher la réputation du programme. Qu'est-ce qu'on s'en cogne, de la réputation ? Des centaines d'étudiants continuent de gonfler les rangs des victimes et tout le monde s'en fout. Plutôt que de continuer à ruminer et bouillonner dans mon lit, je vais plutôt aller au bureau et avancer sur quelques dossiers ; que cette insomnie qui dure depuis plusieurs jours serve à quelque chose. Et je ne comprends pas pourquoi, de tous les symptômes prémenstruels, j'ai reçu en cadeau le mal de dos !

Je fixe son lit, vide. Je repense à nos longues discussions avant de nous endormir. Je lui parlais de la France, de la cuisine, des châteaux, des gens, de Toulouse, ma ville. Samira disait souvent pour rigoler qu'elle viendrait me voir et qu'on ferait un road trip dans le Sud du pays. Et elle me parlait de son pays, du décalage entre la propagande des médias internationaux et la réalité du terrain, de son blog et des gens, comme elle, qui lui écrivaient pour la remercier de son modeste travail, de ce qu'elle voulait faire plus tard, pour elle, pour sa famille, pour ses futurs enfants, tous les rêves fous qu'elle voulait réaliser. Et que maintenant elle ne pourra plus faire.

Je me lève pour aller dans la salle de bains, en me disant qu'on vit de plus en plus dans un monde de merde.

*« These four lonely walls have changed the way I feel*
*The way I feel, I'm standing still*
*And nothing else matters now, you're not here*
*So where are you ? I've been callin' you, I'm missin' you*
*Where else can I go ? Where else can I go ?*
*Chasin' you, chasin' you*
*Memories turn to dust, please don't bury us.* [*] *»*

---

* *Naughty Boy ft Beyoncé & Arrow Benjamin – Runnin' (2015)*

# Le Hasard de la Sérendipité
# |
# The Unexpected

*« Please don't get me hype (I'm hype),*
*Write my name in ice (Ice, ice, ice)*
*Can't argue with these lazy bitches, I just raise my price*
*I'm a boss, I'm a leader, I pull up in my two-seater* * »*

* *Megan Thee Stallion ft Beyoncé - Savage Remix (2020)*

PARADISE

# 1

Dhakiya n'arrêtait pas de ruminer sous son sourire de façade en disant au revoir aux clients. « Encore une journée de plus où je n'ai pas étripé ce sale hypocrite ! ». C'était la troisième fois qu'Henry réquisitionnait une personne de son équipe alors qu'elle en avait besoin en salle. Et sans la prévenir qui plus est. Mais comme il faut rester professionnelle et avoir l'esprit d'équipe, elle devait garder le sourire et faire comme si cela ne lui posait aucun problème. Comme si ça ne perturbait pas son travail.

Heureusement, elle pouvait compter sur son équipe pour assurer un service de haute qualité, même avec un membre en moins. Dhakiya se félicita que les clients n'aient rien remarqué. Tout s'était très bien passé et son équipe avait très bien géré la situation. Elle réfléchissait déjà à comment négocier une prime pour eux sur le salaire de ce mois.

Un dernier tour dans la salle pour s'assurer que toutes les tables avaient bien été débarrassées et un rapide débrief avec le directeur du restaurant avant de pouvoir enfin rentrer chez elle. Elle comptait bien profiter de ses trois jours de repos. Techniquement, elle n'en avait que deux, et cela une fois par mois, mais ce qu'elle préférait c'est quand ils tombaient le vendredi et le samedi. Le restaurant étant fermé le dimanche, elle pouvait profiter pleinement de ses trois jours de repos. La cerise sur le gâteau, c'est quand elle pouvait les passer avec sa mère, dans leur maison à Watford.

Depuis la mort de son père, Dhakiya suppliait sa mère pour qu'elle vende la maison et vienne habiter avec elle à Londres. Et à chaque fois qu'elles avaient cette discussion, Halima répondait que vendre la maison, c'était comme tourner le dos à son mari et qu'elle n'était pas prête à le laisser partir.

Dhakiya non plus n'était pas prête à le laisser partir. Elle s'accrochait à tous les souvenirs d'eux, de toutes les fois où il cédait à ses demandes car c'était sa « princesse capricieuse ». Elle adorait quand il faisait semblant de l'appeler Makena pour taquiner sa mère car c'était le prénom qu'elle aurait voulu donner à Dhakiya. Elle aimait être sa complice quand il voulait offrir un cadeau ou faire une surprise à Halima. C'était un grand romantique à sa façon et elles l'aimaient comme ça.

La blessure de son décès était encore bien trop fraîche. Du haut de ses vingt-six ans, elle avait encore l'impression d'être une petite fille de sept ans qui ne pouvait plus jouer avec son papa chéri. Deux ans, ce n'est pas assez pour avoir moins mal. D'ailleurs parvenait-on un jour à moins ressentir la douleur ? Dhakiya n'en était pas sure. Elle avait encore en mémoire toutes les crises de larmes qu'elle avait pour un oui ou un non pendant la première année, les yeux bouffis qu'elle tentait de maquiller tant bien que mal le matin. Les anniversaires, les fêtes de fin d'année et la fête des pères qui lui rappelaient cruellement cette absence qui pour elle ne serait jamais comblée. Deux ans déjà, et la douleur est toujours aussi vive, comme si c'est hier qu'elle avait reçu la terrible nouvelle. Un chauffard alcoolisé n'avait pas pu l'éviter sur le passage piéton. Comme sa mère aimait souvent à le répéter, « on ne finit jamais d'essuyer ses larmes ».

C'est d'ailleurs à cette occasion qu'elle était allée pour la première fois au Kenya. Ses parents avaient émigré en Angleterre avant sa naissance et elle n'avait connu que ce pays. Alors, découvrir son pays d'origine pour l'enterrement de son père lui avait laissé un goût amer. Elle qui s'était promis d'y aller avant ses 30 ans rencontrait le Kenya pendant que son coeur pleurait son père. Mais au moins la chaleur de la famille la réconfortait un peu, même si elle aurait préféré un autre surnom que « *mzungu* », la Blanche. Était-ce son accent ?

Ses manières ? Le fait qu'elle ne parlait pas la langue, même si elle la comprenait plutôt bien ? Elle préférait pleurer plutôt que se poser la question.

Dhakiya sortait lentement de sa rêverie et des souvenirs de son père pour entendre le directeur mentionner brièvement une privatisation complète du restaurant dans deux mois. Probablement encore une soirée privée de riches hommes d'affaires pour célébrer un important contrat ou alors un anniversaire de bloggeuses. Peu importe, tant qu'elle pouvait empocher sa commission sur le chiffre d'affaires généré.

— Dhakiya, je souhaite que vous fassiez équipe avec Henry sur cette réservation. Bien entendu, vous aurez le lead dessus ! J'ai totalement confiance en vous, vous êtes mon meilleur élément et je sais que la qualité sera au rendez-vous.
— Bien entendu !
— On en reparle à votre retour lundi, je vous laisse rentrer chez vous. Il commence à se faire tard.
— Très bien, je fais un mail récap et je vous envoie une invitation de réunion.
— Je ne sais pas ce qu'on ferait sans vous ici, Dhakiya !

« Que les actes se joignent à la parole alors. Avec une augmentation par exemple ! », pensa-t-elle en sortant du bureau du directeur. Elle se dépêcha de faire un résumé de la journée, le chiffre d'affaires généré pour sa salle et les commentaires sur son équipe ainsi que les clients. Comme à son habitude, Sir Andrew Burton, accompagné de ses collaborateurs, avait fait honneur à la cuisine du chef. Tous les jeudis, son équipe et lui tenaient leur réunion informel au restaurant. Il avait à plusieurs reprises essayé de la débaucher pour qu'elle aille travailler avec lui. Il envisageait d'ouvrir un nouveau département dans son cabinet d'architecture et Dhakiya ne savait pas s'il plaisantait quand il disait vouloir la recruter pour le diriger.

Elle vérifia une dernière fois qu'il n'y avait pas de coquilles dans son mail, ajouta l'invitation de rendezvous et cliqua sur « Envoyer ». Il lui restait juste le temps de prendre ses affaires rangées sous son bureau et se dépêcher d'aller à la station de métro ; son train pour Watford était dans 1h. Si elle ratait celui-là, elle devrait prendre le suivant qui la ferait arriver bien après minuit car le temps de trajet doublait.

En sortant du boulot, Dhakiya adorait trainer dans les rues londoniennes. Elle préférait parfois enfourcher un vélo plutôt que prendre le bus ou le métro pour rentrer chez elle. C'était son moment à elle, le moment où elle pouvait laisser libre court à ses idées, mêmes les plus extravagantes. Comme cette fois où elle avait pensé à faire un blog sur les figures féminines emblématiques de l'histoire africaine et sa diaspora ; une sorte d'arbre généalogique des femmes noires qui, selon elle, devraient être davantage connues, ou du moins devraient être mises en avant plus souvent. Elle trouvait anormal de galérer autant pour citer ces femmes qui avaient marqué et continuaient de marquer l'Histoire du continent. Mais pour l'instant son idée de blog n'était que ça, une idée ! Elle n'avait même pas un début de nom, encore moins un nom de domaine réservé. Mais ça viendra, elle en était sure. Elle voulait laisser du temps à l'idée pour mûrir.

Les promenades nocturnes de Dhakiya lui servaient aussi à rêver d'ailleurs. De voyages lointains, de soleil et sable chaud, de fruits gorgés de soleil et de pouvoir se recharger comme une pile grâce à toute l'énergie que le soleil voudrait bien lui communiquer. Les seuls voyages qu'elle avait faits jusqu'à présent hors de l'Angleterre étaient à Barcelone et à Paris. Le premier était un voyage scolaire quand elle était au collège et le deuxième un voyage plaisir pour vivre la Paris Fashion Week sur place, même si elle avait dû se contenter des défilés des photographes cherchant le parfait street look. Mais ce soir, elle n'avait pas le temps de flâner. Elle avait quelques courses à faire avant de prendre le train et elle remercia intérieurement l'épicerie en face de la gare. Elle sortit en courant de la station de métro et se dirigea vers l'épicerie. Elle prit tout ce dont elle avait besoin, surtout ses chips préférées et alla à la caisse pour régler ses achats. Le propriétaire la taquinait parfois qu'il serait l'homme le plus heureux si elle acceptait d'épouser son fils. « Je me pavanerai partout en clamant haut et fort que mon fils aura épousé la plus belle femme de Londres ». Et elle de répondre qu'elle en serait honorée si cela signifiait un stock à vie de ses chips de plantains.

Dhakiya regarda sa montre ; six minutes avant le départ du train. Elle poussa un long soupir de soulagement en s'asseyant dans un des wagons. Elle regarda autour d'elle, la rame était quasi vide à l'exception de quelques âmes errantes dont les visages exprimaient la fatigue d'une longue journée de labeur éreintante à recommencer le lendemain aux aurores.

Elle balaya du regard les sièges avant de remarquer ce voyageur qui la regardait avec insistance. Pas comme un mec intéressé qui voudrait bien lui demander son numéro pour discuter et plus si affinités. Dhakiya se sentit mal à l'aise, car le regard de ce passager qui la dévisageait semblait être empli de mépris, de colère et de dégoût. Il ne la quitta pas du regard pendant les vingt-trois minutes du trajet. Elle avait peur ; s'il décidait de faire quelque chose, elle ne savait pas si les gens interviendraient. Son coeur battait à toute allure pendant qu'elle priait pour un voyage sans incident.

Lorsque le train arriva enfin à la gare de Watford, elle s'empressa de récupérer ses affaires et le sac de courses pour fuir. Il la suivit et la bouscula à la descente du train, faisant ainsi tomber ses courses sur le sol mouillé du quai. En voulant ramasser ses courses, la lanière de son sac à main se coupa.

— Super ! C'est vraiment une journée extraordinaire !

# 2

— Mais quel culot ! Quel sale type ! S'approprier tout le mérite de ton travail alors qu'il n'a rien branlé !
— Je te jure, j'ai envie de lui péter sa gueule !
— Mais je le crois pas ! Un minimum de décence quand même ! Tu crois qu'il se regarde dans le miroir et se dit qu'il est le meilleur ?
— J'en suis sure, ça lui ressemble tellement ! Tu sais, je ne suis pas conne, le monde du travail est un monde de requins. Mais même en sachant ça, je suis quand même choquée à chaque fois. Ce mec, ça fait deux ans qu'il me pourrit la vie au travail et je ne dis rien. Je prends sur moi, parce qu'il faut rester pro, pour éviter d'être cataloguée d'agressive et « manquer d'esprit d'équipe ». Et ça devenait de plus en plus difficile pour moi de faire semblant de l'apprécier. Rien qu'être dans la même pièce que lui, respirer le même air que lui m'insupportait. Mais là, c'était vraiment la goutte d'eau qui a fait déborder le vase. Ils ont fait une interview télé, sans m'en informer et sans me mentionner, alors que je me suis tapé tout le boulot, tous les échanges avec les clients, tout le stress et monsieur se pointe à la dernière minute pour récolter les lauriers. Et bien entendu, le directeur l'applaudit !
— Une belle brochette de bras cassés qui ne connait ni la honte ni l'intégrité !
— Ça, c'est sûr ! Partir était la meilleure option pour moi. Parfois, ta survie dépend de ta fuite.
— Mais… Tu n'as pas peur de regretter ? Je veux dire, avec la crise actuelle, la difficulté à trouver du travail, ça ne doit pas être évident.
— Au début, si. Au bout d'une semaine, je me suis dit que j'exagérais peut-être et que ce n'était pas nécessaire de prendre une décision aussi drastique. Que ce genre de problèmes, il y en avait partout

et que je devais apprendre à faire avec. Jusqu'à ce que je reçoive par erreur un mail du directeur à Henry. Et dans ce mail, grosso modo, il disait que c'était une crise passagère, que j'allais retrouver la raison et cesser mes caprices.
— Non, tu rigoles ?
— Si seulement ! C'est là que j'ai su que je devais vraiment partir. Je mérite mieux et j'aurai mieux !
— Et ta mère, qu'est-ce qu'elle en pense ?
— Maman fait ce qu'une mère fait dans ce genre de situations : elle s'inquiète. Et c'est normal. Elle stresse pour son petit bébé et prie tous les soirs pour que je retrouve quelque chose rapidement.
— Du coup, qu'est-ce que tu vas faire maintenant ?
— Je ne sais pas encore, j'ai quelques idées mais rien de fixé pour le moment.
— Je suis contente pour toi et que tu te choisisses toi.
— C'est un peu effrayant, mais je pense que ça ira.
— Je ne m'inquiète pas pour ça ; tu es pleine de ressources. Tu trouveras quelque chose qui te plaise et te paie bien.
— Oh que oui ! En attendant de trouver, je vais me reposer un peu. Je vais passer 10 jours à Bali !
— Wow ! Comme ça, sur un coup de tête ?
— Ouais, parfois il ne faut pas trop réfléchir avant de se lancer. J'ai les moyens actuellement de me le permettre, alors je me l'offre ! Bon, j'ai eu une petite frayeur quand j'ai réalisé que mon passeport avait expiré, mais ça va, je l'ai fait refaire et je devrais le recevoir fin de semaine prochaine, ou au début de la semaine suivante.
— Le rêve, c'est trop bien !
— Yep ! Bon, en vrai, je fais neuf jours là-bas ; je perds un jour à cause du vol aller et j'arrive à Denpasar à 19h. Le temps de faire les formalités à la douane, récupérer ma valise et arriver à l'hôtel, il sera peut-être 21h. Je passe deux nuits à l'hôtel, avec vue sur la mer sup.

Après je chercherai un resort, pour avoir ma villa avec piscine privée. Je préfère le faire sur place. Comme ça, je pourrai voir où c'est situé, si les activités sont à proximité et si la zone est safe. Mais bon, à priori, de ce que j'ai pu lire sur les forums, Bali c'est plutôt tranquille niveau sécurité. Après tout, je voyage quand même seule. Je dois prendre mes précautions. Tu sais ce que c'est de voyager pour nous.

— Et comment ! Soit on devient la curiosité du moment que tout le monde veut voir, soit on doit gérer l'hostilité des gens.

— Argh ! L'enfer !

— En tout cas, j'ai hâte de vivre ces vacances par procuration !

— M'en parle pas, depuis le temps que je rêvais d'y aller. Chaque photo que je vois est plus belle que la précédente. J'ai envie de tout visiter. Je me suis concocté un programme aux petits oignons. Farniente, culture et nourriture à m'en péter le bide !

— Je veux un compte-rendu détaillé de ce voyage, tous les soirs. Et avec autant de photos que possible stp.

— Je peux t'assurer que tu ne vas pas y échapper.

— J'espère bien ! Et tu pars quand ?

— Mon contrat avec le restaurant se termine la semaine prochaine, vu que j'ai demandé un préavis d'un mois. Et une semaine plus tard, je serai dans l'avion pour vivre mes meilleures vacances.

— J'espère que tu as déjà choisi tes meilleurs maillots de bain ?

— Meuf, j'en ai commandé peut-être dix nouveaux !

— Un pour chaque jour ?

— Oui, oui, et quelques-uns de remplacement. Tu sais, au cas où !

— Woop woop ! Déesse Dhaki est dans la place !

— T'es bête !

— Mais tu m'aimes quand même !

— C'est ça le drame de ma vie ! Allez, trêves de bavardages sur moi. Comment tu vas, toi ? On ne s'est pas vu depuis la naissance de

Liam. On aurait dit que tu ne voulais plus accoucher !
— C'est plutôt Liam qui n'avait pas l'air pressé de sortir. C'est seulement parce que j'ai monté et descendu tous les escaliers de Londres qu'il a enfin accepté de pointer le bout de son nez.
— Mais c'est le plus beau nez du monde !
— Le plus beau ! Tu sais, je ne comprenais pas toutes ses mères qui s'extasiaient sur leurs bébés et parlaient de ce nouveau genre d'amour. Pour être franche, je pensais qu'elles exagéraient. Mais je peux t'assurer que c'est vrai et c'est bien plus fort que ce que n'importe quel mot ne pourra jamais exprimer. Cet enfant, c'est ma vie à présent ! Mon coeur me fait mal à force de l'aimer autant.
— C'est trop bien ! Je suis contente pour toi ma chérie. Par contre, l'appart est bien silencieux.
— Matt et lui passent la nuit chez ses parents. Il voulait qu'on soit que toutes les deux ce soir. Et je peux enfin à nouveau boire de l'alcool !
— J'ai toujours su que Matt était jaloux de moi. D'abord, il prend ma meilleure amie et maintenant, il m'empêche de passer du temps avec mon neveu.
— J'aime trop les fausses querelles entre vous deux pour savoir qui m'aime le plus.
— Et il sait que c'est moi !
— Oui, ma chérie, il sait que c'est toi !
Après un moment de silence, à se tenir les mains et se regarder dans les yeux, un regard empreint d'amour et de compassion, Dhakiya demanda à Alissa :
— Et toi, tu sais que je serai toujours là pour toi, n'est-ce pas ?
— Oui, je sais… Maintenant, sers-moi un autre verre de Margarita stp ! J'ai passé des mois sans boire une goutte d'alcool, même après la naissance de Liam. Ca suffit maintenant !

Elles éclatèrent de rire ensemble. Elles en avaient parcouru du chemin depuis le collège. Les petites filles qu'elles étaient avaient fait place à de belles jeunes femmes. Elles chérissaient les souvenirs de leurs soirées pyjamas, des exercices d'attaché de foulards, des devoirs de maison copiés à la va-vite quinze minutes avant le début du cours, du chemin parcouru par chacune jusqu'à ce moment.

Là, assises face à face, un verre de Margarita à la main et une part de pizza dans l'autre, elles avaient l'impression d'être à nouveau dans leurs chambres d'étudiantes quand l'une était venue assister à la pièce de théâtre de l'autre, ou que l'autre avait couru sous la pluie, ruinant ainsi le brushing de l'après-midi, pour aller consoler son amie après une rupture désastreuse. Les longues soirées au téléphone à essayer de comprendre les épisodes de leurs séries préférées ou encore les disputes, de la plus banale à la plus sérieuse. Le temps avait bien passé mais le lien était toujours là, toujours aussi fort et peut-être même plus encore.

# 3

Dhakiya ne tenait plus en place. Elle vivait dans un compte à rebours depuis qu'elle avait réservé son billet d'avion et maintenant, il était l'heure d'embarquer.

La veille, elle avait tenu à passer une bonne partie de la journée avec sa mère qui n'a pas manqué de faire une prière pour demander bénédictions et protection pour sa fille. Cette dernière l'avait ensuite accompagnée à son rendez-vous du mercredi. Halima était bénévole pour une association qui proposait aux enfants du quartier des activités extrascolaires. Pour le goûter ce jour-là, elle avait fait des madeleines enrobées de chocolat.

En rentrant, elle avait reçu un mail de Sir Andrew Burton. Elle avait finalement accepté son offre et allait prendre la tête du nouveau département de son cabinet. Elle supervisera les rénovations des clients restaurateurs. Il accusait réception de son contrat signé et se réjouissait d'entamer cette collaboration qui, il le savait, serait fructueuse. Dhakiya aussi s'en réjouissait. Principalement parce que l'augmentation par rapport à son ancien salaire était significative. Sa nouvelle rémunération lui permettrait d'avancer en parallèle sur ses projets et idées beaucoup plus tôt que dans ses prévisions.

Le soir, Alissa et Matt étaient passés lui dire au-revoir et aussi pour prendre ses plantes d'intérieur dont ils s'occuperaient pendant son absence. Après leur départ, Dhakiya commença à avoir peur et fut submergée par le doute. A moins de vingt-quatre heures du décollage, elle eut envie de tout annuler. Elle se dit que c'était une folie, que c'était trop dangereux d'aller aussi loin de chez elle, surtout de voyager seule. Et si elle se faisait agresser, voire même kidnapper là-bas ? Et si l'avion explosait au-dessus de l'Océan Indien ?

— C'est déjà arrivé !

— Tout comme les accidents de la route arrivent tous les jours. Pourtant, tu continues d'utiliser la voiture.
— De toute façon, tout le monde est déjà allé à Bali. Donc ça ne sert à rien d'y aller.
— Est-ce que toi, Dhaki, tu y es allée ?
— Non, mais…
— Il n'y a pas de mais qui tienne ! Ne m'oblige pas à revenir pour te tirer les oreilles. Tu vas prendre cet avion et aller à Bali parce que c'est le voyage dont tu as toujours rêvé ! Tu vas profiter de cette pause pour t'amuser à fond puis revenir t'occuper de Liam. Faut que toi aussi tu goûtes aux nuits blanches avec ton neveu chéri.
— T'es bête, dit-elle en éclatant de rire.
— Moi aussi, je t'aime. Tu verras, tout va bien se passer. Allez, maintenant, tu vas te coucher. Tu as un vol à prendre demain matin.
— Bisous.

Elle raccrocha, soulagée. Elle vérifia à nouveau que toutes ses affaires étaient prêtes ; sa valise qui irait en soute, son bagage cabine, son sac à main et sa pochette de voyage. Elle était à la fois stressée et excitée, mais plus excitée que stressée. Elle dut se faire violence pour dormir et se réveilla tout aussi excitée que la veille.

L'aventure se trouvait au bout de chaque allée de l'aéroport. Des guichets d'enregistrement aux tapis roulant du contrôle de sécurité. A ce moment précis, dans cette file d'attente pour embarquer vers cette aventure folle dans laquelle elle se lançait, Dhakiya ne pouvait s'empêcher de remercier les cieux, mais aussi elle-même, pour ce cadeau qu'elle allait prendre le soin d'apprécier à chaque minute. Même si le voyage en tant que tel n'avait pas encore commencé, elle était déjà heureuse de le vivre. Elle se réjouissait par anticipation.

Quinze heures de vol et deux heures d'escale à Singapour plus tard, elle atterrissait enfin à l'aéroport de Denpasar. A son arrivée à l'hôtel, elle était trop épuisée pour faire grand-chose, mais prit le temps, après une bonne douche, d'apprécier la vue depuis sa chambre ; c'était à couper le souffle. De son balcon, elle pouvait voir la magnifique piscine qui donnait sur la plage. Le bruit des vagues, l'air doux qui caressait son visage, le goût de la liberté. Tous ses sens étaient en éveil dans cet environnement et en même temps, elle ressentait tellement de paix. C'était surtout ça qui l'avait marquée, du moment où elle était sortie de l'avion jusqu'à maintenant, tout était paisible, tout le monde était souriant et avenant. Elle avait lu les nombreux commentaires sur les forums au sujet de la gentillesse et la bienveillance des Indonésiens, mais à présent qu'elle était là, elle le comprenait encore plus.

A son réveil, après un petit-déjeuner copieux pris en chambre, elle hésita quelques minutes devant sa valise avant d'opter pour un bikini jaune. Son programme de vacances commençait réellement le lendemain ; pour ce samedi, elle allait simplement profiter des transats pour se prélasser au bord de la piscine de l'hôtel en matinée. L'après-midi, elle alla découvrir les environs. Elle s'arrêta dans une galerie d'art contemporain pour admirer la créativité des artistes locaux. Le *Pisang Goreng* et la glace au citron qu'elle prit dans ce salon de thé trouvé par hasard étaient si bons qu'elle félicita le chef. Elle s'arrêta plusieurs fois entre le salon de thé et la plage pour acheter ici un collier, là un t-shirt, puis, enfin, elle se posa à la plage, sur le sable encore chaud, pour observer le coucher de soleil tout en sirotant à la paille une noix de coco. Une fin de promenade idéale pour une journée parfaite.

Le lendemain, Dhakiya se leva assez tôt. Quand on est en vacances, 8h du matin c'est assez tôt, surtout que le décalage horaire se faisait encore sentir. Le local de l'atelier peinture sur batik auquel elle s'était inscrite était situé à plus de trente minutes en voiture et le chauffeur passait la prendre à 9h. Après l'atelier, elle irait découvrir la zone où se trouvait un resort qu'elle avait repéré en ligne. Pendant le trajet, elle prit une tonne de photos et posa mille et une questions au chauffeur sur la vie de l'île. Kadek lui répondait avec plaisir. Elle prit son numéro de téléphone et promit de l'appeler à chaque fois qu'elle aurait besoin de se déplacer.

Elle arriva dans la salle au moment où les participants commençaient à s'installer aux tables. Il devait y avoir une trentaine de personnes, réparties sur des tables de quatre, pour deux professeurs. Elle remarqua un groupe de Noirs assis à la deuxième rangée, et une des chaises était vide. Elle se dirigea vers eux en espérant qu'ils n'attendaient pas une quatrième personne.

— Bonjour ! Cette chaise est libre ?
— Oui, bien sûr ! Vous pouvez vous mettre là.
— Merci !
— Vous êtes Anglaise ?
— C'est exact. Et vous ?
— Canadienne. Je m'appelle Marjorie.
— Enchantée ! Dhakiya.
— C'est joli. Elle, c'est Chelsea et lui, c'est Christopher, mon petit frère.
— Bonjour !
— Bonjour !
— Salut !

Les présentations laissèrent place au fur et à mesure à de franches conversations ponctuées de nombreux fous rires en essayant de suivre, tant bien que mal, les consignes des professeurs. A la fin de l'atelier, ils décidèrent d'aller manger dans un restaurant, sur le trottoir d'en face, que Marjorie avait repéré en arrivant. Ils acceptèrent tous de suivre la recommandation du serveur. En attendant que leurs plats arrivent, Marjorie racontait à Dhakiya la situation improbable dans laquelle ils se retrouvaient, à peine arrivés, à cause des propriétaires de la villa, des Australiens, où ils devaient séjourner.

— Comme ça ?!
— Ouais, ils nous ont dit de but en blanc qu'ils allaient annuler la réservation, qu'on serait remboursés mais qu'on devra libérer la villa demain matin. Qu'ils avaient déjà informé Brien, le fiancé de Chelsea. C'est lui qui a fait la réservation mais finalement, il n'a pas pu venir à cause d'une urgence de dernière minute.
— Mais… Je ne comprends pas. Ils préfèrent perdre de l'argent plutôt que de vous laisser dans la villa ?! Pour quelle raison ?
— Aucune idée. Mais on a dû réserver ailleurs. Chris nous a dégoté une bête de villa. C'est un peu plus cher mais c'est dans la zone qu'on voulait. Et ce n'est pas trop loin de la mer.
— Ah, c'est cool alors.
— D'ailleurs, pourquoi tu ne viendrais pas avec nous ? On a deux chambres vides. Et tu ne peux pas dire non, sinon je vais faire mon visage de chien abattu. Regarde !
— Okay, okay, dit-elle en riant. Mais j'insiste pour payer ma part de la réservation alors.
— Yeah ! Et vous, ça vous va ?
— Ça ne me dérange pas.
— Ça me va aussi. Je l'aime bien, elle a une bonne aura.
— Okay, Guru Chelsea !

Ils éclatèrent tous de rire. Chelsea fit semblant d'être offusquée, Marjorie promit de lui donner sa glace à la pistache pendant que Christopher essayait discrètement de piquer une brochette dans l'assiette de sa soeur. Dhakiya se dit qu'elle avait trouvé, de manière totalement inopinée, les compagnons parfaits pour ses vacances.

# 4

Le portail de la résidence s'ouvrit sur le parking accolé à la buanderie et la salle de repos de l'équipe de la villa. Sur la droite, un petit chemin conduisait vers l'espace séjour et l'immense piscine. Le coin salon et ses confortables canapés faisaient face à une grande balançoire au-dessus de la piscine. L'espace repas, séparé de la cuisine par un mur aux pierres apparentes et peintes en noir, attirait l'oeil grâce à sa table luxueuse et au magnifique bouquet de fleurs au centre. Les trois premières chambres se trouvaient au rez-de-chaussée avec la salle multimédia et les deux autres chambre étaient à l'étage avec le bureau.

— C'est magnifique ! C'est encore plus beau que sur les photos.
— Oui, c'est très beau, et apaisant. Ce n'est pas à Londres que j'aurais pu avoir un endroit pareil.
— Là, je n'ai qu'une envie, poser mes affaires dans ma chambre et plonger une tête dans la piscine pendant que le chef prépare le repas. J'ai vu qu'il a commencé à sortir des provisions du frigo.
— Oh ouais, elle m'appelle là.
— Okay, on se répartit les chambres alors ? Qui veut quoi ?
— Moi, je veux bien une des chambres du bas. Je veux la vue sur la piscine à mon réveil.
— Pareil.
— Celle à côté du bureau me plait bien. Je pourrai bosser de temps en temps.
— Parfait. Du coup, le frère et la soeur, en haut. Et nous, on prend les chambres du bas. On se retrouve ici dans trente minutes ?

Chacun se dirigea vers sa chambre pour y découvrir une grande pièce minutieusement décorée. Les couleurs de la chambre de Dhakiya faisaient écho à la piscine, une nuance de vert doux et apaisant.

Elle posa son sac à main sur le lit et sortit ses vêtements et chaussures de sa valise pour les mettre dans le dressing. Elle mit également de côté sa tenue pour la sortie de l'après-midi : une chemise blanche oversize et un jeans bleu délavé avec des sandales marron. Puis, elle alluma son ordinateur pour le connecter au wifi. Pendant les quinze minutes d'appel vidéo avec Alissa pour faire son compte-rendu quotidien, elle lui envoya les noms et les photos du groupe ainsi que l'adresse de la villa, « faut pas déconner non plus. S'il m'arrive un truc, qu'on sache avec qui j'étais » ; Alissa acquiesça. Puis, Dhakiya enfila son maillot de bain et alla rejoindre les autres à la piscine.

— Oh mon Dieu ! Dhakiya, il est trop beau ton maillot.

C'était un maillot de bain une pièce noir et blanc avec des plis au niveau des manches qui magnifiait la peau lisse de ses épaules dénudées. Elle tourna sur elle-même pour également montrer le dos du maillot en forme d'ailes de papillon.

— Merci Marjorie !

— Je veux le même.

— Je t'enverrai le lien du site. C'est une marque londonienne, je ne sais pas s'ils livrent au Canada.

— En tout cas, il te va à ravir.

— Merci Chelsea !

Elle les rejoignit sur l'autre bord de la piscine, en prenant au passage un cocktail sur le plateau flottant.

— On trinque à quoi ?

— A cette expérience de rêve qu'on est en train de vivre.

Ils levèrent leurs verres et enchainèrent les cocktails jusqu'en début d'après-midi. Dhakiya avait rappelé Kadek, le chauffeur improvisé guide touristique. Il les conduisit jusqu'au Lempuyang Temple pour y voir ce qui était probablement le lieu qui symbolisait le plus Bali dans l'imaginaire des touristes.

La Porte du Paradis portait bien son nom. L'altitude à laquelle le temple se trouvait et le silence autour, malgré le grand nombre de touristes présents, donnait cette sensation de paix intérieure qui appelait au recueillement. Le Mont Agung, visible depuis le temple et dont le sommet côtoyait les nuages, ajoutait une touche divine aux photos à cet endroit.

— Je sais que je l'ai déjà beaucoup dit, mais c'est vraiment magnifique ! C'est si… calme.
— Oui, c'est vrai. On a envie de se poser, de se taire et juste regarder le paysage.
— Je comprends pourquoi on l'appelle « l'Ile des dieux ».
— C'est tellement mérité. Je suis si bien, là, à ce moment précis. J'ai presque envie que ça ne s'arrête jamais.
— Pareil… Elles sont où Marjorie et Chelsea ?
— Elles font la queue pour avoir leur photo de la Porte.

Ils restèrent là encore une vingtaine de minutes à observer dans une communion silencieuse cette vue sans pareil. Quelque chose en eux échangeait avec quelque chose de bien plus grand qu'eux dans la nature. Et la discussion était belle.

Dhakiya poursuivit cette introspection le soir à la villa. Assise en pyjama, un grand t-shirt acheté au dernier concert de Beyoncé auquel elle avait assisté, elle écoutait le léger clapotis de l'eau de la piscine. Elle sentait bien que l'expérience de cette après-midi avait provoqué quelque chose en elle. Elle se retourna lorsqu'elle entendit quelqu'un descendre les escaliers.

— Je pensais que tout le monde dormait déjà.
— Et toi ?
— Je viens de finir un article que je devais envoyer à mon Rédac chef. Apparemment, l'actualité du monde de la Tech ne peut pas attendre la fin de mes vacances. Qu'est-ce tu fais là toute seule ?
— Je réfléchis.

Il alla se servir un verre d'eau à la cuisine avant de revenir dans l'espace salon pour s'asseoir à côté d'elle.

— A quoi ?
— A plein de choses… La visite du Temple aujourd'hui a remué des choses en moi. Sur moi, ma place dans le monde, mon identité, tout ça quoi.
— Comment ça ?
— Je ne me suis jamais vraiment sentie « chez moi » en Angleterre. Et en même temps, je ne suis allée au Kenya qu'une fois, donc je ne peux pas vraiment dire que c'est « chez moi ». Je suis donc assise sur deux chaises et plus le temps passe, plus la position est inconfortable. Parfois, j'ai l'impression que je dois absolument choisir entre ces deux facettes de moi-même. Comme si je ne pouvais être que l'une ou l'autre.
— C'est vrai que le sujet est plus complexe qu'il n'y parait, mais pourquoi tu devrais choisir ? Pourquoi tu ne pourrais pas être à la fois Anglaise et Kényane ? Pourquoi être l'une annulerait automatiquement l'autre ? Toi, qu'est-ce que tu veux ? Comment est-ce que tu vois les choses ?
— Je ne sais pas trop. Je me sens plus Kényane qu'Anglaise ; mon prénom, ma famille, ma peau, les rythmes qui me font vibrer sont rattachés au Kenya. Mais ce n'est pas pour autant que je ne suis pas Anglaise, n'en déplaise à certains. Je suis née, ai grandi et vis à Londres depuis vingt-six ans; j'aime autant le Fish & Chips que n'importe quel plat kényan. Je n'ai pas envie de choisir.
— Et tu n'as pas à le faire, je pense. Pour moi, cette obligation de choisir que certains imposent aux autres est du même acabit que cette pression que nous avons de toujours devoir être excellents. Je milite pour le droit à la médiocrité.
— Oui !! Vive la médiocrité, vive les accomplissements moyens et quelconques !

— Le mois dernier, je regardais un film d'un réalisateur afro-américain. Mais qu'est-ce que c'était mauvais ! Y'a rien qui allait dans le film, que ce soit le scénario, le jeu d'acteurs ou la mise en scène. Et j'étais content. Parce que ça montre qu'on peut faire un truc médiocre et quand même divertir. Nous aussi, on a le droit d'être médiocres.
— Ca parlait de quoi ?

Il ne se souvenait plus du titre, mais il lui raconta toutes les péripéties et les fous rires que ce film qu'il qualifia « d'iconique » lui avait procurés. La discussion se poursuivit sur un autre sujet. Puis encore un autre et ainsi de suite jusqu'à très tard dans la nuit, ou plutôt très tôt le matin.

# 5

— Kadek sera là dans 30 minutes, hurla Chelsea depuis la porte de sa chambre.
— Je n'ai même pas encore commencé à me maquiller, répondit Marjorie en panique du haut des escaliers.

Dhakiya terminait tranquillement de se coiffer. Elle accrocha une barrette à perles blanches pour fixer ses cheveux derrière son oreille. Elle appliqua son rouge à lèvres sans déborder. Elle enfila sa robe à fines bretelles et dos nus. Elle glissa délicatement ses pieds dans des sandales à talons bleu klein.

Elle se regarda une dernière fois dans le miroir avant de sortir de la chambre. Elle se trouvait resplendissante. Christopher attendait déjà en bas, seul. Elle l'observa de loin. Il portait une chemise rose poudré, un pantalon couleur ocre, comme sa robe, et des mocassins à pompons.

— T'es très élégant ce soir, dit-elle en s'avançant vers lui.
— Toi non plus t'es pas mal. J'aime beaucoup la barrette.
— Merci, répondit-elle en souriant.
— Alors, les deux rêveurs, vous venez ? C'est vous qu'on attend là !
— Marge, t'es descendue y'a genre vingt secondes.
— Ouais, n'empêche, c'est moi qui suis la plus proche de la sortie. Tu peux aller donner l'adresse du club à Kadek stp ? Je fais un tour aux toilettes.
— Okay.

Il se leva et passa devant Dhakiya en effleurant sa main. Comme les autres fois, c'était un pur accident. C'était un pur hasard s'ils semblaient graviter l'un autour de l'autre ces derniers jours. Tout comme leurs regards qui se cherchaient dans la foule. Leurs pieds qui se synchronisaient pour avancer au même rythme. Leurs doigts qui s'attardaient pour enlever une feuille dans les cheveux ou arranger le col d'une chemise. Les sourires qu'ils échangeaient d'un bout à l'autre de la pièce. Les compliments anodins qui fusaient. Oui, tout cela était totalement fortuit.

Comme toujours, Christopher montait à l'avant de la voiture avec Kadek et les trois demoiselles, à l'arrière, pour qu'il puisse demander si tout se passait bien pour elles, en cherchant le regard de Dhakiya dans le rétroviseur. Et cette dernière de poser une main sur son épaule pour le rassurer.

Ils arrivèrent bien assez vite à destination. Le concierge de la villa leur avait recommandé cet endroit où on passait de la bonne musique, pour découvrir « Bali by night ». C'était un restaurant qui se transformait en discothèque à partir de 22h. Marjorie avait réservé une table dans la salle principale. Un serveur les invita à le suivre et les y installa. Le DJ finissait son warm-up et commençait progressivement les hostilités. Les têtes se balançaient légèrement d'un côté à l'autre et la piste de danse se remplissait doucement. Du danseur déjà très alcoolisé pour un début de soirée à la bombasse qui à coup sûr va se faire aborder par un jeune homme qui aura pris deux shots de vodka pour se donner du courage.

Christopher demanda aux trois jeunes femmes ce qu'elles voulaient boire et repartit avec le serveur pour chercher les boissons. A son retour, Chelsea étalait déjà ses talents de danseuse sur la piste et Marjorie discutait avec un mec aux cheveux longs sortit de nulle part. Il fronça les sourcils.

— C'est une belle femme, tu sais. Tu ne peux pas empêcher que ta soeur plaise.

— Ouais, je sais. Mais ça me fait quand même chier que ces vautours lui tournent autour !

— Elle est assez grande pour prendre ses décisions elle-même.

A cause du volume de la musique, ils devaient se rapprocher et parler à l'oreille l'un de l'autre. Les effluves de leurs parfums respectifs remontaient doucement pour remplir la bulle dans laquelle ils s'étaient mis pour discuter. Chelsea prit Dhakiya et Marjorie par la main et les entraina sur la piste de danse. Elles se laissèrent aller à la musique mouvementée, mais au bout de deux heures non-stop, Dhakiya était épuisée.

— J'ai chaud. Je vais prendre un peu l'air à l'étage.

Marjorie fit signe à Christopher de l'accompagner pour pas qu'elle soit seule. Dhakiya commanda une bouteille d'eau au comptoir de la terrasse et alla se mettre à la rambarde pour observer les fêtards dans l'espace ouvert.

— Sacré danseuse !
— Pas aussi douée que Chelsea en tout cas. Quelle énergie !
— Elle peut continuer comme ça jusqu'au petit matin.
— Et toi, pourquoi tu ne danses pas ?
— Je préfère observer.
— Et tu aimes ce que tu vois ?
— Oui, beaucoup…

Ils se regardèrent longuement, intensément. Les respirations étaient lentes et profondes. Il se pencha à son oreille et murmura : « j'ai envie de t'embrasser ». Et elle répondit : « j'ai envie d'être embrassée ».

Leurs lèvres se trouvèrent et s'imbriquèrent naturellement. A ce moment, rien d'autre n'avait d'importance, pas même le fait qu'on pouvait les voir. Il la regarda à nouveau ; il n'avait jamais remarqué à quel point ses yeux pétillaient. Mais d'un autre côté, il n'avait jamais été aussi proche de son visage pour s'en rendre compte. Il se racla la gorge.
— On peut retourner dans la salle si tu veux.

— Pas tout de suite, je suis bien là.

Ils restèrent encore un moment avant d'aller retrouver les autres. Chelsea prenait sa pause règlementaire de milieu de soirée pendant que Marjorie dansait de façon lascive collée au jeune homme aux cheveux longs du début de soirée. Le DJ stoppa l'élan des couples d'un soir sur la piste et changea la musique.
— Yessss, c'est ma chanson ! Dhakiya, tu viens ?
— Oui, j'arrive.

Elle finit son verre, embrassa à nouveau Christopher et alla rejoindre les autres sur la piste de danse. Leurs regards continuaient de se chercher à travers la foule et leurs doigts se remémoraient les passages furtifs sur le visage, le cou, la taille de l'autre.

Vers trois heures du matin, les lumières se rallumèrent et le DJ remercia le public pour sa participation. Il était l'heure de rentrer. Dans le taxi, Marjorie et Chelsea, ravies mais épuisées par la soirée qu'elles venaient de passer, s'étaient lancées dans un karaoké sur *Girls just want to have fun* et autres classiques des divas de la pop des années 80. Le taxi se gara devant la résidence. Christopher régla la course pendant que les deux meilleures amies rentraient bras dessus, bras dessous, en riant aux éclats, heureuses d'une soirée fortes en émotions. Dhakiya, elle, attendait Christopher dans l'allée.
— Hey.
— Hey.

A ce stade, les mots n'étaient plus nécessaires. Il s'approcha, la prit par la taille et l'embrassa à nouveau. Lorsqu'il voulut aller plus loin, elle l'arrêta.

— Attends…
— …
— Je ne sais pas si c'est une bonne idée…
— Okay… On fera comme tu voudras.

— Okay… Bonne nuit !
— Bonne nuit à toi aussi.

Elle alla dans sa chambre, jeta sa pochette et son téléphone sur le fauteuil et se dirigea vers la salle de bain. Elle se démaquilla, prit une douche et enfila son pyjama. La nuit était calme, comme toutes les nuits ici. Le personnel de la villa allait arriver dans quelques heures pour préparer le petit-déjeuner, mais pour le moment, tout était calme. Dans la cuisine, Dhakiya se servit un verre d'eau puis alla s'asseoir sur la balançoire. Elle se balançait au-dessus de la piscine en regardant fixement les escaliers. Quand elle eut fini son verre, elle monta les marches et frappa à la porte de la chambre de Christopher. Il sortait de la douche et portait encore sa serviette.
— Hey.
— Hey.
— …
— …
— Je peux entrer ?
— Tu es sure ?
— Oui.

Il s'écarta pour la laisser passer et referma la porte coulissante.

# 6

— Je suis content que tu aies accepté de rester plus longtemps.
— Moi aussi ! En même temps, Marjorie a tellement insisté pour que je parte le même jour que vous, que je ne pouvais pas refuser. Et comme je n'avais pas de frais pour la modification de mon billet, c'était parfait.
— Et si c'est moi qui avais demandé, tu serais aussi restée ?
— Je ne sais pas. Ça aurait été quoi tes arguments ?
— Oh ! Tu veux que je te montre mes arguments ?
— Je retire ce que j'ai dit, je retire ce que j'ai dit ! De toute façon, je dois retourner dans ma chambre. Les autres vont bientôt se réveiller.
— Tu vas toujours au marché ?
— Non, Kadek va me ramener ce que je voulais. Je ne veux pas risquer de me retrouver coincée dans les embouteillages.
— Ton vol est à 15h, c'est ça ?
— 16h. L'embarquement commence à 15h.
— Okay. On t'accompagnera à l'aéroport vu que le nôtre est à 23h.
— Ça marche. Bon, je file.

Elle s'extirpa des bras et des draps de Christopher pour rejoindre discrètement sa chambre. Ce petit ménage durait depuis une semaine à présent. Lorsque la villa s'endormait, Christopher descendait ou Dhakiya montait et chacun retournait dans sa chambre au petit matin avant que la maison ne s'éveille. Puis, quelques heures plus tard, ils se retrouvaient autour du petit-déjeuner comme si de rien n'était. Pour se retrouver seuls, ils prétextaient des activités individuelles en extérieur ou un article à rédiger et une grande fatigue pour rester à la villa. Et jusqu'à présent, ça avait toujours fonctionné.

Après un dernier repas à la villa et des adieux chaleureux à l'équipe de la résidence, ils l'accompagnèrent à l'aéroport. Cette fois, Christopher monta à l'arrière avec Dhakiya et Chelsea. Pendant le trajet, il lui tenait discrètement la main. Elle le regardait et se remémorait tout ce qu'il s'était passé pendant ce séjour. De leur rencontre improbable à l'atelier jusqu'à ce moment dans l'habitacle de cette voiture. Ce n'est absolument pas ce à quoi elle s'attendait en prenant son vol deux semaines plus tôt. La mélancolie qui accompagnait la fin des vacances, surtout quand elles ont été aussi mémorables que celles qu'ils venaient de vivre, s'était installée. Elle serrât très fort la main de son voisin, comme pour se raccrocher aux souvenirs qui certainement allaient s'évaporer.

Les au revoir étaient à l'image de leur groupe : chaleureux et spontanés. Les embrassades étaient ponctuées d'anecdotes du séjour et de promesses de rester en contact. L'étreinte à Christopher était un peu plus affectueuse, un peu plus longue que les autres. Lorsqu'ils se séparèrent, elle posa un long baiser sur ses lèvres, auquel il répondit avec ardeur avant de se blottir dans les bras l'un de l'autre. Marjorie et Chelsea poussèrent un cri de victoire. « On n'en pouvait plus de vos excuses à deux balles et de vos sorties nocturnes en mode ninja à pas feutrés ». Il faut croire qu'ils n'avaient pas été aussi discrets qu'ils l'avaient pensé et que leur bulle à deux était un secret de polichinelle. Elle les quitta enfin pour se présenter à l'hôtesse qui vérifia son passeport et sa carte d'embarquement avant de la laisser passer dans la file d'attente pour les contrôles douaniers. Elle se retourna pour les saluer une dernière fois et enregistrer cette image. A présent, les vacances étaient vraiment finies et il fallait retourner à la réalité du quotidien à Londres.

***

Plusieurs mois avaient passé depuis son retour de Bali et son train-train quotidien à Londres avait bien repris. La météo capricieuse si caractéristique de Londres, les regards vides dans le métro, une énième rumeur sur la mort de la reine Elizabeth II rapidement démentie par une sortie de celle-ci, en pleine forme. Cette routine n'avait été bousculée que par trois principaux changements majeurs.

La joie de découvrir Liam qui savait ramper et avait donc commencé à rendre ses parents fous. Il pensait certainement être une voiture de course à parcourir à toute allure l'appartement ainsi ; ses parents devaient le surveiller encore plus qu'avant.

L'autre changement, qui fit l'effet d'une bombe pour Dhakiya : sa mère avait décidé de rentrer à Nairobi et d'y vivre désormais. Elle avait vendu la maison et avait acheté un studio à la place pour en faire son pied-à-terre à Watford quand le besoin se présenterait. Elle était partie quelques semaines plus tôt et l'appelait régulièrement pour lui donner des nouvelles et qu'elle puisse discuter avec toute la famille sur place.

Le dernier changement, et pas des moindres, était sur le plan professionnel puisqu'elle avait commencé au cabinet de Sir Andrew. Elle s'attendait à une hausse du volume de travail, mais pas autant. Les demandes clients affluaient, certainement dû aux éloges des premiers clients satisfaits du travail accompli par Dhakiya. Paradoxalement, malgré la charge de travail importante et la vie sociale qui en avait pris un coup, elle s'épanouissait dans ce nouveau boulot. Elle avait l'impression d'utiliser l'ensemble de ses capacités intellectuelles et sa créativité dans ce domaine.

La réunion de fin de semaine s'acheva enfin. Sir Andrew félicita l'ensemble des directeurs de département et les invita à commencer à réfléchir aux objectifs pour l'année prochaine mais aussi à la fête de Noël des collaborateurs. « C'est le moment de réfléchir aux primes que vous souhaitez donner aux membres de vos équipes respectives », s'exclama un Sir Andrew d'humeur joyeuse et généreuse semblait-il.

Ils sortirent de la salle de réunion et chacun rejoignit son bureau. Elle n'y était pas souvent ; la plupart du temps elle visitait les chantiers des clients du cabinet ou parcourait les longues allées des fournisseurs pour dégoter les plus belles pièces pour la déco et les équipements de ses clients. Elle était à la fois contremaitre de chantier, décoratrice d'intérieur et couteau suisse pour le restaurateur. Chaque nouvelle visite de chantier, chaque nouveau choix cornélien de palette de couleurs et d'assortiments de tissus, pour elle, c'était comme aller au parc d'attraction.

Dhakiya peaufina les derniers points de ses comptes rendus d'avancée des travaux pour les chantiers en cours, confirma les visites de la semaine prochaine et s'assura que ses deux jours de congés du lundi et mardi suivants avaient été validés dans le planning interne. Elle reçut un message d'Alissa qui souhaitait confirmer le diner du lendemain soir. Matt voulait faire sa spécialité : rosbeef au thym et pommes de terre. Elle confirma, activa le message d'absence sur sa boite mail et s'en alla.

Il faisait plutôt bon dehors pour une fin de mois de novembre et les décorations de Noël qui commençaient à apparaitre sur les vitrines la mettaient de bonne humeur. Elle s'engouffra dans la bouche de métro et réussit à entrer dans une des rames avant la fermeture des portes. Il fallait compter une heure de trajet jusqu'à Heathrow Airport, mais elle ne verrait pas le temps passer. Elle passait sa main dans ses cheveux pour vérifier que sa barrette était bien en place et souriait en regardant son reflet dans la fenêtre en face d'elle.

L'avion avait déjà atterri et elle espérait que les passagers étaient encore au niveau de la douane ou du tapis à bagages. Elle se plaça devant les portes des arrivées. Elle attendit un long moment et plusieurs fausses alertes avant de l'apercevoir. Il portait une chemise blanche

sous son pull bleu pétrole, un jeans noir et un long manteau vert.

— Hey.
— Hey.

Il la prit dans ses bras et enfouit son visage dans son cou pour inhaler son parfum. Les messages et les appels vidéos aidaient à garder le contact mais rien ne remplacerait jamais le contact physique, la possibilité de se toucher, se sentir, s'embrasser. Après leur baiser, il la regarda et ses yeux pétillaient toujours autant.

— Ça va ?
— Hum hum. Et toi ?
— Maintenant, oui. J'ai hâte que tu me fasses découvrir Londres. Après, si tu es aussi bonne guide touristique que la gastronomie anglaise, je ne donne pas cher de ma peau ces deux prochains mois.
— Tu peux parler toi et votre chère poutine.
— Tu verras, tu changeras d'avis sur la poutine d'ici la fin de mon séjour.
— Si tu le dis ! On y va ?

Christopher prit son sac à dos, sa valise d'une main, tint celle de Dhakiya par l'autre et se laissa guider dans cette ville qu'il ne connaissait pas mais qu'il avait hâte de découvrir.

*« Show me your scars and I won't walk away*
*Oh, and I know I promised that I couldn't stay, baby*
*Every promise don't work out that way, no no no no no*
*Every promise don't work out that way.* [*] *»*

---

* *Beyoncé – Sandcastles (Lemonade, 2016)*

# Un 31 Août
|
# Stand Up

*« There are times, I find it hard to sleep at night,*
*We are living through such trouble times*
*And every child that reaches out for someone to hold*
*For one moment, they became my own.*
*So how can I pretend that I don't know what going on ?*
*When Every second and every minute*
*Another soul is gone !* »*

* *Destiny's Child - Stand up for Love (2005)*

# 1

*Jeudi 25 août 2016*

Sylvie ne supportait plus cette chaleur. C'était la quatrième « vague de chaleur » qui traversait le pays depuis le début de l'été et ça commençait sérieusement à l'épuiser physiquement. Bien sûr, avec le temps, elle avait appris à moins se plaindre de ces températures extrêmes afin d'éviter des commentaires idiots de la part de ses amis caucasiens. « La canicule ? Ben, toi, tu ne devrais pas trop la ressentir, non ? Tu es Africaine, tu es habituée ! », « Les Noirs sont faits pour vivre sous le soleil ». À chaque fois, ce genre de réflexions lui inspirait un profond soupir. Elle aurait aimé leur expliquer que, contrairement à la croyance populaire, les peaux noires sont très sensibles aux rayons du soleil. De plus, qu'elle soit Africaine ou pas, les canicules occidentales n'avaient rien à voir avec le climat habituel de son pays natal, le Gabon.

Adossée à l'une des fenêtres de la pièce principale de son appartement au troisième étage d'un immeuble, Sylvie guettait nonchalamment la rue en bas. Elle observait le va-et-vient des voitures et des piétons à la recherche du moindre courant d'air de cette fin de journée. Il était presque dix-neuf heures. Il allait bientôt arriver. Sylvie soupira. Le rythme actuel de sa vie la troublait fortement. Elle avait l'impression d'être dans l'attente constante de la prochaine étape. Étudiante en dernière année de médecine, elle avait passé des concours et attendait les résultats. Surtout, elle attendait de savoir si elle était admise dans la spécialité de son choix et si son internat se déroulerait dans le service pédiatrique de ses rêves. Elle avait donc passé le mois d'août à attendre. Yvann, son petit ami, venait de signer un nouveau CDD quelques mois plus tôt et, par conséquent, ils n'avaient pas pu partir en vacances cet été.

Sylvie abandonna son point de contrôle en entendant la clé tourner dans la serrure. Elle portait un immense « kaba » en tissu léger, le seul vêtement qu'elle estimait tolérable par 35 °C. Yvann apparut, le sourire aux lèvres, mais l'air épuisé. Il travaillait pour une société d'événementiel et l'été était la haute saison, pour eux. Il passait ses journées à participer au bon déroulement de festivals dans toute la région et, avec cette chaleur, travailler sur le terrain le fatiguait plus qu'il ne voulait le montrer.
— Ça va, mon amoureux ? Elles sont pour moi, les jolies fleurs ?
— Je ne vois pas pour qui d'autre elles seraient, répondit-il en déposant un baiser léger sur le front de Sylvie et en lui tendant le bouquet.
— Tu sais que je n'ai toujours pas acheté de vase ?
— Eh bien… elles dureront le temps qu'elles dureront…
— C'est l'intention qui compte. Merci !

Elle le prit dans ses bras.
— Allez, assieds-toi un peu. Ça s'est bien passé ?

Contrairement à Sylvie qui était une personne très silencieuse et observatrice, Yvann était un homme loquace et extraverti. Il lui raconta sa journée dans le moindre détail. Elle ne l'écoutait pas réellement, mais le regardait avec attention. En ce moment, il travaillait sur un festival de musique de trois jours du côté de Lens. Quand il finit de parler, il lui demanda :

— Et toi ? Tu as fait quoi, aujourd'hui ?
— Rien de transcendant. Je me suis levée tôt, j'ai fait une petite séance d'abdos fessiers avant qu'il ne fasse trop chaud. J'ai fait du ménage, écouté de la musique, fait à manger et passé sûrement beaucoup trop de temps devant la télévision et sur internet !
— Sur les réseaux sociaux, tu veux dire ? Tu es vraiment accro à ces trucs. Je te l'ai déjà dit, cela empêche de vivre l'instant présent.

Sylvie roula des yeux. Cette tendance qu'avait son petit ami à donner son avis sur tout sur le ton du conseil l'exaspérait souvent. Il ne se rendait pas compte que son ton pouvait parfois être paternaliste, voire donneur de leçons.

— Je tiens à rester connectée. Surtout ces derniers jours, avec tout ce qu'il se passe.
— Tout ce qu'il se passe ? Qu'est-ce qu'il se passe ?
— Arrête, babe, tu sais exactement de quoi je parle. Les élections sont dans deux jours et je ne le sens pas du tout. Les gens sont en colère ; l'autre, là, ne veut pas partir dans la dignité et la gronde ne fait que monter.
— Ce sont les réseaux sociaux qui te disent ça ou les personnes sur le terrain ? Tu ne peux pas te fier aux soi-disant activistes de Facebook et Twitter pour évaluer le réel enjeu de ces élections au Gabon, Sylvie. Tu parles tous les jours avec tes parents qui sont sur place. Est-ce qu'ils ont l'air alarmistes ?
— Ce sont mes parents et je suis leur fille chérie qui vit à l'étranger loin d'eux depuis des années. Tu penses qu'ils crieraient au loup ? Bien évidemment qu'ils me disent que tout va bien se passer. On sait tous les deux que ce ne sera pas le cas…
— Et pourtant, ce pays s'en sort toujours…

Yvann se leva et se dirigea vers le coin cuisine. Il ouvrit le frigo et se versa un grand verre d'eau.

— Tu veux bien aller t'habiller ? N'oublie pas qu'on doit aller prendre l'apéro chez Julien et Fatima avec les autres. Il faudra qu'on s'arrête pour prendre une bouteille, ajouta-t-il.

De toute évidence, la conversation sur les futures élections qui allaient se dérouler dans leur pays était close. Sylvie resta un moment assise sans rien dire avant de se lever et de se diriger vers la chambre. Elle était habituée, avec le temps. À chaque fois qu'ils discutaient ensemble de ce qu'il se passait au Gabon, Yvann abordait la conversation avec un air totalement détaché. Il agissait comme si cela ne le concernait pas directement. Dans le fond, elle comprenait son comportement. Il avait quitté leur pays natal à l'âge de douze ans, lorsque sa mère avait épousé, en secondes noces, un Français, après la disparition obscure de son père, un opposant reconnu. Lui, ses deux soeurs et leur mère s'étaient alors installés dans une petite ville du Sud de la France.

Aujourd'hui, Yvann avait trente et un ans, et en presque vingt ans, il n'avait remis les pieds au Gabon qu'à deux brèves reprises, pour le mariage à la coutume de sa tante et pour l'enterrement de son grand-père paternel. Sylvie, en revanche, avait quitté ce pays pour poursuivre ces études supérieures huit ans plus tôt et elle tenait à y retourner au moins tous les deux ans. La plupart des membres de sa famille y vivaient. En tenant compte de leurs antécédents, elle comprenait que leur attachement à la « nation » et leur patriotisme ne soient pas forcément calibrés sur la même fréquence, mais quand même, que l'on puisse ignorer avec une telle désinvolture l'ombre qui planait au-dessus des têtes de leurs compatriotes l'irritait.

# 2

*Samedi 27 août 2016*

— Tu veux venir avec moi à Paris ? Je vais y rester toute la journée et rentrer soit ce soir, soit demain dans la matinée.
— Qu'est-ce que tu vas faire à Paris ? Tu as un programme avec une amie dont je n'ai pas été informé ?

Sylvie sourit. Il était huit heures du matin et Yvann était installé torse nu sur le canapé, son ordinateur sur les genoux. Devant lui étaient posés une tasse de chocolat chaud avec de la chantilly, ainsi que des croissants. Elle trouvait ça drôle, qu'un grand gaillard comme lui puisse se faire une tasse de chocolat chaud plein de chantilly tous les matins, quelle que soit la température. Il était debout depuis plusieurs heures et avait pris la peine de sortir leur acheter un petit déjeuner digne de ce nom. Sylvie portait un T-shirt oversize et se tenait à l'autre bout du canapé, sa tasse de thé vert à la main.

— Je vais à Paris pour voter…
— Ah…
— Ah ? Yvann, tu pourrais au moins faire semblant d'être intéressé par ces élections. C'est l'avenir de notre pays qui se joue, quand même.
— L'avenir de notre pays ? Sylvie, tu penses réellement que toute cette mascarade est une vraie élection ? Nous sommes des Africains, nous venons d'un pays qui est dirigé par les mêmes personnes depuis qu'il est, paraît-il, indépendant et tu penses que ce qu'il va se passer aujourd'hui va faire une différence ? Tu perds ton temps et tu vas dépenser de l'argent inutilement pour te rendre à Paris.
— Hum hum… Et ta mère, elle ne vote pas ?
— Je crois que ma mère et moi avons exactement le même point de vue sur la politique de notre pays. Plus on s'en distancie, mieux on se

porte. Mon père en est la preuve.
— Tu es tellement hypocrite, Yvann… murmura Sylvie.
— Hypocrite ? Explique-toi !

Il s'était redressé, avait posé son ordinateur à même le sol et la regardait désormais droit dans les yeux. Sylvie observa la posture de son petit ami. Yvann était une personne qui se comportait comme quelqu'un qui est toujours dans le contrôle. Dans le contrôle de lui-même, de la situation, des autres. Il portait un bas de jogging blanc et ses pieds nus étaient profondément ancrés dans le sol. Il se pencha en avant, posa ses coudes sur ses genoux et entremêla ses doigts devant sa bouche tout en prenant un air perplexe plein de défi. Sylvie soupira bruyamment, elle le connaissait. Il était toujours prêt à débattre pendant des heures sur le moindre sujet et cette tendance commençait sérieusement à l'exaspérer. Tout dans son comportement sentait le conflit. Toutefois, elle décida de choisir chacun de ses mots, son père ayant été évoqué.

— Je dis juste que tu es très sélectif dans tes actions et tes paroles. Je te rappelle qu'il y a à peine quelques semaines, je t'ai vu t'inquiéter pour la famille de ton ami Abdel au Burkina Faso lors des derniers événements politiques et sociaux dans ce pays. Tu passes tes soirées à débattre sur la politique africaine, la grandeur de ce continent et son potentiel, mais lorsqu'on en arrive à ton propre pays, tu fais le sourd, le muet et l'aveugle ! C'est consternant, Yvann.
— Tu es sérieuse, là ? Tu compares le pays des hommes intègres à cette mascarade qu'est le Gabon ?
— Waooouhhh !!!! Tu devrais t'enregistrer et t'écouter lorsque tu parles ! Sincèrement, tu as l'air totalement perdu !
— Tu me traites de perdu parce que je n'ai pas envie de m'impliquer dans ce qui n'est qu'une répétition sans fin d'une pièce de théâtre dont on connaît tous la fin ? Parce que je n'ai absolument pas envie de perdre ma seule journée de repos depuis des semaines dans un

aller-retour inutile, juste pour nourrir tes angoisses enfantines ? Tu es vraiment trop jeune !
— Trop jeune ? OK !

Sylvie se leva doucement, déposa sa tasse sur la table basse et se dirigea vers la chambre, sans un mot. Yvann resta assis devant son ordinateur toute la matinée, un casque sur la tête, tandis que Sylvie se préparait à prendre son train pour la capitale. Elle devait retrouver deux amies chez elles et, ensemble, elles iraient directement à l'ambassade de leur pays à Paris pour procéder à leur vote. Elle savait que certaines personnes avaient prévu de rester sur place en tant qu'observateurs jusqu'à la fin du processus et elle n'avait pas encore décidé si elle ferait de même.

Même si elle ne croyait pas réellement aux discours du principal opposant, elle estimait qu'exercer son devoir civique et exprimer son mécontentement sur le régime actuel étaient une mission des plus importantes. À travers le monde, de nombreuses personnes étaient encore privées de ce droit ; celui d'avoir le choix de son dirigeant, de sa politique et de la démocratie. Elle décida donc de reporter cette discussion avec Yvann, le réfractaire, et prit le train pour Paris en fin de matinée. La capitale ne se trouvait qu'à quarante-cinq minutes de sa ville.

Quand elle rejoignit ses amis à l'ambassade gabonaise, une foule était massée devant le bâtiment. Certaines personnes, qui avaient déjà exercé leur devoir citoyen, étaient assises à même le sol, en groupes, et discutaient entre elles. L'ambiance était bon enfant. Sylvie observa un groupe d'enfants d'une dizaine d'années qui couraient en cercle. L'un d'eux portait sur ses épaules un drapeau de leur pays, tandis que son compagnon de jeu arborait un maillot de football aux couleurs de l'équipe nationale, les Panthères du Gabon.

Dans le bâtiment, elle présenta sa pièce d'identité ainsi que sa carte d'électeur, un sésame qui, pour l'obtenir, lui avait valu bien des péripéties. L'inscription sur les listes électorales avait été un processus compliqué pour les personnes se trouvant à l'étranger, mais ces complications ne l'avaient pas personnellement dissuadée de voter. C'était important. Pour elle, pour sa génération, pour leur pays. Il fallait qu'ils fassent entendre leur voix, leur ras-le-bol face à une société qui ne les prenait pas en considération, qui reniait leur volonté de changement et d'évolution.

Tandis qu'elle insérait son bulletin de vote dans l'urne, Sylvie pensa à Yvann. Elle ne comprenait pas son raisonnement et son détachement envers tout ce qui concernait leur pays. Ils s'étaient rencontrés il y a quelques années par le biais d'une amie commune. Sylvie s'était rendue à la fête d'anniversaire de Fanta, une Sénégalaise avec qui elle avait fait sa prépa de médecine. La soirée, qui se déroulait dans le sous-sol d'un restaurant caribéen parisien, était un véritable brassage culturel et, au milieu des cocktails alcoolisés et du rythme endiablé de la bossa-nova et de l'afro-beat, elle s'était mise à discuter avec cet homme qui affichait des fossettes lorsqu'il souriait. Ils avaient tous les deux été étonnés de constater qu'ils venaient du même pays. Ils avaient passé le reste de la soirée assis dans un coin, à discuter de long en large du Gabon. Ils partagèrent leurs souvenirs et anecdotes. C'est en partie ce qui l'avait séduite, dans le fond. Alors, se rendre compte que des sujets aussi importants que l'avenir politique de leur pays lui passaient par-dessus la tête la chagrinait réellement.

# 3

*Mardi 30 août 2016*

Sylvie tournait en rond depuis près de vingt-quatre heures comme un fauve en cage. Elle attendait les résultats de l'élection présidentielle avec appréhension. Il avait été prévu que ceux-ci soient annoncés ce jour-là, mais les autorités gabonaises continuaient à garder le silence. Sur les réseaux sociaux, des statistiques sortaient au compte-gouttes. Les premiers résultats provenaient de la diaspora, *les Gabonais de l'étranger*.

À travers le monde, on annonçait le principal opposant en tant que gagnant. Seuls les résultats du Gabon même tardaient à être divulgués et Sylvie sentait la tension monter à travers le petit écran de son téléphone. Sa préoccupation n'était pas réellement qui serait le prochain Président, mais plutôt, ce qu'il se passerait une fois les résultats annoncés. Dans l'un ou dans l'autre des cas, elle ne voyait aucune issue pacifique dans l'immédiat. Il était établi que du sang coulerait et, sans savoir pourquoi, cette pensée la terrorisait, alors même qu'elle se trouvait à l'abri dans son appartement amiénois. Elle stressait. Et plus elle lisait les commentaires de ses amis basés à Libreville ou Port-Gentil sur les réseaux sociaux et plus son estomac s'inventait de nouveaux noeuds.

Deux jours avant, elle avait pourtant reçu la réponse qu'elle attendait depuis des mois. Non seulement, elle avait obtenu ses derniers examens haut la main, mais elle avait également eu l'affectation de son choix pour son internat en pédiatrie. Elle allait passer les deux prochaines années dans le plus grand service spécialisé pour les enfants de la région ayant des maladies graves. Elle ne serait pas obligée de déménager et, en plus, une des spécialistes qu'elle admirait était résidente dans cet hôpital. Elle était censée commencer dans quelques jours, mais ni cette bonne nouvelle ni la fin de ses vacances forcées ne la réjouissaient.

Yvann, en revanche, avait été tellement heureux pour elle qu'il en avait oublié leur différend et les tensions au sein de leur couple. Quand elle l'avait appelé à la réception du mail d'admission, il avait affiché un enthousiasme qui l'avait étonnée sans qu'elle sache réellement pourquoi. Il avait même organisé une petite sortie avec quelques amis dans un bar. Mais lorsque l'un d'eux avait posé des questions sur le déroulement des élections à son petit ami et que celui-ci s'était contenté de répondre nonchalamment : « Oh tu sais, moi, les histoires de ce pays, je ne m'en mêle plus ! Tout ce bruit, je te parie que dans quelques jours, tu n'en entendras même plus parler », sa colère était remontée à la surface. Elle était restée silencieuse pour le reste de la soirée.

À leur retour, elle s'était déshabillée en silence, tandis qu'Yvann continuait à papoter avec joie sur la soirée et leurs amis qui venaient de leur annoncer la prochaine naissance de leur premier enfant. Elle se contenta de hocher la tête en prétextant un besoin de repos.

— Sylvie, j'aimerais qu'on parle de quelque chose d'important !
— Je t'écoute !

Sylvie repoussa doucement le drap qui couvrait le lit. Elle s'assit en évitant de regarder directement Yvann, qui se trouvait de l'autre côté de la pièce. Habituellement, ils seraient sûrement en train de faire l'amour. Yvann se jetait toujours sur elle avec passion chaque fois qu'ils sortaient, il disait qu'elle était trop sexy et qu'il adorait la voir s'amuser. Mais ce soir, elle s'était volontairement tenue à distance de lui. Elle était trop énervée pour ça et il l'avait sûrement ressenti. Yvann fit le tour et s'assit à côté d'elle.

— J'aimerais que tu penses à la question bébé nous concernant, Syl-

vie. Il serait peut-être temps qu'on s'y mette également. J'ai enfin signé ce nouveau contrat et nos finances vont nous permettre d'envisager…
— Je viens à peine d'obtenir mon internat. Je vais avoir un emploi de temps de dingue pendant les deux prochaines années : les horaires à rallonge, les heures de garde, les urgences. On s'était mis d'accord de ne parler ni mariage ni famille tant que je n'avais pas fini mes études. Tu es conscient que si on fait un enfant, je vais devoir renoncer à beaucoup…
— OK ! Mais quand, alors ? J'ai trente et un ans. Je pourrais au moins donner à ma mère son premier petit-fils, elle n'est plus toute jeune !
—Ta mère ? Tu veux sacrifier ma carrière pour ta mère ???
— Arrête, Sylvie, ce n'est pas ce que je voulais dire. Écoute, mon amour, je sais parfaitement que c'est beaucoup de parler d'enfant, mais tu fais des études à rallonge…
— À rallonge ??
— Laisse-moi finir ! Tu en as pour plusieurs années, encore. Pourquoi ne pas essayer de faire les deux en même temps ? Je serai là, je t'aiderai !
— Tu travailles la nuit et les week-ends, Yvann ! Bon sang, tu fais exprès ou quoi, là ?

Elle avait haussé le ton et lâché la main de son compagnon. Finalement, elle avait réellement mal à la tête. Elle avait bu trois mojitos et il était deux heures du matin. Elle se leva et se mit à tourner en rond.

— C'est quoi le problème, là ? Tu es d'une humeur massacrante depuis des jours. Je marche littéralement sur des oeufs, avec toi.
— C'est TOI, le problème, Yvann, cria-t-elle.

Les deux amants se regardèrent un moment en silence. Aucun d'eux n'osa ajouter le moindre mot.

— Je vais prendre une douche !

Yvann se leva, passa devant elle et sortit de la pièce. À son retour, elle s'était couchée et faisait semblant de dormir profondément tandis qu'il éteignait la lumière et s'allongeait à l'autre bout du lit.

A la suite de cette dispute au sujet d'un éventuel enfant, Sylvie et Yvann s'évitèrent consciencieusement ou plutôt, ils firent comme si cette conversation n'avait jamais eu lieu. Sylvie avait l'impression de jouer la comédie dans sa propre maison. Yvann et elle se jaugeaient constamment du coin de l'oeil et elle avait peur du manque de complicité qui s'installait dans leur couple.

Ils avaient toujours été extrêmement proches. Le genre de couple que l'on voit toujours ensemble, qui finit les phrases l'un de l'autre et qui rit à ses propres blagues. Maintenant, elle avait l'impression d'être en face d'un étranger. Il fallait qu'elle se calme et mette fin à cette guerre froide. Tous les couples traversaient des périodes de vide. C'était normal. Mais pour l'instant, elle était dans l'incapacité de se concentrer sur eux. Les nouvelles qui provenaient du Gabon étaient alarmantes et accaparaient tout son esprit. Elle appela ses parents trois fois, ce jour-là. Habituellement, elle ne leur parlait que par messagerie et ne les appelait que le dimanche.

***

Elle attendit jusqu'à vingt-deux heures, mais aucune information supplémentaire ne filtra. Yvann lui envoya un message en début de soirée pour lui dire qu'après le travail, il irait, avec deux de ses meilleurs amis, boire un verre en ville. Son absence la soulagea d'un poids. Elle n'avait pas envie qu'il rentre et recommence à lui poser des questions sur son stress ou sur sa journée. Elle était certaine que cela conduirait à une nouvelle dispute. Un terrible mal de tête la cloua au lit, dans la pénombre. Elle resta allongée une bonne partie de la soirée, son téléphone à la main. Un de ses amis, à Libreville, indiqua, sur Twitter, sa présence au siège de l'opposant principal. Il précisa que des centaines de personnalités politiques et de partisans étaient sur place et qu'ils attendraient toute la nuit, s'il le fallait, les résultats de l'élection présidentielle. Que ce soit sur les réseaux sociaux, au Gabon ou même dans cette chambre de 15 mètres carrés dans laquelle Sylvie se sentait à l'étroit et isolée, la tension semblait avoir atteint son paroxysme. Elle verrouilla son téléphone et ferma les yeux pour calmer le bruit de son esprit. Elle angoissait et, elle-même, ne savait pas réellement pourquoi.

Vers minuit, elle se réveilla en sursaut, au bruit des clés dans la serrure de la porte d'entrée. Elle entendit Yvann rentrer dans la pièce. Il se déshabilla dans le noir puis disparut un moment dans la salle de bains. Quand il revint dans la pièce, il se glissa dans le lit. Elle sentit son corps se blottir contre le sien. Il se rapprocha encore plus et la saisit par la taille, dans le dos. Il posa sa bouche sur son oreille.

— Sysy ? Tu dors ?
— Plus maintenant, murmura-t-elle.
— Je suis désolé pour ces derniers jours ! Je ne veux plus qu'on se dispute, OK ? Et puis, dans quelques jours, toute cette histoire sera passée. Tu verras que tout va bien se passer et tu te sentiras mieux.
— D'accord, Yvann.
— Tu sais que je t'aime plus que tout, hein ?
— Oui, oui, je sais !

Elle se retourna et l'embrassa lentement. Yvann soupira et se blottit dans ses bras. Deux minutes plus tard, elle entendit son souffle régulier ponctué de légers ronflements remplir la pièce. Elle ferma de nouveau les yeux, se faisant violence pour ne pas se retourner et prendre de nouveau son téléphone portable posé sur la table de nuit.

# 4

*Jeudi 1er septembre 2016*

Les chiffres officiels avaient été annoncés dans la soirée du 31 août, mais Sylvie n'en avait pris connaissance que le lendemain matin, à son réveil. Elle avait également été informée de nombreux mouvements d'émeutes et de la « prise d'assaut » du QG de l'opposant, siège où se trouvaient des centaines de personnes dont plusieurs de ses amis dont personne n'avait de nouvelles.

Ce matin-là en se levant, elle était allée sur les réseaux sociaux après avoir essayé de joindre, au téléphone, plusieurs fois son père ainsi que son frère aîné à Libreville, sans succès. Elle était directement redirigée vers leurs répondeurs. Elle leur avait envoyé également des messages sur WhatsApp, mais elle s'était rendu compte qu'aucun d'entre eux n'était réceptionné. Elle commençait à paniquer. Pourquoi n'arrivait-elle plus à joindre qui que ce soit au Gabon ? Pour se rassurer, elle opta pour l'option « réseau social ». Il y avait forcément quelqu'un qui savait pourquoi le Gabon était « indisponible ».

Elle découvrit avec effroi que le pays était placé sous une forme de block out : réseaux informatiques, internet et télécoms avaient été suspendus quelques minutes après le communiqué officiel. Les infos qui filtraient sur internet ne la rassuraient pas. Bien au contraire. Elle apprit que plusieurs personnes avaient disparu, certaines se trouvaient dans les geôles sans savoir pourquoi, des manifestants étaient sortis en masse dans les rues, grondant leur colère ; l'Assemblée nationale, symbole de la démocratie et de la République avait été incendiée ainsi que plusieurs commerces ; l'armée et les très célèbres « bérets rouges » occupaient désormais les principales ruelles de la capitale et d'autres villes importantes. D'où elle était, elle eut l'impression que c'était le chaos total. Comment cela avait-il pu dégénérer de cette façon ? Aussi rapidement ? Et pourquoi ?

Yvann était, comme à son habitude, parti dès huit heures du matin. Il l'appela à midi et lui raconta sa matinée. Il participait à l'organisation d'un événement régional qui se tenait dans quelques jours. Sylvie avait enfin eu des nouvelles de ses parents. Son père l'avait rappelée, lui confirmant leurs difficultés avec les réseaux téléphoniques et leur non-accès à internet. Cependant, il lui affirma qu'ils étaient tous dans la maison familiale et qu'aucun d'eux ne la quitterait tant que la situation ne se serait pas définitivement calmée. Elle était rassurée, mais son esprit était toujours accaparé par ces centaines de jeunes dans les rues et prêts à en découdre avec des personnes armées, entraînées et prêtes à tirer. Ainsi, lorsque Yvann lui parla de son événement, elle ne l'écouta que d'une oreille. Il semblait enthousiaste et impatient d'y être.

— Tu viendras ? Je veux que tu voies ça. Il y aura un magnifique feu d'artifice, à la fin !
— …
— Sylvie ??
— Oui… Oui, bien sûr. C'est samedi soir, c'est ça ?
— Oui, je partirai le matin, mais tu pourrais me rejoindre en train, c'est à vingt minutes.
— OK…
— Tu as l'air ailleurs ?
— Je me fais juste du souci…
— Pour ce qu'il se passe au Gabon ? Sylvie, je sais qu'on a été en désaccord sur ces élections. Je t'avais dit de ne pas trop espérer…
— À l'heure actuelle, je m'en fous, des résultats, en fait. Je me fais du souci pour toutes ces personnes qui ont disparu, l'isolation du reste du monde que subit la population, ou encore toutes ces émeutes…
— Oui, mais c'est toujours comme ça que cela se passe… Élections,

triche, les mêmes restent au pouvoir, la population se rebelle pendant quelques jours et tout finit par revenir à la normale. Tu as pu parler à ta famille ?

— Oui, ils vont tous bien et ils sont à la maison. Papa m'a dit que personne ne sortirait.

— Tu vois, les bons citoyens restent chez eux. Tous ces jeunes dans les rues ne sont que des pillards. Ils profitent de la confusion pour tout casser et voler dans les commerces. Tu ne devrais pas t'en faire pour eux.

Sylvie eut un haut-le-coeur en entendant cette dernière phrase. Des pillards qui voulaient juste tout casser et vandaliser les commerces ? Et les personnes enlevées le soir même des résultats ? Les jeunes militants portés disparus ? Ces enfants qui marchaient dans les rues, portant le drapeau de leur pays sur les épaules ? Il n'était pas question de qui pillait ou volait. Ce qu'il se passait était grave et que l'on puisse réduire la situation à une simple crise ponctuelle l'horripilait. Elle n'y arrivait tout simplement pas. Et le fait que sa famille soit actuellement à l'abri ne changeait rien à son ressentiment. Elle écourta sa conversation avec Yvann et décida de raccrocher. Elle ne voulait pas lui dire directement ce qu'elle pensait de son comportement, de ses propos et de son détachement. Certes, il fallait prendre du recul en toute situation, mais cela ne voulait en aucun cas dire qu'il fallait devenir inhumain face à la souffrance des autres, qui plus est, de son propre peuple.

Elle ouvrit une des fenêtres du séjour et passa sa tête dehors. L'air était encore lourd, même si l'été tirait officiellement à sa fin. Elle commençait son internat le lendemain matin. Elle passerait ses journées à l'hôpital au milieu d'enfants. Ça lui ferait du bien. En observant le mouvement dans la rue, elle sentit une vague de larmes remonter. Elle se mit à pleurer bruyamment, sans savoir réellement pourquoi.

# 5

*Samedi 3 septembre 2016*

Ce samedi-là, Sylvie prit le train vers dix-neuf heures pour rejoindre Yvann. Un concert puis un feu d'artifice étaient prévus sur la place d'une ville voisine pour marquer la fin des vacances d'été. Depuis quelques jours, la tension entre les deux amoureux était légèrement retombée. Ils étaient tous les deux beaucoup trop fatigués par leurs rythmes de vie réciproques pour réellement s'engueuler tous les soirs. Vingt-cinq minutes plus tard, elle arriva sur place et envoya un message à Yvann. Il lui répondit dans la seconde, lui indiquant le trajet pour se rendre à l'endroit souhaité. Elle décida d'y aller à pied, de flâner dans les rues d'une petite ville peu connue, en ce début de soirée. L'air était frais et les températures avaient enfin décidé de baisser. Elle était en avance et voulait profiter de ce moment de pure solitude. Dans quelques minutes, elle serait sur la grande place avec des milliers d'autres personnes. En fait, elle n'était pas du tout d'humeur à assister à ce spectacle, mais c'était le dernier de la saison pour son petit ami et elle savait que sa présence lui ferait particulièrement plaisir. Il lui en parlait depuis des semaines et avait, semble-t-il, participé personnellement à l'élaboration de l'une des attractions phares de la soirée. Elle avait donc pris sur elle et décidé de lui faire passer une bonne soirée. Lui montrer qu'elle était fière de lui, qu'elle était présente pour lui et que leur couple sortirait de cette petite crise.

Il n'avait plus abordé le sujet d'un enfant. Elle regrettait de s'être emportée de cette façon contre lui, mais n'en parla pas non plus. Elle s'était rendu compte que ce n'était pas la perspective d'avoir un enfant qui l'effrayait, mais plutôt celle d'en avoir un avec lui. Soyons clairs, elle était sûre qu'elle était amoureuse de cet homme ; après toutes ces années, c'était la moindre des choses, mais plus le temps passait et les difficultés de leur vie commune les mettaient en porte-à-faux, plus elle doutait considérablement de leur compatibilité à long terme. Leurs façons d'aborder la société étaient souvent si contradictoires que cela lui faisait peur. Comment allaient-ils pouvoir élever des enfants s'ils étaient incapables de se mettre d'accord sur des choses aussi importantes ? Les paroles de Yvann, le lendemain des résultats au Gabon, lui traversèrent l'esprit de nouveau. Comment pouvait-il penser que la vie de certaines personnes était moins importante parce qu'elles étaient descendues dans la rue ? Parce qu'elles pillaient ? Elle condamnait également ce type de réaction et de comportement, mais de là à en conclure qu'ils méritaient leur sort ?

Une fois sur la grande place, elle envoya de nouveau un SMS à Yvann. Il lui demanda alors de le retrouver devant un des magasins principaux, un opticien.
— Salut Princesse !
— Hey !! Salut.

Elle s'efforça de faire un immense sourire pour marquer son excitation.

— Ça va ?
— Un peu fatigué, mais c'est bientôt la fin. Et toi ? Tu vas voir, il y a un superbe jeu de lumières. Il faut que j'aille du côté de la régie. Ça va durer une heure, environ. Ensuite, on a un repas avec toute l'équipe, mais tu peux venir avec moi. On reste en contact par message, OK ? Ça ne te dérange pas de rester seule un moment ?
— Non, du tout. Ne t'inquiète pas ! Vas-y. On se voit plus tard.

Yvann s'éloigna. Pendant un moment, elle resta sur le côté, près d'un mur, et regarda la place se remplir. Au bout de dix minutes, elle était bondée. Il y avait des gens partout, des enfants qui couraient, des jeunes qui papotaient, des couples qui s'enlaçaient. La place formait un immense rectangle avec quatre entrées et le flux abondait de chacune des entrées. Le soleil finit par se coucher et de la musique retentit des immenses enceintes placées à différents endroits.

Quelques minutes plus tard, le spectacle commença, les lumières s'éteignirent et tout le monde se tourna vers le monument principal. Des lumières dansèrent sur les murs au rythme de la musique. Les personnes autour de Sylvie s'émerveillèrent, elle entendit les « waouh » des enfants perchés sur les épaules de leurs parents. Après la musique et les lumières, le feu d'artifice commença. Sylvie se sentit tout à coup oppressée. Le bruit et les rires autour d'elle lui donnèrent le tournis et surtout, elle se sentait triste, pas à sa place.

Toute cette joie et ces rires l'attristèrent car elle se mit à penser à ce qu'il se passait dans son propre pays. Là-bas, le couvre-feu régnait, les détonations n'étaient pas celles de lumières dans le ciel, mais de lointains militaires qui « rétablissaient l'ordre ». Dans quelques jours ou semaines, plus personne ici ne se souviendrait de cette énième crise politique africaine, simple parenthèse alimentant les chaînes d'informations en continu. Elle se sentit en décalage avec la bonne humeur ambiante. Son téléphone vibra. Un SMS de Yvann : *Alors, tu aimes ?* Elle répondit machinalement : *Oui ! C'est magnifique ! Beau boulot, mon amoureux.*

Quelques minutes plus tard, elle le rejoignit. Il lui présenta quelques-uns de ses collègues et ils mangèrent et prirent un verre tous ensemble. À minuit passé, ils étaient enfin de retour chez eux. Pendant le trajet en voiture, Sylvie avait gardé le silence, perdue dans ses pensées, tandis qu'Yvann continuait à bavarder sur le feu d'artifice.

— Tu as à peine dit un mot de la soirée, Sylvie.
— Je suis fatiguée, désolée. Vivement demain. J'ai juste envie qu'on

reste au lit à manger des cochonneries et à suivre des séries. On va paresser comme des gros !

Elle éclata de rire de façon franche. C'était leur rituel du dimanche : rester au lit à manger de la glace et à enchaîner les épisodes d'une série.
— Demain, c'est pas possible ! Ma mère nous attend pour le déjeuner, à midi. D'ailleurs, elle était aussi là, ce soir. Elle m'a dit qu'elle t'avait aperçue, mais que tu n'étais pas allée vers elle.
— Pourquoi elle n'est pas venue vers moi, alors ? Je ne l'ai pas vue, tu as vu la foule qu'il y avait ?
— Hummmm…
— OK. Tu sais quoi ? Je suis fatiguée, je n'ai pas envie de passer encore tout mon dimanche après-midi chez tes parents. Je commence tôt, lundi, j'ai besoin de calme, ici…
— Reste, alors, j'irai tout seul.
— J'allais ajouter « avec toi », mais la question semble réglée.
— Sylvie ! Ne recommence pas avec tes humeurs ! D'abord, c'étaient les élections ; ensuite, l'enfant ; maintenant, c'est ma mère. C'est quoi, le problème ?

Il avait haussé le ton. Le mélange de colère et de fatigue se faisait ressentir dans sa voix.

—Tu es épuisante, ces derniers temps, et tu te comportes comme une enfant pourrie gâtée. Sors un peu de ta petite bulle. Ce n'est pas le monde des Bisounours. On a tous des choses à faire et des engagements à respecter, donc si je veux aller manger tous les dimanches chez ma mère, alors j'irai sans toi. Grandis un peu !

Sylvie avait enfin la réponse à sa question. Non, elle ne souhaitait pas élever ses enfants avec cet homme. Elle ne voulait pas qu'il continue à lui faire la leçon, qu'il minimise le combat d'autres per sonnes devant elle, qu'il oublie ses propres racines pour se fondre dans la masse.

Elle ne voulait pas ça, elle ne voulait pas de lui. Elle savait que cette discussion marquerait la fin de leur relation, mais pour la première fois depuis longtemps, elle était certaine de ce choix. Et que le samedi suivant, elle se rendrait au Trocadéro scander auprès des siens.

*« And I thought the world would revolve*
*I thought the world would revolve without us,*
*Without us, without us, without us,*
*But nothing I know could slow us down,*
*They can't slow us down*
*I thought I could live without you ;*
*But together we got plenty power*
*And nothing I know could break us down,*
*They can't break us down.*
*Yes we can, they couldn't break us down !* »*

---

* *Beyoncé ft Franck Ocean – Superpower (Beyoncé, 2013)*

# Au Fil du Temps
# |
# Many Years Ago…

*« Ears closed*
*What I hear no one else has to know*
*Cause' I know*
*That what we have is worth first place in gold*
*And I'm soaked in your love*
*And love is right in my path, in my grasp*
*And me and you belong, oh…* »*

* *Beyoncé – Smash Into You (I Am… Sasha Fierce, 2008)*

# 1

Alexandre regardait nerveusement à travers le hublot à la recherche d'un signe. Un signe pour descendre de cet avion, un signe pour faire demi-tour. Mais qu'est-ce qui lui a pris, tout à coup ? Lui qui avait toujours été tellement prudent. Lui qui n'était jamais allé plus loin que les quelques pays limitrophes au sien. Et là, il s'était précipité à l'aéroport après avoir acheté le premier billet d'avion qu'il avait trouvé sur internet la veille. Une véritable fortune. Un cri de bébé, à quelques places derrière lui, le tira de ses pensées et de son angoisse montante. Il se retourna pour jeter un coup d'oeil. Une jeune femme, l'air épuisé, tenait dans ses bras un bébé de quelques mois qui semblait ne pas vouloir lui faciliter la vie. À ses côtés, un homme, aidé par l'une des hôtesses, essayait tant bien que mal de récupérer un bagage au-dessus de leurs têtes.

Il n'aimait pas ces espaces réduits, des boîtes aux couloirs étroits, faites de fer et de technologies pesant des tonnes et imitant les oiseaux. « Qui avait pu pondre une idée pareille ? » se demanda-t-il. Si Lyndsay avait été là, elle aurait éclaté de rire à cette question. De son rire rauque et honnête. Un rire fort, franc qui finissait toujours par son célèbre : Oh my God ! Il chercha rapidement dans ses souvenirs à quel moment elle avait commencé à utiliser cette expression. En vain. Il se souvenait juste du rire, de son intonation, de sa tête qui se renversait en arrière, sa main qu'elle portait à la bouche pour couvrir son immense sourire quasiment parfait. Il y avait tellement de choses qu'elle faisait qui pouvaient l'exaspérer. Il frissonna. Il avait froid. Il faisait froid. On était en plein mois de mars et il pleuvait sur Paris. Le printemps ne semblait pas pressé d'arriver. « Ce n'est pas comme si j'allais sous les tropiques », se rassura-t-il.

« Bonsoir, je crois que vous avez pris ma place. Le 54A près du hublot ? » Un homme d'une trentaine d'années, portant un costume noir et une chemise blanche se tenait debout dans l'allée, impatient. Il le fixait comme s'il s'apprêtait à répéter sa phrase. Sans répondre, Alexandre se leva et laissa l'impatient passer côté hublot. Bien sûr que ce n'était pas la place qu'il avait réservée. En prenant son billet d'avion au dernier moment, il n'avait pas réellement eu l'embarras du choix. Il avait espéré qu'il n'y ait personne sur l'un des deux autres sièges pour ne pas passer près de dix heures inconfortablement assis entre deux inconnus, mais Monsieur impatient avait débarqué avec ses airs guindés et sa voix méprisante. Qui voyage en costume ? Un vol de nuit, en plus.

Calmement, il se rassit sur le siège près de l'allée. Il ne prendrait sa place, le siège du milieu, que lorsque son second compagnon de voyage arriverait. Privé de son hublot, il se concentra sur le va-et-vient des passagers, des hôtesses et des stewards. Le bruit, les murmures, les instructions, les négociations pour un changement de place. Au bout d'une dizaine de minutes, il sentit la boule qui s'était formée dans son ventre depuis cinq jours s'agrandir. Elle grandissait d'heure en heure. Une angoisse étouffante qu'il avait de plus en plus de mal à contenir. Une angoisse qui l'avait poussé à prendre l'avion. Il avait mal au ventre. Il se demandait si c'était dans sa tête ou s'il avait réellement mal au ventre. Ses boyaux semblaient se tordre, donnant une forme humaine aux spéculations de son cerveau. « Le comble serait qu'un ulcère me foudroie en plein vol. »

Il sortit son téléphone de la poche de son jean et ignora les nombreuses notifications d'appels et de messages en les faisant disparaître une à une de son écran d'accueil. Il était vingt-deux heures quarante-cinq. Le décollage était prévu pour vingt-trois heures douze. Il l'éteignit. Maintenant, c'était son crâne qui faisait mal. Il regarda l'impatient. Ce dernier avait sorti une tablette avec un clavier et tapotait dessus comme si sa vie en dépendait. Alexandre ferma doucement les yeux. Il fallait qu'il se concentre sur sa respiration, le rythme de son coeur, son angoisse grandissante, ses mains moites. Il ne savait pas depuis combien de temps il était assis ainsi, les yeux clos, le dos droit dans son siège lorsqu'il sentit une main tapoter son épaule. Il sursauta devant le visage angélique d'une hôtesse parfaitement maquillée. Pendant un moment, il avait complètement oublié où il était. La nuit et la pluie dehors. Le bébé qui pleurait. Le voisin qui travaillait, concentré. Après avoir fermé et resserré sa ceinture comme demandé, il referma les yeux. Il laissa son esprit divaguer à travers ses souvenirs.

Il se revit il y a vingt ans. À huit ans. C'était les vacances de Pâques. Il revenait alors d'une balade à vélo avec ses deux frères aînés lorsqu'ils aperçurent une camionnette juste en face de chez eux, garée devant la maison inhabitée depuis quelques années. Il se précipita dans la maison et monta les marches des escaliers par deux. Une fois dans sa chambre, il se plaça devant la fenêtre. Il espérait que les nouveaux voisins aient des enfants de son âge avec qui s'amuser. Dans le quartier, il y avait très peu d'enfants et il devait se contenter de ses amis d'école et de ses frères, âgés de treize et quinze ans. Alexandre ne vit alors qu'un grand monsieur à la peau noir ébène comme sa maman. Le monsieur donnait des instructions aux déménageurs. « Alexandre ! Va prendre ton bain avant de venir manger. Fais vite ! » Avant de quitter son point d'observation, le petit garçon jeta de nouveau un oeil aux personnes qui s'affairaient dehors. Il aperçut enfin ce qu'il attendait. Le signe qu'un enfant allait être juste en face de chez lui. Un vélo bleu.

# 2

Deux jours plus tard, Alexandre entendit sa mère, Sally, dans la cuisine. Elle passa l'après-midi à faire un gâteau au chocolat blanc et au coco en écoutant Sodade de Cesaria Evora. Son dessert préféré. « Un vrai nuage de bonheur », disait son père. Il crut qu'il allait avoir du gâteau pour le goûter, mais quand elle eut fini, sa mère monta les escaliers et redescendit un peu plus tard, portant une jolie robe bleue avec des petits nuages blancs. La coïncidence fit sourire le petit garçon.

Alors qu'il rôdait autour de la cuisine, guettant le moment où elle lui proposerait un peu de gâteau, il la vit sortir le bien convoité du frigo et le placer délicatement dans un plat en verre. Elle virevolta vers le salon en tenant son trophée du bout des mains, Alexandre derrière elle. « Je vais souhaiter la bienvenue à nos nouveaux voisins. Quelqu'un veut m'accompagner ? », annonça-t-elle à la fratrie. Michel, le père et Jean-Pierre alias JP, l'aîné des garçons, étaient concentrés devant un match de football. Ils ne lui accordèrent qu'un hochement de tête et un signe de la main. Alexandre tendit la tête, à la recherche de Ben, son autre frère. Ce dernier était assis à la table à manger, une Nintendo entre les mains, absorbé. Sally se retourna vers son petit dernier :

« Bon… Et toi, Alex, tu viens avec moi ? Je suis sûre que nos voisins voudront bien partager une petite part de ce gâteau avec toi. Je t'ai vu me lorgner toute l'après-midi. » Elle lui fit un clin d'oeil et lui demanda de mettre des chaussures et un pull. Pendant qu'il nouait les lacets de ses baskets, il se rappela le vélo. Il déboula dans les escaliers à toute vitesse, de peur que sa mère n'ait décidé de partir se présenter à leurs nouveaux voisins sans lui. Elle l'attendait sur le pas de la porte. Devant sa précipitation, elle éclata de rire en ouvrant la porte :

« Tout ça pour un peu de gâteau ? Allez, viens ! ».

Ils traversèrent la rue. Alexandre avait ralenti le pas, calant sa démarche sur celle de sa mère pour ne pas montrer son impatience. Peut-être qu'il n'y avait pas un seul enfant, mais plusieurs. Lorsqu'ils arrivèrent devant la façade, qui avait été rafraîchie par de nouvelles couches de peintures, Sally sonna à la porte. Une petite dame d'une trentaine d'années à la peau caramel vint leur ouvrir. Elle avait des yeux minuscules, légèrement bridés, et ses cheveux formaient une auréole bouclée au-dessus de sa tête. Alexandre trouva qu'elle était beaucoup plus petite que sa mère. Celle-ci avait de longues jambes, mais la jolie dame, elle, était plus petite, plus menue dans son jean brut et un pull immense blanc. Elle ne portait que des chaussettes aux pieds. Elle esquissa un sourire :

— Bonjour !
— Bonjour ! Je m'appelle Sally. Je suis votre voisine d'en face. Et voici Alexandre, mon fils. Enfin l'un de mes fils. J'en ai trois. Je suis littéralement envahie par les hommes dans ma propre maison.

Elle éclata de rire. Le rire de sa mère était communicatif. La jolie dame rit aussi. Alexandre était fasciné par son visage.
— Je suis Hélène ! Entrez donc, je vais vous présenter mon mari et ma fille.

Elle prit le gâteau des mains de Sally et s'écarta légèrement pour les laisser entrer. Alexandre n'avait retenu que la fin de la phrase, « ma fille ». Le vélo bleu appartenait à une fille. Il n'y avait pas du tout pensé. Ils suivirent Hélène dans le salon. L'immense monsieur qu'il avait vu quelques jours plus tôt se leva et s'approcha d'eux. Il était l'homme le plus grand qu'il ait jamais vu. Il tendit la main en direction de sa mère en se présentant :
— Barry Diakité ! Enchanté.
— Sally Legrand. Et voici Alexandre. Il est surtout là pour le gâteau.

Le grand monsieur baissa les yeux sur Alexandre en souriant et le gratifia d'un ébouriffage de cheveux.

— Je vais découper le gâteau et nous le servir maintenant, alors, répondit Hélène. Asseyez-vous ! Vous désirez une boisson chaude ? Un thé ou un café ? Et un chocolat chaud pour le jeune homme ?

Pendant qu'Hélène emportait le gâteau dans la cuisine, Alexandre s'assit tout près de sa mère sur le canapé d'angle. M. Barry et elle se mirent à discuter de leur travail, des raisons de leur emménagement dans la région lyonnaise – il était fonctionnaire et avait été muté. Alexandre scrutait la pièce à la recherche d'un signe de leur fille. Hélène revint dans le salon avec un plateau garni de boissons chaudes et une assiette. Derrière elle déboula une petite fille, elle devait avoir sept ou huit ans. Elle portait une salopette en jean et un T-shirt rose en dessous. Sur la tête, elle avait deux gros chignons tenus par des rubans bleus. Ses cheveux tenaient en apesanteur comme ceux de sa mère. Elle courait pieds nus dans le salon, ralentit et sauta sur les genoux de son père sans crier gare. « Fais doucement, princesse ! Et commence par dire bonjour à nos invités ! Voici Lyndsay. »

Alexandre retint son souffle. La petite fille descendit de son trône pour dire bonjour à Sally, puis, elle se tourna vers Alexandre et dit tout simplement : « Salut ! Viens avec moi ! Je vais te montrer mon nouveau jeu de société ! ». Elle lui saisit la main et sans demander son reste, l'entraîna dans une autre pièce de la maison. Alexandre oublia le gâteau, sa mère qui rigolait dans le salon. Il passa l'heure suivante avec Lyndsay. Ils jouèrent ensemble et lorsque sa mère l'appela pour qu'ils rentrent chez eux, le petit garçon fut profondément déçu. Devant la porte, Lyndsay faufila sa tête entre ses parents : « Au revoir, Madame Sally. À demain, Alexandre ! ».

À demain ? Même s'il ne comprenait pas à quoi elle faisait référence, il était bien content qu'elle veuille bien rejouer avec lui. Que ce soit demain ou un autre jour. « Je te ferai un gâteau le week-end prochain. Tu as été très sage, pendant ces vacances. » Il sourit, heureux. Non seulement, il s'était fait une nouvelle amie, mais en plus, il aurait un gâteau entier rien que pour lui.

Le lendemain, alors que son père le déposait devant l'école primaire, il aperçut M. Barry. Il était facilement remarquable avec sa grande taille au milieu des autres parents. Il tenait Lyndsay dans ses bras et elle s'accrochait à son cou. Alexandre lâcha la main de son père et courut vers eux, traversant la route sans regarder, son père, derrière, essayant de le rattraper.
— Alex, tu ne dois pas lâcher ma main tant qu'on n'est pas arrivé dans la cour. Je te l'ai déjà dit !
— Bonjour Monsieur Barry. Bonjour Lyndsay !
— Bonjour mon petit Alexandre. Tu vas bien ?

Alexandre arborait son plus grand sourire. M. Barry déposa une Lyndsay visiblement boudeuse sur le sol. Sa mère lui avait fait de jolies nattes avec des perles colorées au bout. Son père tenait toujours son sac à dos violet à la main. Il se présenta :
— Bonjour, je suis votre nouveau voisin, Barry. Votre femme et Alexandre sont passés chez nous hier !
— Oui, bien sûr ! Michel Legrand, enchanté.

Ils regardèrent Lyndsay qui ne disait toujours rien.
— Je suis désolé, elle n'est pas très bavarde, aujourd'hui. Elle fait un peu la tête. C'est toujours difficile de se faire de nouveaux amis en plein milieu de l'année scolaire. Mais je suis sûr qu'Alexandre va t'aider à te faire ta petite place, ma princesse. N'est-ce pas, Alexandre ?

Le garçon hocha vivement la tête comme s'il n'attendait que ça. Lyndsay le fixa sans rien dire et finit par sourire timidement. Ils entrèrent ensemble dans la grande cour tandis que leurs pères leur faisaient de grands signes de la main.

Assis dans son siège, Alexandre récita à voix basse la seule prière qu'il connaissait, en sentant l'avion quitter le sol. Il n'était pas particulièrement religieux, mais c'est la seule chose qui le calma sur l'instant. Un silence étrange régnait dans l'habitacle plongé dans la pénombre pendant le décollage. Il prit de nouveau une profonde inspiration.

Lyndsay et lui étaient devenus les meilleurs amis du monde après cette journée à l'école. Ils n'étaient pas dans la même classe mais, au moment de la récréation, il la trouva devant sa salle ; elle l'attendait. Il joua avec elle toute la récréation. Ils jouèrent ensemble les jours, les mois et les années suivantes. Leurs parents devinrent aussi très amis. M. Barry et sa mère Sally venaient du même pays, le Sénégal. Hélène, elle, était française, originaire d'une île, mais il ne se rappelait jamais laquelle. Ils dînaient tous ensemble certains soirs, pour les anniversaires ou les grandes occasions. Ils faisaient des barbecues dans leurs jardins respectifs en été. Ces soirs-là, Alexandre ouvrait sa tente de camping dans le jardin et une fois tout le monde rentré, il s'allongeait avec Lyndsay sur l'herbe fraîche pour regarder les étoiles. Ces soirs-là, il était heureux. Lyndsay était sa meilleure amie. Il ne voyait pas comment cela pourrait changer. Ils seraient amis pour toujours, ils vivraient l'un près de l'autre pour toujours.

# 3

Quand ils atteignirent l'âge de la puberté, M. Barry interdit à Lyndsay de dormir avec Alexandre, mais les deux amis le comprirent aisément. Pour aller au collège puis au lycée, ils prenaient le bus ensemble pour faire le point sur leur soirée avant de se séparer pour la journée. Ils avaient chacun un groupe d'amis distinct, mais trouvaient toujours un moment dans la journée pour se retrouver. Alexandre traînait avec un groupe hétéroclite de garçons : François, un sportif blondinet aux yeux bleus ; Samir, un grand au teint hâlé, d'origine marocaine ; et Serge, un rouquin, fan de rap américain. Lyndsay n'avait pas vraiment d'amis autres qu'Alexandre, mais elle était l'une des filles les plus populaires de leur établissement, en plus d'être la vedette de l'équipe de volley-ball. Dans la cour, elle se fondait sans difficulté dans la masse. Cette aisance étonnait parfois Alexandre qui était plus timide.

En 2006, Alexandre entamait sa première scientifique tandis que Lyndsay intégrait une seconde littéraire. Ils se retrouvaient toujours le matin à sept heures quarante-cinq devant chez Lyndsay. Quelques années auparavant, ses parents avaient eu deux autres enfants, Hugo et Christian, des jumeaux qui avaient six ans, maintenant. Ce matin-là, il se tenait donc devant la maison lorsque Lyndsay en sortit en tenant les deux garçons à bout de bras par leur sac à dos. « Salut Alex ! », crièrent-ils tous en choeur. « Je mets les fauves dans la voiture. J'arrive ! » Alexandre l'entendit se débattre et négocier pendant quelques minutes avec eux pour leur faire attacher leurs ceintures de sécurité. M. Barry sortit en trombe, visiblement en retard, et leva le bras en direction d'Alexandre en guise de bonjour.

M. Barry n'avait pas réellement changé, ces dix dernières années. Il était toujours aussi grand et souriant. Depuis qu'ils avaient eu deux autres enfants, il semblait être encore plus épanoui. Lyndsay avait confié à Alexandre que ses parents avaient traversé une crise dans leur relation, il y a quelques années. Un été, M. Barry était parti avec Lyndsay au Sénégal pendant près de trois mois, laissant Hélène seule dans la maison. La mère d'Alexandre passait alors beaucoup de temps chez les Diakité, auprès de son amie. Alexandre avait craint que M. Barry décide de rester là-bas avec Lyndsay et de ne plus la revoir. Mais ils étaient revenus et, un an plus tard, la naissance des jumeaux les avait tous rapprochés.

— Tu viens ? On va rater le bus si on ne se presse pas.

Les deux amis marchèrent l'un près de l'autre, les pas de l'un s'accordant au rythme de ceux de l'autre. Ils traversèrent l'allée puis la rue en direction de leur arrêt de bus.

— Il sera là, ton frère, pour les vacances de Noël ? demanda-t-elle en collant son épaule à celle d'Alexandre.

Le garçon baissa les yeux vers son amie. Il trouvait étrange l'attirance qu'elle avait développée pour son frère Ben, ces trois dernières années. Ils avaient tous grandi ensemble, mais lorsque Ben était allé à l'université à Lyon, Lyndsay avait commencé à s'intéresser à lui de façon excessive. Il entamait sa troisième année en faculté de droit et ne rentrait que pendant les vacances scolaires.

— Lequel ?
— Tu sais parfaitement de qui je parle, Alex !
— Tu veux bien arrêter avec Ben, s'il te plaît ? Je trouve ça franchement bizarre. C'est mon frère, tu pourrais trouver quelqu'un d'autre pour faire une fixette. En plus, il a cinq ans de plus que toi !
— D'abord, ce n'est pas une fixette. Et qui d'autre, exactement ? L'un de tes amis boutonneux ? Vous êtes tous tellement enfantins ! Ben, c'est un homme.
— Tu es bien la seule personne qui le pense, ironisa Alexandre Et

puis, je ne veux pas me retrouver entre vous deux, Lynn.

Ce qu'il ne comprenait pas, mais garda pour lui, c'était aussi que Lyndsay puisse être attirée par son frère et non par lui alors que, physiquement, les deux garçons étaient presque identiques. Ils étaient debout près de l'arrêt du bus parmi une dizaine d'autres élèves. En regardant autour d'elle, elle aperçut Mélissa, une grande blonde qui laissait ses cheveux parfaitement lissés beaucoup trop longs à son goût. Mélissa était toujours entourée d'un groupe de filles qui semblaient être ses clones. Elle jeta un coup d'oeil à Alexandre. Comme prévu, il faisait sa tête d'amoureux et fixait la jeune fille d'un air béat.

— Tu devrais prendre les choses en main et aller lui parler. Il te reste moins de deux ans ici et il faudrait peut-être que tu aies une vraie petite amie avant d'aller à l'université. Je dis ça pour toi.
— Chut ! Parle moins fort. Elle va t'entendre, Lynn. Sérieux !

Lyndsay éclata de rire face à un Alex contrarié par son ton désinvolte. Il était réellement amoureux de Mélissa. Il avait eu un faible pour la jeune fille dès son arrivée au lycée, l'année précédente. Ils étaient dans la même classe, mais en un an et demi, il lui avait à peine adressé la parole. Lorsque le bus se gara, Lyndsay s'éloigna rapidement de lui sans rien dire et en jouant des coudes, se retrouva au niveau de Mélissa. Une fois dans le bus, elle les suivit, elle et deux de ses amies, à la dernière rangée de sièges et s'assit avec elles, complètement à l'aise. Elle vit Alexandre monter, la cherchant du regard.
— Eh ! Alex !

Il tourna la tête vers sa gauche. Serge était près d'une vitre et lui fit signe de s'asseoir à côté de lui.
— Elle est où, ton acolyte ?

Alexandre pointa le fond du bus avec son menton. Serge se retourna.

— Elle traîne maintenant avec Mélissa ? Vous vous êtes disputés ?

— Non ! Enfin, je ne crois pas ! Elle m'a planté devant le bus, sans rien dire.

Un éclat de rire sonore se propagea dans le bus. Alexandre n'avait pas besoin de se retourner pour savoir que c'était Lyndsay qui riait à gorge déployée. Il ne connaissait que trop bien ce rire. Pendant les quinze minutes du trajet, il n'osa plus se retourner. Qu'est-ce qu'elle faisait avec Mélissa et sa bande ? De quoi elles pouvaient bien rire, toutes les quatre ? Peut-être qu'elles se moquaient de lui, de sa gaucherie et de sa timidité ? Quand il descendit du bus, il se dirigea à pas rapides vers le bâtiment de sa salle de classe tout en ignorant les appels de Lyndsay, mais elle finit par le rattraper et agripper son bras.

— Tu as fini de te moquer de moi ?
— Me moquer de toi ? Je viens de passer vingt minutes à parler d'équitation pour toi et c'est comme ça que tu me remercies ? Quel ingrat tu fais !
— De quoi est-ce que tu parles ?

Lyndsay esquissa un sourire énigmatique, presque moqueur. Elle plongea sa main dans la poche droite de son blouson en jean trop grand et en sortit un petit bout de papier rose qui semblait provenir de la page d'un agenda.
— Tadaaaa !!!
— Qu'est-ce que c'est ?
— Le numéro de ta dulcinée, Roméo !

Elle souriait, avec le même air bienveillant que son père. Elle ne se doutait pas que son petit manège l'avait mis dans tous ses états.

— Tu es partie demander à Mélissa son numéro ?
— J'ai passé quelques minutes avec elle, fait semblant d'adhérer à ses propos creux et je lui ai nonchalamment parlé de toi.

Il craignait ce que Lyndsay pouvait laisser échapper en papotant. Elle n'avait parfois aucun filtre. Son honnêteté et son franc-parler finiraient par lui porter préjudice. Pas à elle, à lui ! Elle remit rapidement le papier dans sa poche et glissa son bras en dessous du sien. Ils s'étaient arrêtés en plein milieu de la cour et la sonnerie venait de retentir. Ils reprirent leur marche vers les bâtiments.

— En fait, c'est elle qui m'a parlé de toi en me demandant si nous étions frangins !
— Qui ? Toi et moi ?

Même s'ils étaient tous les deux noirs, Alexandre n'imaginait pas qu'on puisse penser qu'ils venaient de la même famille. Il était d'une couleur caramel tandis que Lyndsay était d'un noir plus prononcé. Elle avait de longues jambes pour son petit mètre soixante-cinq, mais des hanches larges et une taille marquée. Et surtout, elle avait les traits fins ; ses yeux en amande et son petit nez contrastaient avec l'épaisseur de ses lèvres charnues. Elle portait ses cheveux crépus soit relevés en un chignon immense, soit en tresses longues et épaisses. Alexandre accusait vingt bons centimètres de plus qu'elle. Il avait la peau dorée, les cheveux coupés court. Sa silhouette était longiligne et mince ; son visage était carré avec une mâchoire prononcée, héritée de son père.

— Enfin, bref. Je lui ai dit que nous étions des voisins et accessoirement des amis.
— Où veux-tu en venir, Lynn ? Il faut que j'aille en classe, là.
— On rentre ensemble, d'accord ? Je te donnerai le numéro plus tard… Quand tu m'auras offert un cornet de frites.

Elle se mit à courir dans le couloir en direction de sa salle de classe. Elle ne lui remit le numéro de Mélissa qu'à quinze heures, à la fin des cours. Elle ajouta que la jeune fille allait passer chez elle le samedi après-midi suivant. Il allait pouvoir, ainsi, débarquer à l'improviste et discuter avec elle tranquillement, loin du lycée et de leurs amis respectifs. C'est ce qu'il fit. Ils passèrent l'après-midi tous les trois dans le salon des Diakité. Sans que Mélissa et lui ne s'en rendent compte, Lyndsay s'éclipsa pendant près d'une heure. Les jours qui suivirent, Mélissa et Alexandre se rapprochèrent de plus en plus et finirent par échanger un baiser. Alexandre offrit à Lyndsay deux cornets de frites pour son petit coup de pouce et arrêta de se plaindre quand celle-ci faisait les yeux doux à son frère Ben lorsqu'il rentrait à la maison.

# 4

Lyndsay se réveilla en sursaut. Paniquée à la vue des rayons de soleil qui passaient à travers les persiennes de ses fenêtres, elle chercha à l'aveugle son téléphone sous son oreiller. Elle finit par le trouver au pied de son lit. Une forte envie d'uriner la projeta rapidement hors du lit. En se dirigeant vers la salle de bains, elle regarda enfin son téléphone : « Et Merde ! J'ai raté mon cours ». Elle essaya de se souvenir de l'heure de son prochain cours : onze heures. Il lui restait une heure pour se préparer et se rendre à son école de communication.

Ça faisait quatre mois qu'elle avait commencé les cours et elle ne s'était toujours pas habituée à ses nouveaux horaires. Les cours programmés pour huit heures passaient souvent à la trappe. Alors qu'elle prenait une douche rapide, elle entendit de loin une sonnerie. Ce n'était pas celle de son téléphone, posé en équilibre sur le porte-serviette. Elle ferma le robinet et après avoir enroulé une serviette autour de sa poitrine, elle alla chercher son ordinateur, ouvert et posé à même le sol près du lit. Le nom d'Alexandre s'affichait en grand sur l'écran à côté de l'icône *Skype*. Elle décrocha, en posant l'ordinateur sur le bureau.

— J'espère que tu veux me dire quelque chose de précis, mon cher, parce que je suis grave à la bourre !
— Pour changer ! Vas-y, lance ta webcam !
— Je suis toute nue. Je sors de la douche et tu vas devoir être bref parce que j'ai un cours de graphisme dans moins d'une heure.
— Mouais… Je t'ai vu connectée, je voulais prendre de tes nouvelles. Voir si tu te nourrissais correctement.

Après avoir enfilé des sous-vêtements, un jean et un débardeur, Lyndsay releva son écran et alluma la caméra. Elle vit Alexandre, assis à son bureau, une touffe de cheveux bouclés encadrant son visage, un bol de céréales à la main. Il portait un T-shirt blanc élimé et semblait avoir passé la nuit debout.

— Je vois que je ne suis pas la seule à faire des nuits blanches. Tu ne ressembles à rien, Alex !
— Je bosse mes cours, moi ! Je ne vadrouille pas toutes les nuits dans les soirées étudiantes bordelaises.
— Je ne sors pas TOUS les soirs. Deux soirs par semaine, grand max. Ça va, tes révisions ?

Après une année de prépa, Alexandre entamait sa première année dans un DUT génie civil à Lyon. Le rythme était intense et il révisait beaucoup. Il s'était installé dans un appartement avec son frère Ben et la petite amie de celui-ci. Lyndsay, quant à elle, avait décidé de s'éloigner un peu plus en choisissant une école à Bordeaux. Elle vivait dans une résidence étudiante.

— C'est quoi, le projet ? lança-t-elle, moqueuse, en fouillant dans son armoire.
— Le projet ?
— Tes cheveux, Alex ! Tu es fâché contre ton coiffeur ou tu te la joues « j'ai tellement de boulot que j'ai une touffe de six mois et une barbe de trois semaines » ?
— Les concepts hippies, c'est plus ton genre ! Je ne les ai pas vus pousser, en fait, et ce n'est pas le plus important. Tu as bien ton afro, 75 % du temps, non ?!
— Oui, mais moi, mes cheveux, je les bichonne. Ils respirent la bonne santé. Les tiens ont l'air de crier au secours !

Lyndsay enfila un immense pull col roulé beige. Après avoir légèrement brossé ses cheveux vers le sommet de son crâne, elle se baissa et enroula un élastique noir pour faire tenir son *puff*. Elle vérifia sur l'écran de l'ordinateur que sa coiffure était présentable. Alexandre avait fini son petit déjeuner. Ça faisait dix minutes qu'il lui donnait des nouvelles de ses frères, de leurs parents, qu'il voyait plus fréquemment qu'elle, et de ses cours. Même si elle ne comprenait rien aux termes qu'il utilisait, elle l'écoutait toujours attentivement en essayant de retenir le maximum d'informations pour pouvoir lui en reparler lorsqu'ils se verraient. La dernière fois qu'ils avaient pu passer du temps ensemble remontait à plusieurs mois, déjà. Alexandre était rentré fin juillet d'un trek de trois semaines en Europe de l'Est avec des amis et il s'était réinstallé chez ses parents pour réviser pour un concours. Lyndsay venait d'obtenir son baccalauréat et préparait son départ pour Bordeaux. Ils avaient ainsi pu passer un mois entier tous les deux. Comme avant. À faire du vélo l'après-midi ou à s'allonger dans le jardin en début de soirée. Maintenant, il commençait à lui manquer. Le seul sujet qu'ils évitaient d'aborder désormais était les relations amoureuses.

Alexandre était sorti pendant près de trois ans avec Mélissa. Ils avaient eu leur bac la même année, mais elle s'était installée à Paris. Elle avait une influence sur Alexandre que Lyndsay trouvait néfaste. Pendant son année de prépa, il avait enchaîné les allers-retours tous les week-ends vers la capitale. Lorsque ses parents avaient jugé inutile de financer de tels déplacements, il s'était mis à donner des cours de mathématiques à des collégiens sur son temps libre pour financer ces voyages. À cette époque, Lyndsay avait fortement critiqué son comportement, surtout que Mélissa était dépensière et capricieuse. Ils avaient fini par se disputer à ce sujet. Alexandre lui avait alors dit que pour préserver leur amitié, il souhaitait qu'elle ne se mêle plus de sa vie sentimentale. Quelques mois plus tard, elle avait juste reçu un message. *C'est fini avec Mélissa.* Ni plus. Ni moins. Elle n'avait pas tenu à poser des questions sur les raisons de cette rupture, surtout que la jeune blonde s'affichait déjà avec un nouveau bellâtre sur les réseaux sociaux. Alexandre et Lyndsay s'étaient réconciliés sans revenir sur le sujet. Quant à ses histoires à elle, elle s'était toujours montrée particulièrement discrète. Les envolées lyriques et les déclarations enflammées n'étaient pas sa tasse de thé.

— On dirait ta mère, la première fois que je l'ai vue. Le jean, le pull col roulé, les cheveux. C'est fou !

Lyndsay sourit à la remarque. Ça ne la dérangeait pas d'être comparée à sa mère.
— Tu es très belle… ajouta-t-il.
— Il faut que j'y aille. Des bisous, mon Alex !
— Bonne journée, Lynn !

Elle enfila une paire de bottes et un blouson, puis quitta la résidence. En marchant dans le froid, elle se promit de faire des efforts et d'aller à tous ses cours matinaux pendant le reste de l'année.

***

Lyndsay était assise dans la cuisine pendant que sa mère préparait des acras de morue. Elle la regardait mélanger le poisson écrasé avec diverses épices. Sa mère en faisait des petites boulettes qu'elle disposait ensuite sur un plateau, avant de les frire dans de l'huile. Lyndsay avait été chargée de préparer le riz pour une dizaine de personnes. Elle surveillait donc patiemment les deux grandes marmites. D'où elle était, elle pouvait voir Hugo et Christian, assis sur le canapé, en train de jouer à la console. Son père se trouvait déjà dans le jardin. Ça faisait presque une heure qu'il essayait d'allumer le barbecue avec Jean-Pierre, le frère aîné d'Alexandre qui s'était porté volontaire. Le reste de sa famille était attendu pour quatorze heures, pour le traditionnel barbecue du début de l'été. Lyndsay attendait qu'ils soient tous là pour faire sa petite annonce ; elle était excitée. « Quand est-ce que tu nous présenteras enfin ton amoureux

? ». Lyndsay roula des yeux et ignora la question. Elle avait droit à la même remarque depuis des années, maintenant. Elle trouvait ça drôle. Maintenant qu'elle avait vingt-trois ans, ses parents la pressaient de questions sur ses relations amoureuses.

Vers treize heures, Sally, Michel, Ben, sa petite amie, enceinte de sept mois, et Alexandre envahirent le jardin. Les rires et les discussions fusaient de partout. Les jumeaux furent sommés d'éteindre la télévision et ils gambadaient désormais entre les adultes, armés de fusils à eau. Après avoir mangé, Alexandre et Lyndsay s'assirent à même le sol dans un coin du jardin, des bouteilles de bière à la main. Ils regardaient leurs parents et frères rigolant et discutant de tout et de rien. Alexandre lui raconta ses journées de travail. Cela faisait presque un an qu'il travaillait pour une start-up innovante en plein centre de Lyon. Son diplôme d'ingénieur en poche, il avait été recruté par l'entreprise dans laquelle il avait effectué son stage de fin d'études. Il avait tout de suite accepté, désireux de rester près de ses parents. Jean-Pierre et Ben avaient tous les deux quitté la région pour la capitale.

— Je vais partir ! annonça Lyndsay, la voix pleine d'hésitation.

— Partir ?

— Oui ! Je vais faire ma dernière année à Vancouver ! Tu sais que je dois être en alternance ? Eh bien, j'ai trouvé une entreprise canadienne qui accepte de me prendre, mais je dois commencer dès octobre.

— Une alternance suppose que tu ailles également en cours, Lyndsay !

— Oui, justement, c'est là que c'est génial. Mon école prévoit une option cours à distance pour ceux qui ont trouvé des contrats à l'étranger ou dans des villes autres que Bordeaux. Je travaillerai deux semaines sur trois et, pendant ma semaine de « cours », j'aurai juste à la faire en ligne. Ça me prendra même moins de temps que

des cours classiques. Et la cerise sur le gâteau est le superbe salaire qu'ils me proposent, même pour un contrat d'alternante.
— Tu l'as dit à tes parents, que tu les quittes ?
— Pas encore, mais je compte faire ma petite annonce générale dans quelques minutes.

Elle se tourna vers Alexandre, espérant un signe de sa part. Même si elle avait hâte de commencer son alternance à Vancouver, une petite voix en elle espérait qu'il lui demande de rester ici, avec lui. Mais le jeune homme regardait droit devant lui, sans ciller, comme si la nouvelle n'avait rien d'exceptionnel. Un silence lourd s'installa entre les deux amis. Lyndsay attendit quelques minutes puis se leva d'un bond et, sans un mot, elle se dirigea vers ses parents. Alexandre l'entendit annoncer à voix haute « J'ai une super nouvelle ! », mais il resta assis. Il avait l'impression que ses jambes tremblaient, que son corps entier était parcouru d'électricité. Pourquoi n'était-il pas heureux pour elle ? Pourquoi prenait-il son départ comme une provocation ?

Il observa M. Barry et Hélène se réjouir et prendre leur fille dans leurs bras. « Tu abandonnes ton amoureux ? Il va nous faire une dépression ! » Ce commentaire malvenu de Ben déplut à Alexandre. Toujours assis dans l'herbe, sa bouteille vide à la main, il se dit que devenir adulte n'était finalement pas si exaltant, si cela impliquait de perdre sa meilleure amie.

Elle était partie deux mois plus tard. Aujourd'hui, Alexandre regrettait sa réaction ce soir-là. Même si Lyndsay ne lui en avait pas tenu rigueur, il savait qu'il aurait dû réagir autrement. Il aurait dû s'intéresser à sa future vie, à ses études. Il n'avait rien dit. Il ne lui avait quasiment plus parlé de l'été. La veille de son départ, cependant, il fit la route à la sortie du travail. Il sonna directement chez les Diakité et attendit que Lyndsay vienne ouvrir la porte :
— Je me suis dit qu'un cornet de frites te plairait pour ton dernier

repas français !
— La base ! répondit-elle en souriant.

Tandis qu'ils étaient assis dans la voiture d'Alexandre, garée devant une friterie, il admirait en silence le profil de Lyndsay qui dégustait avec gourmandise les frites pleines de mayonnaise.

— Tu m'appelleras ? finit-il par demander.
— Bien sûr que oui. Je ne vois pas comment je pourrais vivre sans te parler, mon petit Alex !

Il eut un petit pincement au coeur.

# 5

Alexandre se réveilla en sursaut une nouvelle fois lorsque l'avion traversa une zone de turbulences. Les lumières et les écrans s'éteignirent et le signal ordonnant à tous de s'asseoir et de boucler sa ceinture apparut en clignotant. Il serra l'accoudoir un peu plus fort et supplia son corps de ne pas le trahir. Il avait envie de vomir et ne sut pas si c'était l'angoisse de ce qui l'attendait ou les secousses qui le rendaient malade. Il se mit à respirer bruyamment. « Je vais mourir dans cet avion uniquement parce qu'elle ne répond plus au téléphone ! »

Ses souvenirs remontèrent trois mois plus tôt. Cela faisait désormais quatre ans que Lyndsay s'était installée au Canada. Alexandre et elle s'appelaient toujours, au moins une fois par mois. La société dans laquelle elle avait fait son alternance lui avait proposé un contrat de responsable événementiel adjointe qu'elle avait accepté. En quatre ans, elle n'était retournée que deux fois à Lyon. Lui, avait signé un CDI dans une grande entreprise et multipliait les projets professionnels, mais aussi les conquêtes féminines. Au fil des années, Alexandre avait abandonné son naturel timide et gauche et pris de l'assurance avec les femmes, même s'il évitait soigneusement toute relation trop sérieuse. Il prétendait ne pas avoir le temps, trop pris par son travail et ses projets professionnels parallèles. Lorsque Sally, sa mère, évoquait avec lui ce sujet, elle glissait toujours dans la conversation le nom de Lyndsay, comme si ses choix personnels étaient liés à son départ ; ce qui avait le don de l'agacer. Ses frères, quant à eux, imputaient sa façon de vivre au cas Mélissa.

***

Lyndsay traversa l'immense avenue à grandes enjambées. Sous son manteau, elle portait une robe de cocktail bleue pas du tout dessinée pour ce genre d'exercice, ainsi que des escarpins jaunes particulièrement inconfortables. La société pour laquelle elle travaillait organisait sa grande soirée annuelle. Elle venait de passer les derniers mois à élaborer dans les moindres détails cette soirée : les invitations, la sélection des célébrités conviées, le traiteur, le défilé. Elle avait tout organisé de A à Z, passé des heures au téléphone à négocier la moindre prestation, et maintenant, elle était en retard. Elle était restée sur les lieux jusqu'à dix-huit heures pour tout organiser, mais contrairement à ses collègues, elle n'avait pas pensé à apporter sa tenue. Elle avait donc dû rentrer chez elle pour se changer.

La société mettait à leur disposition des voitures avec chauffeur pour ce genre d'occasion, mais un embouteillage sans fin sur la 4e Avenue avait fait descendre Lyndsay du véhicule. Elle pensait être plus rapide à pied. Sauf qu'il faisait beaucoup trop froid. Tout en continuant à courir, elle estima la distance restante. Moins de 300 mètres, elle apercevait déjà le bâtiment.

Tout à coup, elle fut prise de vertiges et alors qu'elle ralentissait, elle perdit l'équilibre et s'effondra dans la rue. Encore consciente, elle tenta de s'agripper à la main qu'une personne qu'elle avait du mal à distinguer lui tendait. Sa vue devint de plus en plus trouble et le « Mademoiselle ! » qu'elle entendait parfaitement au début devint un lointain murmure.

Lyndsay se réveilla sur un lit d'hôpital. Elle ouvrit les yeux, mais la lumière brutale des néons l'aveugla. Elle portait toujours sa robe bleue, mais n'avait plus ses chaussures aux pieds. Elle se rappela sa course effrénée, l'étourdissement, les jambes qui tremblaient, puis la vue qui se brouillait.

— J'ai dû faire un choc thermique à courir comme ça dans le froid… ou un truc du genre !

Paniquée, elle se rappela la soirée et essaya de se relever pour chercher son sac à main. Une infirmière repoussa le rideau derrière lequel elle se trouvait.

— Vous vous êtes réveillée ? Tant mieux. Non, restez allongée !
— Depuis combien de temps je suis ici ? J'avais une soirée très importante !
— Alors, vous l'avez ratée ! Vous vous êtes évanouie dans la rue et un passant a appelé les urgences. Vous êtes là depuis trois heures, environ. Comment vous sentez-vous ?

Tout en parlant, l'infirmière vérifiait la respiration, le pouls, ainsi que la tension de Lyndsay.
— Un peu mieux. Je dois avouer que je n'ai pas fait très attention à moi, ces derniers mois. Je préparais un projet important et j'ai souvent oublié de me nourrir et de m'hydrater correctement. Je manque également de sommeil. Je crois que c'est pour ça que j'ai fait ce malaise. Je suis désolée, je vous fais travailler pour rien. Où sont mes effets personnels ? Mes chaussures, mon sac, mon téléphone ?
— Tout est posé là ! dit l'infirmière en désignant une chaise. Nous avons pris votre portefeuille pour connaître votre identité et contacter vos proches, mais les deux numéros indiqués sont des numéros français.
— Vous n'avez pas appelé mes parents pour un petit malaise, j'espère ?
— Non, ne vous inquiétez pas. Nous avons plutôt contacté votre travail. Votre assistante nous a dit connaître votre petit ami. Il est en route.
— Oui, Kevin… Merci ! Quand est-ce que je pourrai sortir ?
— Le médecin de garde préfère vous faire passer des examens supplémentaires. Il attendait que vous repreniez connaissance. Je vais le prévenir. Ne bougez pas d'ici, je reviens dans quelques minutes.
Les minutes, les heures et même les jours qui suivirent furent aussi

surréalistes pour Lyndsay que cette chute dans la rue par moins cinq degrés. Le soir de sa chute, le médecin avait préféré, par précaution, lui faire passer plusieurs examens médicaux : un scanner, une radio, plusieurs prises de sang. En discutant avec lui, elle avait reconnu avoir fréquemment de violents maux de tête et avoir perdu près de dix kilos en un an. Elle lui indiqua également qu'elle avait souvent mal à l'estomac et avait arrêté de consommer certains aliments qu'elle pensait responsables de ces aigreurs. Le médecin s'était alors montré suspicieux et avait ordonné encore plus d'examens.

Une semaine plus tard, il lui annonçait qu'elle présentait une tumeur au niveau de l'estomac. Il lui expliqua que si elle ne commençait pas tout de suite le traitement, les métastases pourraient se propager à d'autres organes. Il préconisa une chimiothérapie suivie d'une opération chirurgicale, une gastrectomie partielle de son estomac. Il lui conseilla d'avertir le plus rapidement possible sa famille et ses proches, mais Lyndsay décida de n'appeler ni sa famille ni Alexandre. Le cancer avait été diagnostiqué à temps et elle avait plus de 80% de chances de guérison. Son médecin lui conseilla de prendre quelques jours de congé pour suivre son traitement préopératoire, mais elle refusa. Elle sous-évaluait la gravité de son état et essaya de mener de front sa carrière et ses séances de chimiothérapie trois fois par semaine. Les médicaments la fatiguaient encore plus que la maladie.

— Tu devrais appeler tes parents, Lyndsay !

Kevin et elle sortaient ensemble depuis un peu plus d'un an, maintenant. C'était un grand brun aux yeux verts qu'elle avait rencontré à la salle de sport de l'immeuble où elle vivait. Elle avait trouvé attirantes son assurance et sa soif de réussite – il travaillait dans la finance – mais maintenant, ses leçons de morale sur sa gestion de la maladie l'irritaient. Il passait son temps à se plaindre lorsqu'elle refusait de l'accompagner à une soirée ou en voyage à cause de son traitement et, chaque fois qu'elle devait se faire hospitaliser, il disparaissait et réapparaissait plusieurs jours plus tard.

— Ta mère pourrait venir s'occuper de toi. Ce serait mieux indiqué, tu ne penses pas ?
— Ce qui est mieux indiqué est que ma mère reste là où elle est, à s'occuper des personnes qui ont besoin d'elle réellement : mon père et mes deux frères. Ils sont en année d'examen et Christian vient de se faire renvoyer du lycée. Mes parents ont d'autres problèmes à gérer. Leur présence ici ne changera rien.
— C'est complètement idiot, comme raisonnement !
— C'est toi qui es idiot !

Ils se trouvaient dans son appartement au 12e étage d'une résidence, à quelques blocs de l'hôpital dans lequel elle avait choisi de suivre son traitement. Affalée sur le canapé, elle essayait de démêler ses cheveux qui se faisaient de plus en plus rares.
— Je vais les raser ! Ça ne sert plus à rien de les garder.
— Tu ne vas pas faire ça. Tu ne ressembleras à rien.

Lyndsay regarda Kevin. Il venait de sortir du travail et portait toujours son pantalon parfaitement taillé et une chemise d'un blanc immaculé. Il était dans la cuisine et avait posé sur le plan de travail une bouteille de vin rouge ainsi que deux verres. Lyndsay était de plus en plus irritée par sa présence.

— Sors d'ici !
— Pardon ?
— Tu as entendu. Je veux que tu partes tout de suite de chez moi. Prends toutes tes affaires, ta bouteille de vin, ta superficialité. Je n'ai pas besoin de ça à l'heure actuelle. Va-t'en, Kevin !!
— Mais…

Tandis que Lyndsay se levait pour aller dans la salle de bains, elle ne jeta aucun regard vers Kevin qui, après avoir accusé le coup, récupéra ses affaires en laissant sur la table basse son double des clés.

Dans la salle de bains, Lyndsay se plaça devant le miroir, examinant son visage émacié. Il était hors de question qu'elle impose une telle image à ses parents. Elle sortit une paire de ciseaux du tiroir et commença à couper ses cheveux. Après avoir terminé, elle se dit qu'elle devrait aller chez un coiffeur pour qu'il finisse sa nouvelle coupe à la tondeuse.

De retour sur son canapé, elle alluma son ordinateur. Une fois connectée sur Skype, elle prit son téléphone portable et envoya un message à Alexandre sur WhatsApp. *Tu peux te connecter maintenant sur Skype, s'il te plaît ?* Elle fit un rapide calcul dans sa tête pour déterminer quelle heure il était en France. Deux minutes après, son ordinateur sonna. Elle répondit et vit un Alexandre assis derrière un bureau. Il était au travail. Bien sûr. Il était à peu près dix-huit heures, à Lyon. « Qu'est-ce qu'il y a, jeune demoiselle ? Je te manque tant que ça ? » dit-il d'un ton moqueur, la tête toujours plongée dans la lecture de son dossier. Lorsque Alexandre jeta un oeil distrait à l'écran, elle le vit se redresser dans son fauteuil. Son visage carré avait perdu son air amusé et elle perçut, dans ses yeux marron clair, une frayeur qui lui fit prendre conscience de son propre état physique.

# 6

En route pour Vancouver, Alexandre se rappelait les difficiles mois qu'ils venaient de passer. Après que Lyndsay lui a avoué son état, la maladie, le traitement, et lui a fait promettre de ne rien dire à leurs parents, il avait passé ces trois derniers mois dans une bulle qu'il avait du mal à définir. Toutes ses pensées étaient continuellement tournées vers son amie. Il se mit à l'appeler tous les soirs, parfois deux fois par jour. Il lui envoyait des messages constamment, pour tout et n'importe quoi. Lors de ses séjours chez ses parents, il se mit à éviter les Diakité. Alexandre ne savait pas mentir et puis, M. Barry et Hélène le connaissaient depuis beaucoup trop longtemps, ils pouvaient déceler le malaise qu'il ressentait en leur présence. Lyndsay lui faisait de bon coeur un compte-rendu de ses visites médicales. Parfois, elle l'appelait en plein milieu de la nuit en pleurant ou totalement épuisée. Dans ces moments-là, il avait envie de tout lâcher. Il lui suggéra plusieurs fois de rentrer en France, de venir suivre son traitement sur place, entourée de ses proches, mais elle refusa.

Deux semaines plus tôt, elle lui avait annoncé qu'elle allait subir sa première et, si tout se passait bien, sa seule opération chirurgicale. Et puis, elle ne répondit plus. Ça faisait à peu près cinq jours que le téléphone sonnait dans le vide, ses messages WhatsApp n'étaient pas réceptionnés. La veille, alors qu'il essayait de se concentrer sur un dossier urgent, Hélène l'avait appelé. Elle ne l'avait jamais directement appelé. Il sentit son coeur battre à tout rompre quand il entendit sa voix, mais elle lui demanda simplement s'il avait eu des nouvelles de Lyndsay ces derniers jours. Elle lui dit que ni elle ni ses frères ne lui avaient parlé depuis près de deux semaines. Alexandre avait alors tenté de la rassurer en lui disant que Lyndsay devait être débordée de travail, qu'elle réapparaîtrait bientôt. En raccrochant, il prit cependant son ordinateur et acheta le premier billet qu'il trouva pour se rendre à Vancouver. Le lendemain matin, dans son train pour Paris, il se contenta d'envoyer un mail à ses collègues et à son supérieur pour les informer de son absence. Il envoya également un SMS à ses frères, leur disant simplement qu'il s'absentait quelques jours.

Tandis que l'avion descendait sur Vancouver, Alexandre se rendit compte qu'il n'avait pas l'adresse de Lyndsay. En faisant ses affaires, la veille, il avait cependant pensé à emporter une carte de voeux qu'elle lui avait envoyé à son dernier anniversaire. Il chercha rapidement dans son sac à dos et sortit l'enveloppe. C'était sa seule piste pour retrouver son amie. Grand fut son soulagement lorsqu'il vit l'adresse de l'expéditeur clairement écrite à l'arrière de l'enveloppe. À peine sorti de l'aéroport, il prit un taxi en lui indiquant l'adresse qu'il avait trouvée. La carte remontait à plus d'un an. Il espérait qu'elle n'avait pas déménagé entre-temps. Le taxi le déposa devant un immense immeuble. Le portier lui expliqua que Lyndsay vivait bien là, mais qu'il ne l'avait pas vue depuis plusieurs jours. Il lui demanda alors quel était le centre hospitalier le plus proche, lui confia son trolley et héla un nouveau taxi.

Arrivé dans le hall du St Paul's Hospital, Alexandre se présenta à l'accueil comme étant de la famille de Lyndsay Diakité et se concentra sur les propos que lui débitait en anglais la standardiste. Elle confirma l'hospitalisation de Lyndsay quelques jours plus tôt et lui indiqua le service dans lequel son amie avait été admise pour une opération chirurgicale. En se dirigeant vers le service indiqué, Alexandre sentit ses pas devenir de plus en plus lourds, son coeur faisait des bonds dans sa poitrine. Il avait peur de ce qu'il allait découvrir. Il aborda la première infirmière qu'il croisa et lui dit qu'il était là pour Lyndsay. Au bout d'un long couloir aseptisé, elle ouvrit la porte d'une chambre. Alexandre resta debout dans le couloir. Il venait de se rendre compte du trajet qu'il avait entrepris pour la retrouver, juste pour la voir. Il se rendit également compte de ce qu'il ressentait. Ce n'était pas juste de l'amitié. Il était amoureux. Il tenait à elle plus que tout. Lyndsay était allongée dans un lit, endormie... ou inconsciente ? Plusieurs machines surveillaient ses signes vitaux. Son crâne était complètement rasé et elle semblait peser 45 kilos maximum ; sa peau était pâle et des cernes immenses se dessinaient sous ses paupières closes.

Un médecin entra alors qu'Alexandre se rapprochait du lit. Il lui expliqua que Lyndsay avait été admise en urgence à la suite d'un malaise et qu'ils avaient dû l'opérer plus tôt que prévu, mais que l'opération s'était bien passée. Ils avaient réussi à enlever toute la partie de son estomac dans laquelle la tumeur se trouvait et à éviter la prolifération de métastases. Son amie était normalement hors de danger, même si elle allait devoir prendre des médicaments pendant encore six mois au moins et faire plusieurs examens de contrôle les années à venir. Après sa discussion avec le chirurgien, Alexandre s'assit dans un fauteuil près du lit. Il avait l'impression d'avoir retrouvé son souffle. Cela faisait des jours que tout son univers était suspendu à cet instant. Enfin, il se sentait apaisé. Il finit par s'endormir, recroquevillé dans le fauteuil, épuisé par ses quinze heures de trajet et de course dans une ville inconnue.
— Alexandre !?

Le jeune homme ouvrit les yeux et se rendit compte que c'était Lyndsay qui l'appelait d'une voix faible. Il se leva aussitôt.
— Lynn ! Comment tu te sens ? Ça va ?
— Mais qu'est-ce que tu fais là ?
— Tu ne répondais plus à mes appels ou messages. Je me suis inquiété. Tes parents sont inquiets aussi et comme je n'avais pas le droit de leur dire ce qu'il se passait, je suis venu vérifier sur place.
— En quatre ans, tu n'es jamais venu me voir et tu débarques alors que je suis dans un lit d'hôpital.

Le ton de Lyndsay se voulait ironique et taquin, mais elle sentait les larmes monter. Elle était tellement heureuse qu'il soit là, qu'il soit la première personne qu'elle voie en se réveillant. Elle avait cru rêver en le voyant ainsi, plié en deux dans ce petit fauteuil.
— Tu es affreuse !
— Désolée, je n'ai pas vraiment eu le temps de faire mon *contouring* !

Ils éclatèrent de rire en même temps. Rire qui provoqua une quinte de toux chez Lyndsay.
— Lynn… Tu m'as tellement manqué, Lynn. Je ne sais pas vraiment ce que je deviendrais sans toi, en fait.

Un silence gêné s'installa dans la pièce pendant plusieurs secondes, mais Alexandre continua.
— Tu sais que je t'aime… et pas uniquement comme une amie, Lynn. Je t'aime sincèrement. J'aurais dû te le dire beaucoup plus tôt, mais je ne voulais pas que ça change tout entre nous. J'aime aussi la relation qu'on a réussi à construire au fil des années et si tu…
— *Oh my God !* Arrête, Alex ! Tu parles trop et je suis beaucoup trop fatiguée pour subir ça !

Alexandre regarda Lyndsay dans les yeux. Elle souriait comme si elle se moquait de lui, mais il savait que cette expression relevait plus de la tendresse, venant d'elle.
— Tu peux m'embrasser tout de suite, ou attendre que je me brosse les dents. Je suis dans ce lit depuis quatre jours, maintenant, tu sais.

Ils éclatèrent de nouveau de rire. Alexandre attrapa doucement la main de Lyndsay et se pencha. Il déposa un baiser léger sur son front, puis sur son nez avant de s'attarder enfin sur ses lèvres. Ils restèrent ainsi un long moment. Quand il se redressa, il se sentit léger, libéré. Tout en lui tenant toujours la main, il se rassit dans son fauteuil.

« Et dire que tout ce je voulais, c'était une petite part d'un gâteau au coco ! »

*« Don't fly me away*
*Don't need to buy a diamond key to unlock my heart*
*You shelter my soul*
*You're my fire when I'm cold*
*I want you to know*
*You had me at hello (Hello)*
*Cause you had me at hello (Hello)*
*Cause it was many years ago (ago)*
*Baby when you (when you)*
*Stole my cool (stole my cool)*
*Cause you had me at hello (hello)* * »

* *Beyoncé – Hello (I Am… Sasha Fierce, 2008)*

# Nos Corps Ordinaires

|

# A Delicate Flower

*« Ain't got no doctor or pill that can take the pain away*
*The pain's inside and nobody frees you from your body*
*It's the soul, its the soul that needs surgery*
*(It's my soul that needs surgery)*
*Plastic smiles and denial can only take you so far*
*Then you break when the fake façade leaves you in the dark*
*You left with shattered mirrors*
*and the shards of a beautiful past.** »

* *Beyoncé – Pretty Hurts (Beyoncé, 2013)*

# 1

« Arrête de te goinfrer, tu es suffisamment grosse comme ça. On a déjà commandé ta robe pour le mariage. »

Comme toujours, ma mère veille à ce que son obèse de fille ne lui fasse pas trop honte. Le mariage de ma cousine Luciana va être le premier événement en trois ans où toute la famille sera réunie. Tous les cousins, les oncles et les tantes, les beaux-frères et belles-soeurs par alliance. Abuelita d'amour sera aussi là. Avec elle, je me sens moins seule à ce genre d'événements.

Parfois, elle me laisse jouer avec son fauteuil roulant et elle chronomètre mon temps ; elle dit qu'elle veut voir si je peux aller aussi vite qu'elle. Ce n'est clairement pas une Mémé comme les autres. Avec Pépé, ils ont fait deux fois le tour du monde. Elle garde précieusement les albums photos de leurs aventures et les carnets de notes où ils détaillaient leurs péripéties. Elle chérit chacun de ces souvenirs, surtout depuis la mort de Pépé, il y a trois ans.

— Nene, je ne me répéterai pas.
— Mais Maman, je ne mange pas. J'ai juste ouvert le frigo pour avoir moins chaud.
— Si tu le dis ; avec toi, on ne sait jamais.
— Je ne mange pas.

Je le dis en ponctuant chaque mot d'un ton sec, pour qu'elle comprenne que sa remarque m'a blessée. Je claque la porte du frigo et je vais dans ma chambre sans me retourner. Je l'entends hurler depuis la cuisine que je suis une enfant insolente et que je lui dois le respect absolu car c'est ma mère. Personnellement, je pense qu'on peut avoir un enfant sans avoir le droit d'être appelé un parent. Des parents doivent donner amour et protection à leurs enfants, leur assurer un environnement sain et discipliné pour les aider dans leur future vie d'adultes. Même si ce ne sont pas leurs enfants biologiques.

Ma mère n'a jamais voulu d'enfant. Jamais. On lui disait qu'elle changerait d'avis avec le temps, que la *Baby Fever* la rattraperait un jour ou l'autre. Ce ne fut pas le cas. Jamais. Au contraire, plus le temps passait et moins l'idée de devoir renoncer à sa liberté pour assumer la lourde responsabilité d'élever un autre humain semblait l'intéresser. Elle était heureuse, dans sa carrière et dans son mariage, et elle ne voulait pas que ça change. Mais mon père, lui, avait fini par changer d'avis, même si au début de leur relation, ils s'étaient mis d'accord pour ne pas en avoir. À l'approche de ses quarante ans, il ressentait de plus en plus le besoin d'être père. Par dépit, ma mère a accepté, à condition qu'ils recourent à l'adoption. C'est ainsi qu'ils m'ont trouvée, moi, une petite fille noire si adorable et si calme, d'après ce que papa m'a raconté.

Je ne sais pas si je peux en vouloir à ma mère ; au fond, elle est comme moi, piégée dans une situation qu'elle n'a pas voulue, avec une adversaire qui la regarde les yeux pleins de colère et de frustration. Je l'aime, ma mère, mais pour l'instant, nous sommes toxiques l'une pour l'autre. Et je suis probablement un monstre de penser cela.

Je préfère éviter d'y songer et, comme à chaque fois que je m'ennuie ou que je ne veux pas rester seule avec mes pensées, je me connecte sur le tchat du jeu vidéo Nueva Vida. Je peux y passer des heures avec ceux que je considère comme des amis, même si je n'en ai rencontré aucun dans la vraie vie. Pour mon avatar, j'ai choisi une fée guerrière, qui manie aussi bien l'arc que l'épée. Avec tous les points et victoires accumulés, j'ai pu devenir la capitaine de mon équipe et nous sommes à cinq victoires de battre le record depuis la création du jeu. À peine connectée, je reçois un message de Tomas.

— Hey ! Ça va ?

— Oui, et toi ?
— Cool. Tu fais quoi ?
— Rien de spécial. Je prépare la bataille de ce soir. Et toi ?
— Je vais bientôt aller à mon entraînement de basket. Dis, on se voit toujours demain à Cibeles ?
— Oui, bien sûr. Seize heures, c'est ça ?
— Cool. À demain, alors. *Besos guapa !*

*Besos guapa.* Je ne pense pas qu'on m'ait jamais trouvée belle, encore moins qu'on me l'ait dit. Même si j'ai grandi ici, que ma langue maternelle, pour ainsi dire, c'est l'espagnol, que je supporte l'Atlético de Madrid, au grand dam de mon père, j'ai toujours l'impression que je dois prouver plus que les autres que je suis espagnole. Je suis, c'est le cas de le dire, le mouton noir dont on a du mal à expliquer la présence dans un troupeau où il n'y a que des moutons à la laine blanche. Alors si en plus, je suis en surpoids, je suis clairement la dernière personne que les garçons trouveraient belle. Alors quand Tomas me dit *besos guapa*, je suis toute chose. L'heure de ce rendez-vous se rapproche trop lentement à mon goût. Mon premier rendez-vous.

Et après une nuit relativement courte et une matinée bien trop longue, mon père me conduit à la place Cibeles. Je suis nerveuse et surexcitée à la fois. Et pleine de doutes. Et si je ne lui plais pas ? Après tout, on ne s'est jamais vu en vrai. On discute depuis quelques mois sur Nueva Vida, mais toujours par avatars interposés. Je ne sais pas à quoi il ressemble, et inversement. Je ne me suis pas posé la question avant, mais… et si je ne suis pas son genre ? S'il n'aime pas les Noires ? Ou les grosses ? Je suis Noire et grosse. Peut-être que le mélange de ces deux options sera la combinaison fatale qui détruira le peu de confiance en moi que j'ai.

Ou pire, et si je lui plais et qu'il veut m'embrasser ? J'ai trop peur de faire une gaffe. Et si je le mords ? À quel moment il faut mettre la langue ? Est-ce que je dois attendre qu'il mette ses mains sur ma taille ou il faut que je les prenne et les place moi-même ? Toutes ces questions et toujours pas de Tomas à l'horizon. Ça doit bien faire trente minutes que j'attends sur un des bancs près de la place, et le soleil de Madrid est particulièrement piquant, aujourd'hui. Le dicton « neuf mois en hiver, trois mois en enfer » se vérifie chaque été, ici. Je regarde de chaque côté de la rue pour voir si je l'aperçois, mais toujours rien. Au bout de deux heures à attendre, je décide de partir.

Ce n'est qu'en rentrant que je comprends ce qu'il s'est passé. Tomas était bien venu au rendez-vous, mais il n'avait pas voulu me rencontrer. Il m'avait prise en photo de loin et les avait partagées sur le salon commun du tchat. En commentaire, on pouvait lire : « Aujourd'hui, j'ai croisé une vache noire. Il ne manquait que le foin. » Ma messagerie sur Nueva Vida débordait de mails d'insultes et on m'avait exclue de ma propre équipe. Manger mes émotions, c'est tout ce que je peux faire, maintenant. Laissez-moi, je veux être seule.

# 2

Bientôt deux heures que je fixe mon écran et toujours pas le moindre début de concept potable. Je relis mes notes de la dernière réunion, le client a encore changé d'avis, mais le brief original reste le même. Je ne peux même pas reporter la faute sur les changements inopinés du client, je n'ai clairement aucune idée pour le design de ce projet. Autant pour le personnage principal, que le big boss final du jeu. Et pour ne rien arranger, je dois faire le premier compte-rendu la semaine prochaine. J'ai beau chercher, rien ne se présente à moi comme l'illumination salvatrice. Et ce n'est pas faute d'avoir essayé, d'être restée des heures devant mes carnets de croquis et ma tablette graphique, mais rien, pas même un aperçu de palette de couleurs à utiliser. C'est frustrant. Surtout que, même après quatre ans dans le métier, j'ai toujours cette petite voix qui me dit que je ne suis pas à la hauteur. Le syndrome de l'imposteur, qu'ils disent.

C'est vrai qu'à mes débuts, fraîchement sortie de mon école de graphisme et communication visuelle, beaucoup remettaient en cause ma légitimité à être la Concept & Creatures Designer pour la société de production animation n° 1 de Madrid, mais mon travail a parlé pour moi. Seuls les chiffres comptent en entreprise, et mes projets rapportaient suffisamment pour qu'on ne me considère plus totalement comme une intruse, une anomalie dans le système. Mais depuis que je suis free-lance, cette impression d'occuper une place qui n'est pas la mienne est beaucoup plus grande, même si j'arrive à mieux gérer les mini-crises qui surgissent ici et là. Aujourd'hui encore, ça me fait toujours bizarre de voir mes designs à la télévision ou en figurines que les enfants réclament à leurs parents.

Bon… en attendant, je vais me commander un autre smoothie mangue - banane - pomme, peut-être que ça me rafraîchira les idées.

Tout simplement parce que la mangue est le meilleur fruit qui existe sur terre, et je suis prête à me battre contre quiconque ne serait pas d'accord avec cette affirmation !

Je suis absorbée dans mes pensées, à faire le classement des meilleurs fruits après la mangue, et je ne fais pas vraiment attention au jeune homme qui me lance un *¡hola!* souriant. Quand je réalise sa présence, je me retourne pour rendre la salutation et j'ai bien l'impression que mon coeur rate un battement. Je me fige pour mieux le regarder se diriger vers le fond de la salle. C'est donc vrai, ce genre de scènes existe dans la vraie vie ? On peut vraiment tomber amoureux au premier regard ? « Ressaisis-toi, poulette, ce mec est clairement hors de ta ligue », je me dis. D'ailleurs, il ressort déjà et il est accompagné d'une magnifique blonde qui porte des Stan Smith avec une combinaison fluide à fleurs et un sac de créateur. Pendant que moi, je porte mon combo habituel, jean brut délavé et T-shirt noir. Allez, retour à la réalité et à ma vie de célibataire par intermittence. Après tout, ça a aussi de nombreux avantages.

Pas d'attache ; le sexe est agréable et tout le monde sait à quoi s'en tenir. Donc, pas de prises de tête, pas d'attentes particulières si ce n'est un petit grain de folie pour pimenter les choses. Et ma foi, on ne s'ennuie pas. Rien que d'y repenser, j'ai chaud dans ma culotte.

Allez, on souffle un coup et on se reconcentre. Il me faut un méchant charismatique et un héros d'une bravoure sans nom. Il faut quelque chose qui plaise au public adolescent, mais qui rassurera les parents ; après tout, ce sont eux qui paieront pour le jeu vidéo. Réfléchis, réfléchis, réfléchis. Je ferme les yeux pour me concentrer, mais tout ce que je vois, c'est le petit sourire du bel inconnu de tout à l'heure. *¡Que guay !*

Je prends ma tablette graphique et je commence à dessiner. Je ne sais pas quoi, mais je me sens inspirée, comme si un flux de nouvelles idées venait de prendre place au sein de mon imaginaire créatif. Des lignes, des courbes, des gribouillis. Je suis comme en transe, je dessine, je corrige, j'accentue, je colorie. Une heure de concentration intense plus tard, j'ai enfin mes deux personnages principaux : le héros, Sam, doit prouver sa valeur afin de pouvoir accéder au trône et va devoir déjouer les nombreux et dangereux pièges de son oncle, le duc jaloux, qui souhaite aussi devenir roi. Les premiers drafts me plaisent bien ; l'armure de Sam a l'air suffisamment solide pour supporter les attaques, sans être trop lourde, pour ne pas le gêner dans ses mouvements. Je ne suis pas encore totalement convaincue, en revanche, pour le costume du duc, mais je pourrai toujours le retravailler et faire quelques arrangements avant d'envoyer les premiers drafts à Guillermo.

Une fois rentrée chez moi, je passe le reste de la soirée à regarder les premiers épisodes de Las Chicas del Cable sur Netflix. J'aime bien, même si les personnages principaux, de sublimes femmes ambitieuses, sont toutes minces et blanches. On peut difficilement faire plus à l'opposé de ce que je suis, même si j'ai perdu beaucoup de poids depuis que j'ai entamé un mode de vie plus sain. Je vous entends d'ici me reprocher de vouloir me conformer aux diktats occidentaux de la beauté qu'on nous impose un peu partout dans les médias. Je n'ai pas voulu perdre de poids à cause des remarques déplacées de mon médecin ni des regards accusateurs quand je suis à la caisse du McDonald's, l'air de me dire que je ne devrais pas être ici, à me goinfrer, alors que je suis déjà bien assez grosse comme ça. Non, je l'ai fait parce que mon corps devenait inconfortable pour moi, voire dangereux.

J'ai fait ma première crise cardiaque à dix-sept ans. Je ne saurais dire si c'était à cause des kilos de chocolat et bonbons que je mangeais en cachette la nuit ou simplement le chagrin de ma première idylle avortée avec Tomas. Mais la semaine qui suivit, je faisais ma première crise cardiaque. C'est un concept que j'ai encore du mal à appréhender ; savoir que pendant un court instant, j'étais à deux doigts de mourir. La seconde fois, c'était quatre ans plus tard ; j'étais en école de graphisme. C'était à la sortie des cours, et avec ma bande de potes, on cherchait quoi faire après le cours de Motion Design. J'ai commencé à transpirer à grosses gouttes et à ressentir que ma poitrine était comprimée, et la douleur remontait progressivement de ma poitrine à ma mâchoire. Après ça, j'ai eu tellement peur que je suis allée voir mon nouveau médecin pour trouver une solution. Elle a été très aimable, pas comme le précédent ; la dernière fois que je suis allée à son cabinet, il m'a dit qu'il n'aimait pas spécialement me recevoir car il avait peur que je casse son mobilier, vu comme j'étais grosse. Et encore, ça, c'était une des remarques les plus gentilles qu'il m'ait faites.

Le Docteur Carolina Nuñez a été formidable ; elle m'a accompagnée dans ma décision de prendre davantage soin de moi et de ma santé. Elle m'a recommandé une excellente diététicienne pour un rééquilibrage alimentaire ; et aussi un coach sportif pour m'aider, au début. La première année, je suis passée de 151 à 113 kilos. Je ne voulais pas d'une perte de poids impressionnante et trop rapide, je voulais aller à mon rythme et habituer lentement mon corps aux changements que je souhaitais faire, pour des résultats sur le long terme. *Consistency is key*, comme disent les Américains. Mes problèmes respiratoires ont significativement diminué ; je ne suis plus essoufflée après seulement dix pas. Les masses graisseuses autour de mes ovaires se sont résorbées, j'ai à nouveau un cycle menstruel régulier ; ce qui n'était plus le cas depuis des années. Heureusement, j'ai évité la case diabète, mais ce n'est pas passé loin.

Le Docteur Nuñez me surveille encore de près, pour ça. Et en quatre ans, j'ai réussi à stabiliser mon poids autour de 105 kilos, je fais du sport deux fois par semaine, je mange mieux, en m'autorisant quelques écarts, par moments. Idéalement, j'aimerais passer sous la barre des 100 kilos, pour mon plaisir personnel.

Je me suis tellement perdue dans mes réflexions que je finis par m'endormir. C'est le passage du camion des éboueurs en bas de mon immeuble qui me réveille. J'ai bien envie de remonter ma couette et de me rendormir, mais je suis dans mon canapé et mon plaid n'est pas aussi confortable. Il ne me reste plus qu'à enfiler mon ensemble Ivy Park pour une petite course matinale. Je pense que trente minutes de course et quelques étirements devraient suffire pour ce matin. J'irai à la salle de sport ce soir pour faire la deuxième partie.

***

Comme d'habitude, j'arrive peu de temps après l'ouverture du café.
— La même chose ?
— Tu me connais si bien, Hernan !
— Ça marche, je t'apporte ton plateau dès que c'est prêt.

Je m'installe dans mon QG, un endroit stratégique dans ce genre d'espaces : une table avec une prise murale, et à proximité des toilettes. Comme ça, je peux y travailler toute la journée sans trop être dérangée. C'est ici que je viens quand j'ai besoin d'inspiration. Les gens qui passent, la météo, la musique, n'importe quoi peut provoquer un déclic en moi et me donner l'idée dont j'ai besoin pour mes projets. Heureusement que Guillermo me laisse travailler à l'extérieur au début des missions, je peux diriger plus sereinement les équipes, après.
— Et voilà, ma belle, ton petit déjeuner. Et je t'ai ajouté un verre de jus de légumes. C'est une recette que je teste avant de la proposer au chef, pour la carte.
— Hernan, les légumes ne sont pas faits pour être bus, mais pour être mangés !
— Et les ailes sont faites pour voler, pourtant la poule ne quitte pas

le sol. Goûte et dis-moi ce que tu en penses.

Il ne me laisse même pas le temps de bien le taquiner, il doit aller servir un client au comptoir. Je vais quand même le boire, son mélange improbable, juste pour voir. Je sors mon MacBook et ma tablette graphique, histoire de peaufiner mes premières ébauches de la veille et pouvoir les envoyer avant midi pour validation.
— Beau sticker. Team Captain ou Team Stark ?

Je lève la tête pour voir qui a enfin compris la référence du sticker sur mon ordi. J'essaie de garder une expression neutre, quand je réalise que c'est le bel inconnu de la veille. Il a pris la table d'en face.

— Team Captain, évidemment ! La meilleure équipe.
— Pffffff, c'est grâce à la technologie de la famille Stark que Steve Rogers est devenu Captain America. Il doit presque sa nouvelle vie à Tony.
— Peut-être, mais il est quand même plus fort que lui. C'est pour ça que c'est lui, le vrai chef des Avengers et la voix de la raison que l'équipe écoute.

Qui aurait cru qu'un simple sticker aurait pu déclencher une conversation aussi déchaînée à huit heures du matin entre deux parfaits inconnus ? On a discuté pendant de longues minutes sur la guerre froide entre Marvel et DC Comics, les jeux vidéo et la pop culture en général. J'ai failli lui jeter mon verre de jus de légumes à la figure quand il m'a dit que son film préféré dans la saga *Alien*, c'était *Prometheus*. Mais il s'est bien rattrapé par la suite.

— Bon, il faut que j'y aille, je commence dans vingt minutes. C'était cool de discuter avec quelqu'un qui connaît aussi bien la culture Geek.
— Comme par hasard, juste au moment où je commençais à démonter tous tes arguments sur DC Comics.
— On peut remettre ça autour d'un verre, si tu veux.

— Et on se revoit quand ?
— Déverrouille ton téléphone et je te laisse mon numéro pour que tu puisses m'appeler quand tu es dispo.

Ce que je fais sans hésitation. Il a enregistré son numéro sous le nom « Captain America sucks ! » et il est parti. Je n'en reviens pas de l'audace de ce jeune homme. Je lui envoie tout de suite un message sur WhatsApp. « The Winter Soldier > tous les films du MCU ». Il m'a répondu avec un GIF de Jay Z qui fait non de la tête. Wow, je crois que je commence à tomber amoureuse.

# 3

Je suis, à la fois, terrifiée et surexcitée à l'idée de ce rendez-vous. En temps normal, avec mes plans cul, mes « dildos humains », comme je les appelle, il n'y a pas de rendez-vous. On se rencontre au cours d'une soirée ou dans un bar, et si le courant passe, on échange nos numéros pour se revoir en cas de besoin. Là, je vais aller à un vrai rendez-vous, où il va falloir discuter et débattre avec cette personne, apprendre à la connaître, du moins dans les grandes lignes, et décider si on souhaite se revoir.

J'ai sorti tous mes vêtements. C'est fou comme on peut se convaincre assez facilement qu'on a besoin de renouveler sa garde-robe. « Je n'ai rien à me mettre », signifie que je ne trouve pas la tenue adéquate à ce moment précis.

Je ne sais pas pourquoi je me mets autant la pression, on va simplement voir un film, puis on ira manger un morceau. On discute au téléphone depuis deux semaines, maintenant, mais pas de quoi en faire un truc sérieux. En plus, à en juger par ce qu'il m'a dit lors de nos appels nocturnes, il ne restera pas bien longtemps en Espagne. Il vaut mieux ne pas s'attacher, alors.

Du coup, je mets la robe à fleurs avec les ballerines et ma veste de motarde, comme dit papa, ou je mets ce pantalon taille haute couleur ocre avec des talons hauts et un chemisier à manches courtes ? On y va en mode rockeuse romantique ou sophistiquée décontractée ? « Décide-toi vite, Dafne, il est déjà dix-neuf heures », je me dis pour me presser. Me connaissant, je peux prendre peur et annuler à la dernière minute. Allez hop, ce sera la robe à fleurs. Et comme on va probablement beaucoup marcher, je ne risque pas de finir avec une démarche de canard boiteux. Douche ? Check. Léger maquillage, parfum, chignon haut pour mes box braids ? Check. On peut y aller.

On doit se retrouver devant le cinéma, mais je crois que je vais avoir un peu de retard. Je lui envoie un message pour le prévenir ; je déteste être en retard et je déteste encore plus attendre quelqu'un si je n'ai pas été prévenue d'un éventuel retard. Au bout de quinze minutes sans réponse, je commence à me poser des questions. Peut-être qu'il va me poser un lapin et disparaître à jamais dans la nature. Je prends le temps d'inspirer et expirer lentement pour ne pas céder à la panique. Ce n'est rien, il est peut-être dans le métro et il n'a pas de réseau.

Finalement, j'arrive dix minutes avant le début de la séance. Mais aucune trace d'Hakim. Le temps s'écoule lentement ; plus les minutes passent et plus j'ai l'impression d'être à nouveau ce jour où j'ai attendu en vain Tomas et où il n'est jamais venu. Je refuse de vivre cela une deuxième fois. Je sors du cinéma et je marche en direction de la bouche de métro, j'espère que Lucia est chez elle, je n'ai pas envie d'être seule, ce soir. Un bon pot de glace et des fous rires me feront le plus grand bien, afin d'oublier ce qu'il s'est passé, ou plutôt ce qu'il ne s'est pas passé.
— Tu t'en vas déjà ? Je n'ai que cinq minutes de retard.

Hakim me bloque le passage vers le métro. Il sourit d'un air gêné en se grattant la tête. Une grande mèche de boucles retombe sur son visage et ses lunettes accentuent les cernes qu'il trimballe sous ses yeux. Son gilet en laine bon chic bon genre contraste avec son jean brut délavé et ses baskets blanches usées. Je suis soulagée de le voir.
— Mais tu es quand même en retard.
— Je sais, désolé. J'ai essayé de partir plus tôt du bureau, mais on doit livrer notre client la semaine prochaine. J'ai avancé autant que possible et je finirai demain. Comme ça, on peut aller voir le film ensemble.
— Tu as l'air épuisé ! Tu ferais mieux de rentrer te reposer.
— Stratégie subtile pour te débarrasser de moi ; je suis impressionné.

— N'importe quoi, dis-je en souriant. Tu as vraiment l'air fatigué. On peut aller chez toi si tu veux, et regarder une série. Ce sera plus reposant, pour toi. Ton appart est situé où ?
— Pas loin de la Plaza Mayor ; on devrait y être en vingt minutes environ.

Et nous nous y rendons. Nous prenons le métro et, après de courtes correspondances, nous nous retrouvons dans son appart, situé quelque part entre la Plaza Mayor et le Parc Retiro. Il m'explique qu'il vit en colocation avec deux autres personnes, dont la jeune femme avec qui je l'ai aperçu la première fois au café. Le propriétaire, un riche investisseur étranger, a mis plusieurs appartements en location longue pour les personnes de passage à Madrid ; que ce soit pour un mois ou un an. Pour Hakim, c'était une excellente alternative ; vu que sa mission chez son client ne dure que dix mois, il n'était pas obligé de signer un bail contraignant ni de meubler entièrement son logement. L'appartement est plutôt grand, avec trois chambres spacieuses et un balcon qui donne sur le Parc, les beaux jours. Le séjour, ouvert sur la cuisine, a l'air d'avoir été rénové récemment. En tout cas, le canapé d'angle en cuir est suffisamment grand pour y faire une petite sieste.
— Tu veux boire quelque chose, avant que je commande à manger ? On a du jus d'orange, du thé glacé, des bières et du Coca. Je peux aussi te faire un café, si tu veux.
— Un verre d'eau, ça ira. Merci.
— Tiens, dit-il en me tendant un verre d'eau et en posant la bouteille à mes pieds. Je vais commander des nachos et des tacos. Ça te va ?
— Oui, pas de soucis. Nachos au guacamole pour moi, s'il te plaît.
— Voilà, c'est commandé, dit-il en posant son portable après quelques minutes. Tu peux choisir le film que tu veux sur Netflix, je vais prendre une douche rapide et je reviens. Je pue comme un bouc.

« Mais ça ne me dérange pas, bien au contraire », j'ai envie de répliquer. Mais non, je vais me tenir ; je ne veux pas le faire fuir. Mais clairement, il ne souhaite pas me faciliter la tâche, puisqu'il ressort une dizaine de minutes plus tard de la douche avec simplement sa serviette nouée autour des reins. Oui, comme dans les pubs de déodorant pour hommes. Je pense que je peux porter plainte pour provocation indécente. Ou pas. Je ne me prive pas non plus pour mater.

Après s'être changé, il est allé ouvrir au livreur pour récupérer notre commande et il a enfin pu s'asseoir.
— Tu as choisi quel film ?
— *El Autor*, l'histoire d'un écrivain en mal d'inspiration qui manipule ses voisins et amis pour avoir des idées pour son nouveau roman.
— C'est bien joyeux, tout ça !

Il pose tous les plats et les boissons sur la table basse et commence à manger. Je me sers aussi, mais j'appréhende quand même qu'il me sorte une remarque à la con sur mon poids et ma façon de manger. Mais il ne dit rien. Soit il est trop fatigué pour réfléchir, soit il s'en fout royalement. Je reste quand même sur mes gardes, on n'est jamais trop prudent. Pour ce qui est du film, il est très bien, mais on ne le regarde pas vraiment ; il me parle de lui, de sa vie en France avec une mère algérienne et un père franco-polonais, de comment les personnes qui ne sont pas considérées comme de « vrais Français et Françaises » sont traitées au quotidien, de cette manie constante qu'on a de lui rappeler, parfois de manière pas si subtile, qu'il n'est pas dans son pays, de comment ça a été compliqué pour lui de trouver son stage de fin d'études, son premier appart, son premier emploi car il a un nom, mais surtout « un prénom original » ; de comment on lui a refusé le prêt pour son projet de création d'entreprise car ça avait un caractère « trop communautaire » et comment il a fini par choisir de s'expatrier plutôt que de continuer à être un étranger dans son propre pays, celui qui l'a vu naître et le seul qu'il ait connu. Maintenant qu'il est freelance nomade et que des chasseurs de têtes se battent pour lui proposer des contrats alléchants pour leurs clients internationaux, il désespère encore plus du climat délétère en France. Je sens une pointe d'amertume et de tristesse dans sa voix.

J'ai l'impression de me reconnaître dans ses propos ; j'ai toujours eu cette sensation, cette impression de rejet silencieux au sein de ma famille. Je lui parle alors de moi ; de ma relation compliquée avec ma mère, même si depuis quelques mois, elle tente un rapprochement pour peut-être arranger les choses et essayer de rattraper le temps ; de mon envie de retrouver ma mère biologique, c'est vital pour moi ; des micro-agressions que je subis dans mon boulot. Dans mon cas, une femme blanche ne subirait que du sexisme, un homme noir, le racisme ; mais moi, une femme noire, je subis les deux, en plus de me manger des remarques sur mon poids, même si je suis « jolie pour une grosse ». Je ne sais pas pourquoi je lui dis ça, mais j'ai l'impression qu'il m'écoute vraiment, et qu'il ne juge pas ce que je dis.

On parle pendant des heures, de nos rêves, de ce qui nous passionne, de ce qu'on aimerait faire si nous avions des moyens illimités. Et puis, à un moment, il m'embrasse puis s'arrête pour voir si je réponds. Et je l'embrasse aussi. Et s'ensuit ce qui devait arriver Je crois que j'ai eu mon premier orgasme.

# 4

— Alors, ce projet en réflexion de podcast sur la culture Geek ? Il germe à quelle vitesse ?
— À la vitesse de cuisson d'une authentique paella. Les bonnes choses prennent du temps à se faire. Et puis, j'attends de libérer un peu mon agenda avant de me lancer dans un nouveau projet. La sortie officielle du jeu est prévue pour dans six semaines et chaque équipe au bureau s'arrache les cheveux pour respecter ses délais.
— Tu as déjà des idées de sujets ou d'invitées ? Je connais des gameuses et des développeuses qui pourraient être intéressées. Tu me diras si tu veux leurs coordonnées. C'est vraiment une idée cool à développer.
— On verra. Ça fait trois mois que j'y pense, mais après la sortie du jeu, je m'y mets sérieusement. Promis !

Aujourd'hui, on a décidé de prendre notre brunch dans le lit. Un moment câlin rien qu'à nous, avant son départ. Hakim rentre en France, pour mettre en ordre quelques affaires, d'après ses propres mots. Mais il ne veut pas m'en dire plus. Je pourrais être stressée par ce départ pas si soudain, son contrat de freelance à Madrid arrivait à son terme et il n'avait pas vu ses parents depuis un moment. Je ne suis donc pas surprise. À vrai dire, je ne pensais même pas que cette relation passerait le cap des trois mois ; et pourtant, nous voilà huit mois plus tard et ça ne semble pas être sur le point de changer. Peut-être que je peux commencer à y croire. Déjà que mon amie Lucia nous a offert un petit cadeau pour nos six mois, parce qu'elle trouve qu'Hakim est quelqu'un de bien. Je n'ai jamais compris pourquoi tant de personnes ici célébraient les six premiers mois de leur couple, mais je veux bien les cadeaux.

— Qu'est-ce qu'on fait, l'après-midi ?

Sa question me sort de mes pensées.

— On va à l'expo sur les peuples d'Amérique latine avant d'aller retrouver Chiara et les autres pour ta soirée de départ, réponds-je en prenant une autre bouchée d'oeufs brouillés et une gorgée de jus de pamplemousse.
— On est obligé d'y aller ? On peut rester ici, au chaud sous la couette ? On est bien, là !
— À force de traîner avec moi, tu prends de mauvaises habitudes ! L'ermite, ici, c'est moi. En plus, je suis sûre qu'ils ont préparé des surprises sympas pour ton départ.
— Mouais…

Depuis environ deux ou trois mois, Hakim passe beaucoup de temps chez moi. Pour ne pas dire qu'il a quasiment emménagé ici. Ça ne me dérange pas ; cette réalité alternative où je rentre et où je peux raconter ma journée à quelqu'un qui fait l'effort de m'écouter et que je peux aussi écouter me plaît beaucoup. Mais j'ai l'impression qu'il évite ses anciens colocs.

C'est un peu à reculons qu'il se rend à cette soirée, la mâchoire un peu serrée, alors qu'il était tout sourire quand on était au musée pour l'exposition « Existimos ». Les autres sont déjà là, quelques collègues de travail et des amis d'Hakim. Nous sommes une vingtaine dans son ancien appartement ; toutes ses affaires, deux valises, un sac à dos et un harmonica, sont chez moi, en attendant qu'il trouve autre chose à son retour de France. Je nous imagine déjà vivre ensemble au quotidien et ce que je vois, je ne savais pas que j'avais envie de cela jusqu'à ce que je rencontre Hakim. J'ai l'impression que les choses sont telles qu'elles devraient être.

La soirée bat son plein, les carafes de sangria se suivent et ne finissent pas, les tapas maison sont délicieuses et les rires fusent aux nombreuses anecdotes sur l'arrivée et le séjour de mon Geek adoré ; de comment il a eu du mal à s'adapter à l'heure espagnole et à l'excellent travail qu'il a réalisé pendant sa mission de développeur.

Certainement pour ajouter sa contribution, Josh, le copain actuel de Chiara, s'est exclamé dans un rire plein de suffisance :
— Maintenant que tu rentres en France, tu n'auras plus de fourmis dans le bras, au réveil. Ça ne doit pas être évident de dormir avec un éléphant sur le bras.

Hakim ne rit pas. D'ailleurs, personne ne rit. Hakim repose son verre, se lève et le regarde droit dans les yeux :

— C'est la première et la dernière fois que tu manques de respect à ma copine. J'espère pour toi qu'il n'y aura pas de prochaine fois.

Puis il se tourne vers moi et me dit : « Tu viens bébé ? On rentre. » Et là, j'ai compris non seulement qu'il venait de me défendre en public et qu'il n'avait pas honte de moi, contrairement à ce que je pensais, par moments.

***

Je scrute la salle en espérant le voir me faire signe et m'encourager avant que je monte sur scène, mais je sais bien que c'est peine perdue. Il était censé rentrer la semaine dernière, mais je n'ai aucune nouvelle depuis. Il ne répond plus à mes messages ni à mes appels, mais je vois qu'il est actif de temps à autre sur Twitter et Facebook.

— Peut-être qu'il est juste très occupé et qu'il a besoin d'être seul.
— Ou alors il a retrouvé sa copine et ses amis et tout ce qu'il s'est passé ici n'était qu'une pause, une bulle de nouveautés, avant de reprendre sa vraie vie.
— Je n'ai jamais vraiment accroché avec ce mec ; pour moi, il a toujours été louche.
— Nene, ne les écoute pas. Je suis sûre qu'il tient à toi et va revenir. Laisse-lui du temps.

Lucia fait ce qu'elle peut pour me rassurer, mais je préfère écouter

Angelina et Roberto. Hakim est un connard comme les autres et je n'aurais pas dû me laisser avoir par son air sincère. Je cherche dans mes souvenirs les signes qui auraient pu m'alerter et que j'aurais choisi d'ignorer, mais je ne trouve rien. Le casse du siècle, sans bavure et sans traces. Je me flagelle mentalement d'avoir été aussi stupide.

J'entends Guillermo et les autres qui arrivent et discutent des derniers détails avant le lancement de la soirée pour la sortie de notre dernier jeu vidéo.
— Alors Dafne, vous êtes prête ? Je suis sûr que vous allez les éblouir, votre travail est impressionnant.
— Merci Guillermo, je vais faire au mieux pour la présentation.
— Franchement, soyez détendue. Tout va bien se passer. Je vais présenter la boîte, puis Antonio et toi parlerez du jeu et sa distribution.

Après un petit cri de guerre ensemble, nous montons sur scène sous les applaudissements du public venu découvrir notre nouveau projet. Nous présentons l'entreprise, puis le concept du jeu et une vidéo démo. Ils ont l'air d'aimer, ou du moins d'être intéressés ; surtout quand je vois toutes les mains levées au moment de la session de questions-réponses. On nous félicite pour l'idée, le concept, le graphisme, on nous interroge sur les différents niveaux du jeu. Guillermo finit par remercier l'assistance et l'invite à débattre plus en détail dans la salle de réception à côté. Je discute avec deux étudiantes qui souhaitent avoir des informations sur le parcours à suivre et le quotidien quand on est dans mon domaine professionnel. Puis vient une question que je n'attendais pas. « Qu'est-ce qui a inspiré le design pour le héros du jeu ? »
Cette voix. Je la reconnais. Je la reconnaîtrais entre mille. Il se tient debout derrière moi. Il porte le T-shirt Dark Vador que je lui ai offert et je le trouve toujours aussi beau.
— Wow, un revenant ! Je te croyais mort.
— Okay… Sympa, l'accueil.

Je le tire par le bras vers le couloir pour qu'on puisse discuter sans être dérangés. Je ne souhaite pas me donner en spectacle devant mes collègues et relations de travail.

— T'étais où ?

— Chez ma grand-mère à Montpellier, puis à Nantes pour vendre mon appart et régler deux trois trucs avant de m'installer ici.

— Comment ça, « t'installer ici » ?

— Bah, pour emménager avec toi !

— Mais… Tu le dis comme si c'était une évidence alors qu'on n'en a jamais discuté avant ?

Il me regarde, perplexe, l'air de ne pas comprendre.

— Pour moi, c'était évident qu'on emménagerait ensemble. Je croyais qu'on était bien, qu'on était sur la même longueur d'onde par rapport à notre couple !

— C'est le cas. Mais si on ne communique pas de manière claire, on ne peut pas construire quelque chose de solide. Vu de mon côté, ton silence donnait l'impression que tu avais rompu avec moi sans me le dire. Tu comprends ?

— Je vois… Je n'avais pas perçu les choses sous cet angle. Je suis désolé pour le stress causé. J'ai toujours envie d'essayer et de voir ce que ça donne, toi et moi.

— Et du coup, pourquoi le silence radio ?

— Je t'évitais ces dernières semaines parce que je ne voulais pas gâ cher la surprise.

— Quelle surprise ?

Je fronce les sourcils.

— J'ai un ami qui connaît quelqu'un qui connaît quelqu'un qui souhaite rester anonyme… Et après un peu de recherches dans l'autre partie du Web, il a trouvé ça.

Il sort un dossier de sa sacoche et me le tend. Je le feuillette sans vraiment comprendre. Une copie de mon acte de naissance, des documents concernant une femme noire et une adresse.

— Qu'est-ce que c'est ?
— Ton dossier d'adoption et les coordonnées de ta mère biologique. Si jamais tu veux la rencontrer un jour.
— Comment… ? Pourquoi… ?
— J'en avais marre de te voir frustrée de ne pas avoir plus d'informations de la part de l'agence d'adoption ; alors j'ai demandé une faveur à des gens qui ont les ressources. D'après ce que j'ai cru comprendre, ta mère biologique a essayé de te contacter à ta majorité, mais l'agence ne t'a jamais transmis ses lettres.
— Elle a cherché à me contacter ? Elle ne m'a pas oubliée ?
— Je ne pense pas, bébé. On a retrouvé les mails qu'elle a envoyés pour savoir si tu avais bien reçu ses lettres et si tu voulais bien la rencontrer. On lui répondait à chaque fois par la négative.

Ça fait beaucoup d'informations à ingérer en une seule fois. Je suis perdue.
— Elle… Elle habite où ? Je n'arrive pas à lire.
— Elle a déménagé à Séville l'année dernière. Avec son mari et leur fille.
— J'ai une petite soeur ? Je suis la grande soeur de quelqu'un ?
— Oui, et on pourra aller les voir. Quand tu te sentiras prête.

J'ai attendu vingt-sept ans pour savoir d'où je viens. Non, ma mère ne m'a pas abandonnée pour continuer sa vie comme si rien ne s'était passé. Elle m'a cherchée. Toutes ces années, elle m'a cherchée. Elle m'a cherchée et, maintenant, je l'ai trouvée. J'ai hâte de les rencontrer.

*« I hear sirens while we make love*
*Loud as hell, but they don't know*
*They're nowhere near us*
*I will hold your heart and your gun*
*I don't care if they come, noooo*
*I know it's crazy but*
*They can take me*
*Now that I found the places that you*
*Take me*
*Without you I got nothing to lose.* * »*

---

* *Jay-Z ft Beyoncé – Part II (On The Run) (2013)*

# Le Choix du Cœur

|

# Let's That Ink

*« I'm the only lady here,*
*Still the realest nigga in the room*
*I break the internet,*
*Top two and I ain't number two*
*My body, my ice, my cash,*
*All real, I'm a triple threat*
*Fuck it up and then leave, come back,*
*Fuck it up and leave again* »*

* *DJ Khaled ft Jay Z, Future & Beyoncé – Top Off (2018)*

# 1

Vanessa regarda par les immenses fenêtres de son bureau. Devant elle, s'étendait une vue impressionnante. Tout en bas, les personnes ressemblaient à des fourmis. Des fourmis toujours pressées, hâtées, en retard. Des fourmis toujours à la recherche de plus de performance. Plus loin, elle apercevait le fameux carré dominant qui représentait parfaitement le quartier dans lequel elle se trouvait : la Défense.

Le si célèbre quartier d'affaire parisien s'étendait dans le brouillard matinal de l'automne. A cette heure-ci, chacune des personnes en bas rejoignait sûrement les bureaux d'une des immenses tours environnantes. Ces dernières sont connues pour abriter des centaines d'entreprises. Dans ses lieux, on brasse le PIB de certains pays : banquiers, assureurs, investisseurs, start-up, fintech se défient.

Ici les hommes portent des costumes-cravates achetés une centaine d'euros chez De Fursac tandis que les femmes affichent un brushing parfait et se dressent sur des talons de douze centimètres hors de prix pour arpenter les nombreux couloirs dans lesquels se décident une partie de l'avenir financier du monde.

Vanessa se rapprocha un peu plus de la vitre afin d'apercevoir le pied de son immeuble. Elle se trouvait au 24ème étage de l'une des tours les plus connues de ce quartier, la tour Europe. Le bureau dans lequel elle se trouvait offrait un panorama de presque cent quatre-vingts degrés sur l'esplanade Nord. Vanessa travaillait depuis un peu plus de six ans en tant qu'analyste financière pour un fonds d'investissement. Après avoir fait une école de commerce, Vanessa s'était spécialisée dans la finance et avait entreprit d'obtenir un MBA en gestion de patrimoine et en conseil financier. Pendant sa dernière année, qu'elle avait passé en échange dans une école londonniene elle s'était passionnée pour la bourse en travaillant partiellement à la City.

Une fois son diplôme en poche, elle avait fait le tour des grandes entreprises pour obtenir son premier travail. Quelques mois plus tard, elle découvrait pour la première fois ce quartier parisien, centre névralgique de la finance en France. Elle avait senti sa tension, croisé ses jeunes cadres plein d'ambitions, arpenté les ruelles de jour et parfois de nuit. Elle arrivait chaque jour aux environs de sept heures trente du matin par le métro depuis Clichy, où elle vivait en colocation avec une amie élève-avocate. Un peu plus de quarante-cinq minutes de trajet ; s'arrêtait cinq minutes pour prendre son café dans le Starbucks du métro et marchait à grandes enjambées vers sa tour. Elle passait les grandes portes, activait le tourniquet avec son badge en saluant d'un mouvement de la tête la réceptionniste.

Une fois dans l'ascenseur qui l'emmenait à son étage, Vanessa faisait toujours une petite prière personnelle. Elle se réjouissait d'avoir ce travail, d'avoir pu faire des études supérieures si prestigieuses, de faire partie de cette élite jeune et dynamique.

Vanessa GRIBI était née à Abidjan d'un père médecin et d'une mère, fonctionnaire pour le ministère des finances de leur pays. Elle avait passé son enfance couvée au milieu de ses trois frères et soeurs. L'année de son entrée au collège, ses parents décidèrent de l'envoyer en pension dans un internat privé en région parisienne. Pour l'adolescente, ce ne fut pas une surprise, ses deux ainés avaient suivi le même chemin. Leur père estimait que l'éducation et l'instruction de ses enfants étaient une priorité et qu'ils devaient donc bénéficier d'un cadre strict pour évoluer dans les meilleures conditions.

Vanessa avait donc fait ses études secondaires dans un pensionnat pour filles avant de se passionner pour l'économie et la finance. Agée aujourd'hui de trente et un ans, elle avait l'impression d'avoir plus que réussi ses débuts dans le monde professionnel. Si ses parents avaient entièrement financé ses études, depuis plusieurs années, elle était indépendante financièrement et aidait régulièrement ceux-ci pour les différentes dépenses familiales. Il faut dire qu'en Afrique, il n'y avait pas une occasion qui n'appelait pas à une dépense d'argent.

Elle jeta un coup d'oeil à sa montre dorée. Il était neuf heures seize. Sa réunion était dans quelques minutes. Elle devait présenter un rapport à son équipe et deux de ses supérieurs. Elle venait de passer les deux derniers mois à travailler sur ce dossier, quittant souvent la tour, une fois la nuit tombée, ne retrouvant son appartement qu'aux alentours de vingt-deux heures. Et là, après une douche rapide et un repas frugal, elle se forçait à relire ses notes pour être sûre de n'avoir oublié aucun détail, aucune donnée, aucune statistique.

A moins de quinze minutes de sa présentation, Vanessa se sentait bizarrement calme. Ce n'était pas la première fois qu'elle se retrouverait devant une dizaine de personnes à argumenter sur le prochain secteur d'activité prometteur et à présenter son plan d'attaque à ses collaborateurs. Avec le temps, elle avait acquis une certaine aisance naturelle devant un public. Elle fit quelques pas vers son bureau, pour récupérer son ordinateur et son mug de café. Elle saisit également un petit carnet noir, qui contenait un résumé sous forme de schémas et de dessins de sa présentation et un stylo.

Avec les bras chargés de son matériel, elle se dirigea vers la salle de réunion désignée pour sa présentation, d'un pas pressé mais maitrisé. Ses escarpins à talons aiguilles ne faisaient aucun bruit sur la moquette grise parfaitement aspiré des locaux tandis qu'elle se faufilait entre les bureaux de l'open space.

« Bonjour Vanessa ! ». Perdue dans ses pensées, elle prit quelques secondes avant de se retourner. Hassam, un grand brun aux traits magrébins se tenait derrière elle, sourire aux lèvres. Hassam était l'archétype du fils d'immigrés qui a réussi dans une France hostile aux personnes typées. Descendants de rebelles Algériens, il avait grandi dans une tour de banlieue connue pour son brassage multiculturel. Entre les zoneurs, les dealeurs et autre apprentis rappeurs, Hassam s'était révélé être un véritable génie des mathématiques.

Pur produit de la politique de « discrimination positive » à l'école mise en place au début des années 2000, Hassam avait bénéficier d'une bourse pour intégrer les meilleures écoles privées. Au contact de ses nouveaux camarades, il avait appris les us et coutumes de la bourgeoisie afin de briller encore plus par son esprit raffiné que par son intelligence.

Aujourd'hui, le jeune homme aiguisait ses dents de requins avec les plus grands de ce monde. « Un exemple ce Hassam », disaient leurs patrons… Surtout l'une des seules traces d'une certaine catégorie de la population au sein de cette sphère. Parfois Vanessa se demandait si « la discrimination positive » avait suivi Hassam toute sa vie. Elle se demandait aussi s'il se posait lui-même cette question existentielle. Elle-même se l'était posée lorsqu'elle avait intégré cette entreprise à peine les bancs de l'école quittés : « était-elle là pour ses capacités ou pour représenter les quotas, les minorités visibles ? ». Mais avec le temps, il s'agissait là de questions qu'elle avait préféré ne plus se poser.

— Bonjour Hassam. Comment vas-tu par ce beau temps pluvieux ?
— Ah ! c'est Paris en automne ! Brouillard, pluie et vents en perspective. Répondit-il en lui emboitant le pas. Besoin d'aide ?
— Non merci, je gère.

A une époque, Vanessa pensait que Hassam serait un concurrent plus que déloyal dans sa carrière avec son sourire séducteur. Même s'ils étaient tous deux issus d'une minorité leurs parcours étaient totalement différents; lui était un homme et inconsciemment, les hommes sont favorisés. Mais le jeune homme s'était trouvé être un collègue fidèle. Au fond, il avait compris le jeu des grands de ce monde et il avait appris à jongler habillement sans pour autant piétiner qui que ce soit sur son chemin.

— Tu es prête ? Il parait que ce laboratoire pharmaceutique pourrait rapporter des millions. Imagine le bonus, murmura-t-il.

Vanessa sourit. Non pas à l'éventualité d'un bonus plus qu'important d'ici la fin de l'année mais aux murmures d'Hassam. Il n'avait toujours pas compris que murmurer dans ces lieux était inutile. Tout finissait par se savoir. Les murs avaient des oreilles. C'était le propre de leur métier : tout entendre, tout savoir, tout prévoir.

— Ce serait effectivement un très bon filon. Mais ça vous nous nécessiter beaucoup de travail et de ressources humaines.

Vanessa entra dans la salle de réunion, une immense table d'un blanc immaculé autour de laquelle plusieurs chaises étaient disposées se tenait au centre de la pièce. Vanessa se dirigea vers l'avant de celle-ci, brancha son ordinateur portable au projecteur tandis que la salle se remplissait. Vanessa inspira profondément, retint son souffle, compta lentement jusqu'à dix dans sa tête et expira d'un coup en affichant son sourire le plus persuasif.

# 2

« Je ne comprends pas cette volonté de vivre dans le stress permanent ! I just can't. On se met là ? ».

Vanessa hocha de la tête en suivant ces deux amies vers une table en terrasse près d'une espèce de tour chauffante.
— On est obligé de se mettre en terrasse ? On se les caille !
— Oui, mais moi je dois fumer pour me réchauffer, allez stp.

Manon fit une petite moue de supplications pour amadouer son amie.

— Bon d'accord.

Les trois amies s'assirent autour de leur table et commandèrent deux cocktails et une bière. Vanessa avait envoyé un message à ses deux amies un peu avant son départ de sa tour préférée. Elle leur avait demandé de la rejoindre au Trocadéro pour boire un verre, elle avait besoin de faire retomber la pression après avoir passé des mois à analyser des rapports financiers, la matinée à faire sa présentation et l'après-midi voire une partie de son début de soirée à monter une équipe pour suivre l'évolution et la future entrée en bourse d'un laboratoire pharmaceutique ayant récemment développé un traitement novateur. Face à son verre, elle se détendit petit à petit.

Vanessa connaissait Manon depuis son internat. C'était une petite brune aux yeux verts pétillants. Du haut de son mètre cinquante-cinq, elle se promenait constamment perchée sur des talons aiguilles. Vendeuse dans le luxe, Manon ressemblait à une petite poupée toujours parfaitement apprêtée et bizarrement toujours d'humeur joyeuse. Vanessa ne l'avait jamais vu triste ou même en colère. Elle prenait tout avec une certaine légèreté qui attirait les personnes dans son cercle.

Tumi était une Sud-Africaine d'origine qui avait grandi à Londres.

Elles s'étaient rencontrées pendant les études de Vanessa dans la ville. A cette époque, la jeune fille avait tenu à assister à un pop-up store qui faisait découvrir des créateurs et artistes venant de différents pays africains. Vanessa était tombée amoureuse de kimonos et blazer confectionnés par la jeune Tumi. Elle avait passé sa soirée à discuter avec cette femme aux formes imposantes et au crâne rasé qui affichait des nombreux tatouages de couleurs différentes sur sa peau caramel et qui l'avait étonné en parlant un français quasiment fluide, langue qu'elle avait en partie appris d'elle-même. Elles étaient restées en contact via les réseaux sociaux et lorsque Tumi avait décidé de tenter sa chance dans la capitale de la mode, Vanessa s'était réjouie de pouvoir faire réellement connaissance avec elle.

— Alors ? Ce projet qui t'occupait jour et nuit ces dernières semaines ? Tu as fini ? Une promotion à l'horizon ?
— Manon ! Ce n'est pas vraiment ça le but. Mais oui, j'ai fini la première et plus prenante partie. On sera désormais plusieurs à bosser dessus. Je superviserai.
— Ouh !!! Ma bestie supervise !

Les trois filles se mirent à rire aux éclats.
— Tu abuses toujours mais franchement les filles, vous m'avez manqué. D'ailleurs, ce soir on fait la fête. Retorqua Vanessa en avalant une longue gorgée de son verre. J'ai besoin de faire redescendre la pression. Quoi de neuf les filles ? Qu'est-ce que j'ai raté ces derniers jours ?
— Rien de transcendant de mon côté ! Boulot, dodo, métro. Dans cet ordre, répondit Manon en rigolant.
— Moi je me suis trouvé un petit espace sur le nouveau playground qui va être ouvert jusqu'à février, déclara Tumi.
— Tu veux dire la nouvelle « place to be » pour tous les nouveaux créateurs et artistes.
— Ouiiii ! J'ai réussi à louer 20m$^2$… Bon, à un prix exorbitant mais

j'espère me faire remarquer par une marque grand public pour distribuer mes créations ou un directeur artistique qui me donnera une chance dans son équipe pour que je me perfectionne.
— Soit l'un, soit l'autre ? demanda Manon
— Oui, je ne suis pas gourmande ! retorqua Tumi dans un éclat de rire. Bref j'ai prévu de présenter que des pièces uniques, de saison hivernale tout à la fois moderne et classique.
— Moderne et classique ? C'est un peu contradictoire ça. Mais c'est toi l'artiste. Si tu as besoin d'aide pour monter ton stand, je suis ta femme.
— Moi aussi !!
— Vous êtes géniales les filles ! Et pour célébrer tout ça, devinez ce que j'ai prévu de faire ce weekend ?
— Un super brunch avec tes deux amies parisiennes sous la pluie ? s'esclaffa Manon.
— Non, attends, je vous montre.

Tumi saisit son téléphone posé sur la table et se mit à défiler dans sa galerie de photos. Elle finit par s'arrêter et tendre l'objet à ses deux amies.
— Un tatouage, hurla-t-elle.
— Sérieux ?? s'étonna Manon en scrutant le dessin sur le téléphone. Encore un ?
— Mais j'adore les tatouages les filles. Ils racontent mon histoire, chacun d'entre eux. J'ai cherché un bon tatoueur dans cette ville et cela n'a pas été facile.
— Comment ça ?
— Ben j'avais ma petite liste des meilleurs tatoueurs parisiens tu sais afin de faire une petite comparaison : disponibilité, prix, feeling etc.
— Feeling ?
— Ben oui, tu ne peux pas te faire tatouer par n'importe qui. Certains prennent des heures. Il faut que tu sois à l'aise. Moi, celui qui

m'a fait tous mes tatouages était un ami back in Jozi you know. Là je suis partie directement discuter avec les trois premiers de ma liste et guess what ? Quand je leur ai montré le dessin d'origine : une myriade de fleurs de différentes couleurs, ils m'ont tous répondu qu'ils ne peuvent pas tatouer en couleur sur ma peau.

— Comment ça ? Je ne comprends pas, s'étonna Manon.

— Darling, selon eux, les couleurs ne tiennent pas sur les peaux noires. Pourtant j'ai déjà deux tatouages colorés qui tiennent parfaitement la route depuis une dizaine d'années.

— Je pourrais t'accompagner ?

Vanessa prenait la parole pour la première fois depuis que son amie lui avait tendu son téléphone. Elle scrutait l'esquisse colorée effectuée par le tatoueur et était fasciné par la précision et la finesse des lignes.

— Oui bien sûr darling. Je ne demande que ça. Que quelqu'un vienne me tenir la main.

— Tu as trouvé ta personne alors ! déclara Vanessa. Il est magnifique ce dessin.

— Oui j'ai fini par trouver la perle rare. Il m'a tout suite rassurée sur le fait que je pouvais avoir de la couleur sur mon dessin. Il m'a fait cette jolie esquisse. Je te donnerai son compte Insta pour que tu voies son travail. En plus, the guy is hot. Ce qui est un bonus intéressant, ajouta Tumi en faisant un clin d'oeil.

— Serveur, une autre tournée s'il vous plait. C'est moi qui offre. Mes copines déplacent des montagnes en ce moment ! Hurla Manon dans un éclat de rire général.

# 3

Le samedi suivant, Vanessa avait prévu de rejoindre son amie près d'une bouche de métro qui se trouvait à quelques mètres du salon de tatouage dans le quartier du Marais. Elle en avait pour une bonne trentaine de minutes de trajet en transports en commun depuis son appartement à Clichy. Après avoir pris un petit déjeuner tardif avec sa colocataire, elle enfila un jean, un pull blanc et des bottines noires. Elle saisit son blouson en cuir noir et un chapeau large. Elle ne savait pas s'il allait se mettre à pleuvoir un moment dans la journée mais elle ne souhaitait pas se balader avec un parapluie. Neuf fois sur dix, elle finissait par l'abandonner chez quelqu'un, dans le métro ou dans un bar ou un café. Le chapeau était devenu un bon compromis pour les temps pluvieux de l'automne.

Sur son chemin vers le métro, elle appela ses parents sur Whattsapp en visio. C'est son père qui décrocha. Elle constata qu'il était tranquillement installé sur le petit bungalow de leur jardin familial. Il portait juste un tricot style marcel et semblait lire le journal en buvant un café.
— Bonjour Papa, comment ça va ?
— Bonjour, jeune fille. Comme un samedi matin et toi ? Où vas-tu ?

Vanessa sourit à la mention du « jeune fille ». Son père les appelait toutes comme ça. Il était rare qu'il s'adresse à elle par son prénom. Il le faisait uniquement lorsqu'il s'apprêtait à lui faire une leçon de moral ou à lui donner un conseil d'un ton paternaliste. Ce sont toutes des jeunes filles désormais. Petites, c'était « mon petit bébé ».
— Je vais accompagner une amie se faire tatouer.
— Tatouer ! J'espère que tu l'accompagnes juste ; que tu ne seras pas tenté par cette mode occidentale ma fille. Tu n'as pas besoin de faire des dessins sur ta peau. Ce n'est pas très beau en plus. Les fem-

mes avec des tatouages ont souvent un passé compliqué.

Vanessa hésita à répondre à son père. Elle aurait voulu lui dire que ces deux derniers jours, elle avait fait ses recherches sur les tatouages et que contrairement à ce qu'il affirmait, il ne s'agissait pas d'une « mode occidentale ». Si les tatouages modernes semblent tirer leurs origines de la culture underground et rebelle des années 1900, le fait de dessiner sur la peau à l'aide d'aiguilles remonte aux civilisations primales.

La plupart des civilisations, africaines, asiatiques ou océaniennes, affichent une certaine culture du tatouage. Certains lui donnent une signification divine, tandis que d'autres l'assimilent à un rang social précis dans la société : seuls les chefs de tribus, les rois et les guerriers avaient alors le droit de se faire tatouer. En Europe, il prend un tout autre sens : on marque les esclaves ou les gladiateurs destinés aux combats en arènes avant de devenir une pratique de marginaux et de rebelles. Mais ce n'était pas le moment de se lancer dans un argumentaire pro-tatouage avec son père, qu'elle savait du genre à camper fermement sur ses positions.

— Non papa, je ne fais qu'accompagner mon amie. Je ne vais pas me faire dessiner sur le corps.

— Bien. Et ton travail ? Tout se passe bien ?

— Oui Papa. J'ai enfin bouclé ce dossier important dont je t'avais parlé. Plus que quelques jours et on commencera la phase de recherches d'investisseurs.

— Ah ! C'est bien ça. Tu vois ma fille, seul le travail bien accompli paie. Tu vas sûrement être promue. Avec tout le travail que tu as abattu. Même ta mère se faisait du souci ici. Elle passait son temps à dire que tu étais tout le temps occupé, que tu n'appelais pas assez, que chaque fois qu'elle te voyait tu avais maigri. Tu connais ta vieille mère ?

— Toujours à se faire du souci.

— Voila ! Elle est dans sa cuisine là-bas. Tu veux que j'aille la cher-

cher ?
— Non papa, je vais monter dans le métro là. Fais-lui un bisou de ma part, je la rappellerai un peu plus tard ou demain.
— D'accord jeune fille.

Il raccrocha. Vanessa s'engouffra dans la rame de métro avant qu'elle ne se referme derrière son dos. Sur son téléphone, elle ouvre de nouveau Instagram pour se rendre sur le compte du tatoueur de Tumi. Tout au long de son trajet, elle fait défiler les photos de ses oeuvres sur tous types de peaux, de profils, de personnalité. Elle admire la précision de son geste, captant l'essence même d'un simple dessin pour l'immortaliser sur une épaule, un bras ou une jambe, un dos.

Elle se rappelle alors ces heures à dessiner au collège et au lycée, dans sa chambre d'internat et parfois même pendant certains cours. Elle se rappelle son professeur de mathématiques de troisième qui l'avait surprise et avait demandé à la directrice de l'établissement d'appeler ses parents pour leur dire qu'elle recevra un blâme la prochaine fois qu'elle « gribouillait » pendant ses heures de cours. Elle se rappelle la voix de son père à l'autre bout du fil, tonitruante et menaçante, lui retorquant à quel point elle avait de la chance d'étudier dans cette école, d'avoir tous ses professeurs à sa disposition, lui exhortant de se concentrer sur ses cours.

Alors qu'elle faisait une Terminale scientifique, elle rêvait d'intégrer une école d'Art réputée. Pourquoi pas les Beaux-Arts ou l'Ecole du Louvre de Paris ? Mais après l'épisode avec son professeur de mathématiques, elle n'avait jamais osé le dire à voix haute, ni à ses parents, ni à ses professeurs, ni même à ses amies ou ses quelques petits amis. Elle avait donc suivi le chemin parfaitement tracé qu'on lui avait préparé.

Tandis qu'elle sortait de la bouche de métro en cherchant du regard son amie Tumi, Vanessa se demandait ce que serait sa vie aujourd'hui si elle avait eu le courage de s'exprimer. Elle ne passerait pas son temps dans les tours de la Défense, elle ne passerait pas ses journées au téléphone à négocier devant un écran à surveiller le cours de la Bourse. Elle aurait pu dessiner.

Vanessa tapota son petit sac en bandoulière. A l'intérieur, elle y avait glissé au dernier moment, après une longue hésitation, son petit carnet noir.

# 4

Vanessa releva doucement la jambe de Tumi pour glisser un coussin juste en dessous. Son amie avait décidé de se faire tatouer l'arrière de la cuisse. Le dessin représentait une espèce de plante grimpante qui remontait de l'arrière de son genou gauche jusqu'à la naissance de sa fesse. Il s'étendait également sur les côtés comme une plante sauvage, indomptable. Éric, le tatoueur, un grand métis d'une quarantaine d'années bardé lui-même de tatouages, les avait accueillies plus tôt dans la journée avec un grand sourire. Tumi et lui s'étaient déjà vu à plusieurs reprises pour peaufiner le dessin, choisir les couleurs adaptées à sa carnation de peau, et jauger celle-ci. Éric voulait savoir si sa cliente était sujette à des allergies cutanées ou si elle cicatrisait mal pour adapter sa méthode de travail. Il leur avait notamment expliqué que même s'il est possible de tatouer les peaux noires en y mettant de la couleur, toutes les couleurs n'étaient pas indiquées selon la carnation de la personne concernée. Il fallait prendre en compte le degré de mélanine.

Par exemple, pour Tumi dont la peau était bien plus claire que celle de Vanessa, il pouvait se permettre d'utiliser des teintes jaune ou orange. Des couleurs qui ne tiendraient pas la durée sur la peau de Vanessa. Cette dernière avait donc passé quatre heures à regarder Éric planter son aiguille avisée dans la peau de son amie. Il répondit avec beaucoup de patience et de bienveillance à ses différentes questions.

Vu l'étendue du dessin prévu, les heures passées n'avaient servi qu'à la première couche. Ils avaient prévu trois séances différentes. Tumi avait estimé que sa gestion de la douleur n'irait pas au-delà de quatre heures. Vanessa avait hésité ; elle avait trituré son sac pendant toute la séance et finalement, à quelques minutes de leur départ, elle s'était lancée.

— Éric, je pourrais vous montrer quelques dessins pour que vous me disiez ce que vous en pensez ?
— Mais bien sûr ! Et tu peux me tutoyer tu sais, répondit-il en souriant. Montre.

Vanessa sortit son petit carnet noir de son sac et le feuilleta rapidement avant de le tendre à Éric devant le regard interrogateur de Tumi, qui enfilait le jogging large qu'elle avait porté pour l'occasion afin d'éviter les frottements entre son pansement et ses vêtements. Le tatoueur se concentra sur les dessins esquissés dans le carnet, il en tourna quelques pages afin d'en voir un peu plus.

— Tu es dessinatrice ? C'est pas mal du tout tu sais ? Tu as fait une école pour ça ?
— Oh que non ! Vanessa travaille dans la finance. Son truc à elle, ce sont les chiffres.
— Vraiment ? Et pourtant, tu as une certaine technique et déjà un style très caractéristique. Regarde, dit-il en pointant du doigt deux dessins différents ; l'un représentant un oiseau sur une branche, l'autre des mains entremêlées. Cette façon que tu as de faire les courbes ici et là, c'est ta petite caractéristique qu'on peut retrouver sur plusieurs de tes dessins. Une sorte de signature. Nous en avons tous, ajouta-il en souriant.
— Merci ! murmura Vanessa à la fois soulagée et impressionnée par les propos d'Éric.
— Ça t'intéresse le tatouage ou tu es du genre à faire des illustrations ou des toiles ?
— J'aime beaucoup la façon que tu as de faire vivre et exister un simple dessin. Tu vois, tu t'appliques pendant des heures à restituer la vision de personnes qui te font confiance. La plupart de tes oeuvres seront éternelles. Enfin pas vraiment, les personnes ne le sont pas. Mais elles se rappelleront toujours leur signification et du moment de leur vie où elles ont décidé de sauter le pas, dit-elle avec

un enthousiasme certain.
— Okkayyyyyy that is some deep thought neh, osa Tumi encore plus étonnée par l'intérêt de son amie pour les dessins.

Ils éclatèrent tous les trois de rire. En partant, Vanessa avait promis à Éric de revenir pour les deux dernières séances.

Vanessa s'assoit à coté de Tumi sur le canapé. Les deux femmes se trouvent dans le studio que son amie loue dans le Marais, à quelques mètres seulement du salon de tatouage. Elle pose délicatement la jambe de celle-ci sur ses cuisses.

— Tu peux m'expliquer ton engouement pour Eric ? Il te plait c'est ça ?
— Éric ? Non ! Pas mon genre voyons. Non, c'est son travail et sa technicité qui m'intéressaient, je te le jure.
— Hummmm Sis' ?
— Je te promets !
— Ok… Tu dessines ? Comment ça se fait que je ne le savais pas ?,
— Je n'avais jamais montré mes dessins à qui que ce soit… Ce fut une grande première.

Tumi se redressa légèrement en s'appuyant sur ses coudes pour pouvoir regarder son amie dans les yeux.

— Tu dessines depuis longtemps ?
— Depuis mon enfance… Mais ce n'était qu'un hobby et plus le temps passait et plus mes études puis mon travail devenaient prenants. C'est bizarre mais j'ai continué à dessiner tout ce temps parce que ça me détendait. A chaque coup de stress, je prends mon carnet et je fais un croquis.
— Pourquoi tu n'as pas fait ça plutôt alors ? Peintre, illustratrice ou je ne sais pas moi quelque chose dans ce sens ? Analyste financière, c'est tout le contraire non ?
— C'est… différent. Mais tu en connais des peintres qui gagnent

près de quatre mille euros par mois sans les primes toi ?
— Eish my friend. Ne soit pas aussi… comment vous dites ?
— Réaliste ?
— Matérialiste ! Il s'agit de vivre sa passion.
— Oui mais je préfère vivre DE ma passion, rétorqua Vanessa dans un rire gêné. Et puis tu sais, chez moi, dessiner n'est pas un métier.
— Chez toi, c'est chez moi, même si ce n'est pas la même partie du continent et je dessine des modèles depuis mon adolescence. Mes parents ont très vite compris que je ne ferais rien d'autres que faire des patrons, choisir des tissus, créer, coudre. Ce sont eux qui m'ont envoyé à Londres suivre ma passion. Et regarde, bon ok je vis dans un studio mais je paie mes factures, je vends mes pièces via ma page marketplace ou dans des pop-up stores, j'ai pu payer mon emplacement dans ce nouvel espace. Et j'ai pu m'offrir cet énorme dessin. Tu sais combien Éric va se faire à me dessiner sur le corps ? Just think about it !

# 5

Cela faisait maintenant deux mois et demi que Vanessa suivait des cours pour devenir tatoueuse. Elle avait choisi de suivre des cours à temps plein : du lundi au vendredi, matin et après-midi. L'école qu'elle avait choisie, sous les conseils d'Éric proposait une formation sur trois mois un peu intensive. Elle y apprenait à la fois l'aspect artistique mais également pratique, pour l'hygiène et le matériel, de ce métier pour lequel elle avait eu un coup de foudre.

Après sa rencontre avec Eric et sa discussion avec Tumi sur le fait de vivre ses passions, Vanessa s'était remise au dessin. Son premier pas avait été de s'offrir du matériel adapté pour faire ses dessins. Puis lors de sa troisième rencontre avec Eric, elle lui avait dévoilé sa volonté de suivre une formation pour pouvoir tatouer. Il avait montré un certain enthousiasme tout en lui donnant les bonnes adresses et les pièges à éviter dans ce nouveau monde professionnel. Au début, elle avait réussi à concilier les deux : son travail d'analyste financière et sa formation de tatoueur mais avec le temps et l'aspect prenant de ces deux choses, elle avait fini par faire un choix. Le choix du coeur. Elle voulait se concentrer sur ses dessins.

Après avoir procédé à une passation en bonne et dû forme de ses dossiers les plus importants en cours à Hassam, tout en lui souhaitant bon courage, elle avait fait une demande d'année sabbatique sans solde auprès du service RH de son entreprise. Pour elle, c'était la seule solution pour pouvoir poursuivre sa passion tout en conservant une certaine stabilité. Elle avait planifié sa nouvelle vie au détail près. Après avoir fait ses comptes, elle s'était rendu compte qu'avec ses économies, qu'elle pouvait payer sa formation et ses factures pendant neuf à dix mois. Ensuite, elle devra soit retourner dans sa tour, soit se lancer en tant que tatoueuse indépendante.

Vanessa sortit de la bouche du métro de la Défense. Elle portait un jean bleu dur, un tee shirt blanc et une veste militaire. A ses pieds, une paire de baskets blanches. Elle avait rendez-vous avec Eric qui voulait lui présenter un ami, tatoueur également, qui cherchait un associé pour ouvrir un salon dans les environs.

— Vanessa !
— Hey ! Bonjour Eric. Bonjour ! répéta-t-elle en tendant sa main à la personne près d'Éric.
— Je te présente Evan. C'est un ami que j'ai rencontré aux Etats-Unis il y a quelques années. J'avais passé quelques mois à tatouer dans son salon à Atlanta. Et il se trouve que Evan, qui je te rassure, a une immense popularité de l'autre côté de l'océan et aussi sur internet, est venu l'année dernière pour participer au Salon du Tatouage. Et, il a décidé d'ouvrir également un salon ici.
— Echanté !

Vanessa était impressionnée. Avant de venir, elle avait pris la peine de se renseigner sur Evan. Déformation professionnelle : elle vérifiait toujours le background des personnes qu'elles rencontraient dans ce nouveau milieu. Elle connaissait son travail, sa réputation.

— Eric m'a dit que tu es en train de finir ta formation ? demanda Evan avec un accent prononcé.
— Oui ! Plus que quelques semaines et je serais certifiée.
— Je lui ai également montré tous les dessins que tu m'envoies ces derniers mois. Ta technique s'améliore et les faire avec une aiguille ne l'a pas effrayée non plus.
— Je cherche en réalité deux personnes. Donc si l'une d'elles n'est pas encore expérimentée, cela ne me pose pas de problème. On pourra la former. Il se trouve que je vais devoir faire des allers-retours avec mon salon d'Atlanta.
— D'accord…
— Par ici ! L'agent nous attend.

Il était 15 heures et c'était un début d'été ensoleillé. Le parvis de la Défense était bondé d'une population relativement éclectique. Les costumes-cravates côtoyaient des jeunes en jeans assis sur le parvis ou faisant du skate. Ils prirent la direction du centre commercial. Evan avait trouvé un local pas loin.

Vanessa esquissa un sourire. Si son travail plaisait à Evan et qu'il acceptait de faire d'elle sa nouvelle apprentie, elle serait de retour à la Défense mais cette fois-ci selon ses propres règles. Elle regarda autour d'elle pour s'imprégner à nouveau des tours et de l'effervescence du lieu.

Après la visite de son probable futur local dans lequel son nom serait associé à celui d'un tatoueur connu, elle envoya un message à ses amies : *« Apéro dans l'herbe ? »*. Manon fut la première à répondre : *« Apéro !!!! Je prends deux bouteilles de rosé et les verres ! »*. Vanessa lui répondit qu'elle s'occuperait de prendre de quoi grignoter et lui indiqua le parc dans lesquel elles se retrouveraient. Tumi lui répondit quelques minutes plus tard en lui confirmant l'heure et le lieu.

Elle avait encore une heure devant elle. Elle sillonna le parvis et finit par s'assoir sur des marches près d'un groupe de post adolescentes qui prenait des photos d'elles à tour de rôle. Elle se dit qu'elle avait agit sur un coup de tête. Et si Evan ne souhaitait pas s'associer à elle parce qu'elle était novice ? « Eh ben, tu te lanceras toute seule comme une grande. », lui répondit une petite voix au fond d'elle. « Et si personne n'aimait mon travail ? Et si personne n'avait envie de se faire tatouer par moi ? Je n'ai pas le profil classique du tatoueur ? « Quel est le profil classique d'un tatoueur ? Et si tout le monde aime tes dessins et ton art ? », lui retorqua la voix.

Vanessa soupire. Il est primordial qu'elle arrête de douter. Elle se sent enfin motivée et épanouie dans ce qu'elle fait. Elle ne ressent plus pression sociale de bien faire, d'avoir un statut de cadre participant à un capitalisme gourmand. Elle sait qu'elle ne veut pas y retourner. Second soupir.

Vanessa regarde l'heure sur ton téléphone. Elle a encore un peu de temps. Elle sait que le seul obstacle entre elle et sa nouvelle carrière ne se trouve plus uniquement dans sa tête. Elle finit par composer le numéro de son père, prends une grande respiration à l'intonation à son oreille.

— Bonjour Jeune fille ! Tu n'es pas au travail ?

— Bonjour Papa, j'ai quelque chose d'important à te dire.

*« Oh the time has come for my dreams to be heard*
*They will not be pushed aside and turned*
*Into your own, all 'cause you won't listen*
*Listen, I am alone at a crossroads*
*I'm not at home in my own home*
*And I've tried and tried*
*To say what's on my mind*
*You should have known.* * »*

* *Beyoncé – Listen (Dreamgirls Original Soundtrack, 2006)*

# Les Gens Biens

|

# Nice People Eat Last

*« I'm a host of imperfection*
*And you see past all that*
*I'm a peasant by some standards*
*But in your eyes I'm a queen*
*You see potential in all my flaws*
*And that's exactly what I mean*
*You catch me when I fall*
*Accept me flaws and all*
*And that's why I love you** »

* *Beyoncé – Flaws and All (B'Day Deluxe Edition, 2007)*

# 1

La sonnerie de l'interphone retentit ; c'était Idrissa. Il était venu tout de suite après son travail. Comme elle ne répondait pas, il entra ; il connaissait le code de l'immeuble et avait un double des clés. Il la trouva en pyjama dans sa chambre en train de pleurer, sa perruque posée à même le sol.
— Mariam, ça va, ma douce ?
— Nooooon… sanglota-t-elle.
— Qu'est-ce qu'il s'est passé ? Raconte-moi.

Idrissa avait déjà une idée de ce qu'il s'était passé. Ce n'était pas la première fois qu'elle l'appelait en pleurant, et à chaque fois, c'était à cause de Bertrand. Leur couple, si on pouvait l'appeler ainsi, avait connu autant de ruptures qu'il y avait eu de rois en France.

— Je les ai vus ensemble, aujourd'hui… Elle est enceinte… Tu te rends compte ? Enceinte. Il m'avait promis qu'il allait la quitter. Qu'elle ne signifiait plus rien pour lui et qu'on allait pouvoir bientôt s'installer ensemble.
— Je vois…
— C'est vraiment un salaud ! Il disait que c'était fini entre eux, qu'ils faisaient chambre à part et que ce n'était qu'une question de temps avant que l'avocat n'envoie les papiers du divorce. Et là, Monsieur joue le mari et futur père comblé avec sa pouffe.
— Ne dis pas ça…
— Mais pourquoi il n'est pas comme toi ?! dit-elle en fondant à nouveau en larmes.

Idrissa eut un pincement au coeur, mais il ne dit rien. Mariam ne le voyait pas autrement que comme un ami. Ils se connaissaient depuis le lycée et Idrissa avait toujours été son protecteur et confident. Ils avaient grandi, depuis, et il aurait aimé avoir un autre rôle dans sa vie, mais elle semblait ne voir en lui qu'un frère. Il avait bien essayé de l'oublier, mais à chaque fois qu'il essayait de passer à autre chose, d'entamer une relation amoureuse avec d'autres filles, Mariam semblait toujours avoir un problème qui nécessitait toute son attention.

Pendant qu'elle prenait sa douche, il appela Awa, la soeur aînée de Mariam, pour régler les derniers détails de son anniversaire surprise, le lendemain, avant d'aller ouvrir au livreur. Il avait commandé à manger dans leur fast-food préféré. Lorsqu'il revint dans le séjour, Mariam était assise sur le canapé et cherchait un film à regarder. Elle portait un short de pyjama et un vieux T-shirt. Idrissa avait du mal à se concentrer sur le film, et le fait que Mariam se soit rapprochée et collée à lui n'aidait pas. Lorsqu'elle remarqua la bosse qui se profilait sous le pantalon d'Idrissa, elle posa sa tête sur son épaule et commença à le caresser doucement. Son cerveau lui disait de se lever et de partir mais, sans qu'il comprenne vraiment comment, ils se retrouvèrent dans la chambre, sans leurs vêtements.

À son réveil, Idrissa ne savait pas trop quoi penser de la situation. Il se demanda si Mariam ressentait la même chose que lui et voulut avoir une discussion avec elle pour clarifier les choses. Mais il était déjà en retard pour commencer sa garde. Dans les transports, il lui envoya un message pour l'inviter au restaurant, la couverture pour l'anniversaire surprise, et ils discuteraient à tête reposée en rentrant de la soirée.

En arrivant au restaurant, elle sursauta lorsque tous les invités crièrent en choeur : « Joyeux anniversaire Mam ! ». Une quinzaine de personnes, des collègues et proches de Mariam, occupaient une table à l'écart du restaurant. Après avoir salué chaleureusement chacun des invités, elle prit place à table et voulut déballer ses cadeaux

tout de suite.
— Tu devrais commencer par le cadeau d'Idrissa. Tu vas adorer !
— Wawa… Ne me dis pas que c'est ce à quoi je pense…
— C'est exactement ce à quoi tu penses !!
— Driss… Sérieux ?
— Joyeux anniversaire, ma douce, dit-il en lui tendant un billet pour le concert de Beyoncé.
— Le jour de la vente, il s'est levé à six heures pour être sûr d'avoir des places. Le concert était sold out en seulement dix minutes. T'as vraiment de la chance, lança Awa.
Elle se leva pour aller prendre dans ses bras Idrissa et lui murmurer à l'oreille un « Merci ! » plein de tendresse. Si cela n'avait dépendu que de lui, ils seraient restés comme ça encore longtemps.
— Tous les deux, vous feriez un beau couple. Déjà que vous vous comportez comme tel !
— N'importe quoi, lança Mariam en éclatant de rire. Driss et moi sommes juste amis, pas besoin de chercher plus que ça.

Idrissa, à qui la réponse et l'attitude de Mariam ne plurent pas, vida son verre de vin et appela un des serveurs pour prendre les commandes.

# 2

Mariam arrivait toujours la première au travail. Elle aimait passer un peu de temps seule dans les vestiaires des employés à masser ses jambes et le bas de son dos. Lorsqu'elle commençait son service, elle pouvait passer trois à quatre heures debout, sans pause. Mais en dépit de la pénibilité, elle aimait son travail. Utiliser ses talents pour aider les gens à se relaxer et à prendre conscience de leur beauté, pour elle, ça n'avait pas de prix.

Elle travaillait depuis un an déjà dans un des vingt instituts du réseau qui était installé dans un hôtel de luxe. C'était rare que des femmes « comme elle », comprendre « issues de la diversité », se retrouvent dans des établissements de haut standing comme celui-ci, mais son acharnement avait eu raison des réticences des ressources humaines. Son professionnalisme, le chiffre d'affaires généré et les retours des clients dans les précédents instituts dans lesquels elle a travaillé parlaient d'eux-mêmes. Mais Mariam avait tout de même mis en place une stratégie pour que la Direction ait vent de son travail. Elle disait souvent en rigolant – mais pas tant que ça, finalement – qu'en tant que femme noire, elle ne pouvait pas se permettre d'être invisible sur son lieu de travail. « Les gens doivent se souvenir de moi, mes résultats doivent parler plus fort que ceux des autres. L'humilité n'a pas sa place, ici. Sinon, on m'éjectera. »

Son seul regret était d'avoir accepté de changer son prénom, au travail. Quand elle passait le pas de la porte, elle n'était plus Mariam ; elle devenait Marie. C'était particulier comme changement, comme une sorte de dédoublement de la personnalité. Même après quatre ans et deux entreprises, elle ne s'y était toujours pas faite. « Ce sera plus simple à retenir, pour les clients », lui avait-on dit.

Elle referma son casier, enfila son uniforme et se dirigea vers le tableau des plannings. À l'exception de deux modelages en fin de matinée, elle n'avait que des soins rapides à effectuer aujourd'hui ; ça lui laisserait le temps de faire l'inventaire et de préparer le réapprovisionnement des stocks. Les clients pour le premier modelage – un couple qui célébrait son cinquième anniversaire de mariage – avaient finalement annulé leur rendez-vous pour rester au chaud dans leur suite. Le deuxième rendez-vous, un important homme d'affaires, était un client habituel de l'hôtel et de l'institut. Lorsqu'il était de passage pour ses déplacements professionnels, il demandait toujours à être pris en charge par Lucie. Malheureusement, elle était en arrêt maladie et c'était à Mariam de la remplacer.

Elle commençait toujours ses soins par un nettoyage minutieux de ses mains ; dans son métier, l'hygiène était la règle à ne jamais transgresser. Elle s'assurait ensuite que le client était confortablement installé et prêt pour le soin. Enfin, elle appliquait une lotion aux huiles essentielles sur le dos du client.

— Hmmm… ça sent bon. Comme vous, d'ailleurs, dit-il, allongé sur la table de massage.
— Vous avez mal quelque part, Monsieur ?

Elle voulait s'assurer d'avoir bien entendu.

— Je disais que cette huile sentait bon et que vous aussi.

Elle essaya de ne pas y prêter attention et continua son travail. Elle s'attarda sur le bas de la colonne vertébrale, où le client disait se plaindre de légères douleurs. Il poussa un léger soupir de soulagement qui mit Mariam mal à l'aise. Elle essaya de se convaincre que c'était dans sa tête et continua le modelage. Mais au fur et à mesure que la séance avançait, le client faisait des commentaires qu'elle trouvait déplacés. Elle aurait voulu sortir de là et demander à être remplacée, mais toutes les autres filles étaient prises. Elle conserva un visage impassible, professionnalisme oblige. Elle lui demanda de se retourner et de se mettre sur le dos afin de terminer la séance par un soin du visage.

— Je suppose que Lucie vous a précisé que pour mes finitions, j'appréciais particulièrement qu'on prenne le temps de me détendre. Mais ça ne devrait pas être un problème pour vous avec vos mains douces et fermes à la fois.
— Veuillez m'excuser, Monsieur, mais je ne comprends pas votre demande. Je vais consulter ma Directrice pour…
— Ne faites pas semblant, je vous prie, si vous avez accepté de remplacer Lucie, c'est que vous avez été briefée sur mes demandes en extra. Alors, dépêchez-vous de finir, j'ai une réunion dans trente minutes !

Il retira sa serviette et prit la main de Mariam pour la poser sur son entrejambe dévoilé. Mariam poussa un cri strident en reculant et s'adossa au mur.
— Écoute-moi bien, petite garce, tu vas la fermer et finir ton boulot comme il se doit. Et pour la peine, fais-moi aussi une petite pipe. Avec des lèvres comme les tiennes, je vais certainement jouir comme jamais.

Il s'était redressé et lui faisait désormais face, bloquant le passage vers la porte. Mariam avait peur. Ce riche client s'apprêtait probablement à l'agresser et personne ne prendrait sa défense. En plus, pour une femme noire ?! Non, de toute évidence, tout le monde fermerait les yeux et la victime deviendrait la coupable qui cherche à salir la réputation d'un homme intègre. On la menacerait même probablement de détruire sa carrière. Elle n'avait donc pas le choix, elle ne pouvait compter que sur elle-même.

Pendant qu'elle réfléchissait à un moyen et un discours plein de diplomatie pour s'extirper de cette situation dangereuse, le client lui prit à nouveau le bras et l'attira à lui. D'une main, il baissa le pantalon de son uniforme pour caresser son postérieur et de l'autre, il dirigea vers son sexe en érection la frêle main d'une Mariam horrifiée. Elle ne se souvenait pas exactement comment, mais elle réussit à le repousser et à renverser la table de massage, avant de l'enjamber pour s'enfuir. Même si elle ne faisait que se défendre, elle savait que son geste allait lui coûter son poste. Elle ne le savait que trop bien, mais elle n'avait pas d'autre choix que se défendre.

# 3

Idrissa n'en revenait pas ; il était à la fois dégoûté et en colère par ce que Mariam lui racontait entre deux sanglots. Il l'avait trouvée recroquevillée sur son canapé en rentrant du boulot. Rien d'alarmant, de prime abord, elle avait aussi un double des clés de son appartement. Quand elle finissait tard à l'institut ou qu'elle sortait avec des amis et avait peur de rentrer seule chez elle, elle dormait chez lui. Ils avaient terminé la soirée sur le canapé à regarder ensemble Parks and Recreation. Elle adorait cette série et riait à gorge déployée devant les répliques de Leslie Knope. Il ne se lassait pas de son rire et chérissait chaque instant passé avec elle.

Mais cette fois, quelque chose n'allait pas. Il pouvait bien voir le gonflement de ses yeux, les mouchoirs usagés au sol et son air effrayé. Et lorsqu'elle lui raconta en détail l'agression qu'elle venait de subir, il n'eut qu'une envie : retrouver ce porc et lui dire le fond de sa pensée avec ses poings. Il était certainement encore à l'hôtel.

— Je vais aller le trouver et lui faire passer l'envie d'être un sale enfoiré de merde ! Nous ne sommes pas là pour les satisfaire et les distraire quand ils s'ennuient.

— Non, s'il te plaît, Driss, reste là… Reste avec moi.

Il ne savait pas lui dire non, encore moins avec ce regard apeuré et cette voix tremblante. Il ne pouvait clairement pas la laisser seule. Elle était encore sous le choc, même des heures après. Il se rassit et la laissa se glisser dans ses bras. Elle reniflait encore de temps à autre, mais ne pleurait plus.

— Tu as mangé ?

Elle fit non de la tête. Depuis qu'elle était partie en courant de l'institut, elle n'avait pu rien avaler ; son estomac était encore noué. Elle avait marché pendant plus d'une heure pour arriver chez Idrissa. Heureusement, elle gardait toujours son trousseau de clés dans la poche de son uniforme. Le reste de ses affaires était resté dans son casier, à l'hôtel. Son téléphone, sa carte bancaire, son pass Navigo, son portefeuille, tout. Elle n'avait que son uniforme et son trousseau de clés.

— Il faut que tu manges quelque chose ; il me reste un peu de soupe aux lentilles d'hier. Je vais la réchauffer. Si tu veux prendre une douche et te changer, j'ai des pyjamas que je n'utilise plus, dans le placard du couloir.

Elle se dirigea vers la chambre, et lui, vers la cuisine. Ils se retrouvèrent dix minutes plus tard à nouveau sur le canapé. Lorsqu'elle termina son bol de soupe, elle se blottit à nouveau dans les bras d'Idrissa ; elle s'y sentait en sécurité. Au bout de quelques minutes, elle s'endormit au rythme des battements de son coeur. Elle avait posé sa tête sur sa poitrine pendant qu'il passait ses doigts entre ses nattes collées.

Idrissa ne savait pas combien de temps il avait dormi. Il chercha son téléphone qui était posé sur la table basse ; deux appels en absence et un message de Yannick, son meilleur ami : T'es où ? On t'attend pour le match. Il avait aussi un mail de PackingSkills avec, en objet : Candidature Londres – acceptée. Il le reposa et se rendormit en prenant soin de bien replacer le plaid sur Mariam.

C'est le bruit de la clé dans la serrure qui le réveilla à nouveau. L'horloge du décodeur indiquait six heures quarante-huit. Mariam était allée acheter des croissants et essayait de rentrer en faisant le moins de bruit possible.

— Tu es déjà debout ? Je voulais préparer le petit déj avant que tu te réveilles.

— Tu peux le faire pendant que je prends ma douche. Je dois être à la clinique dans deux heures ; mon service commence à huit heures

trente. Et avec la grève des transports aujourd'hui, je préfère partir plus tôt.
— Okay, ça marche. Tu as bien dormi ?
— Oui, plutôt bien. Et toi, comment tu te sens ?
— Ça va mieux. Je vais aller à l'institut pour récupérer mes affaires.
— Tu vas y aller seule ? Ce ne serait pas mieux d'y aller avec Awa, par exemple ?
— Non, ça ira, ne t'inquiète pas.
— Okay. Bon, je file à la douche, dit-il en l'embrassant sur le front.

***

Après une journée éreintante comme celle-ci, la dernière chose dont Idrissa avait envie, c'était d'être serré comme une sardine dans le métro et de supporter les odeurs provoquées par la chaleur et probablement une mauvaise hygiène corporelle des autres voyageurs. Mais voilà, le train était bloqué sur les voies depuis dix minutes. Aucune explication, on leur demandait simplement d'attendre. Le plus énervant étant qu'il descendait juste deux arrêts plus loin.

Il profita de l'occasion pour relire le mail de PackingSkills. Depuis deux jours, il n'arrêtait pas de lire et relire les quelques lignes du mail et la pièce jointe. Il devait retourner le formulaire pour confirmer son inscription au programme. Il n'arrivait toujours pas à croire que sa candidature avait été acceptée. Ses collègues lui disaient que jamais il ne serait pris. Et voilà que maintenant, il allait pouvoir suivre une formation de deux ans dans un centre hospitalier réputé. À son retour, s'il revenait en France, il pourrait prétendre au poste de médecin urgentiste, son rêve. Et peut-être que Mariam accepterait de partir avec lui. Le train, qui avait recommencé à avancer, le sortit de ses pensées. Arrivé à son arrêt, il dut jouer des coudes pour sortir de la rame.

— Faites attention, bon sang, pas besoin de bousculer !
— Vous voyez bien que j'essaie de descendre.

Les gens étaient vraiment sur les nerfs, avec cette grève. Et le syndicat ne semblait pas vouloir arrêter de sitôt. Idrissa se dépêcha de sortir de la gare et d'aller chez Mariam. Il voulait partager la bonne nouvelle avec elle. Depuis ce que la Direction de l'institut appelait « l'incident », elle avait été mise en arrêt de travail forcé avec indemnités. Le groupe souhaitait éviter que l'affaire ne s'ébruite davantage et Mariam avait été assignée à un autre institut, moins prestigieux. Idrissa avait bien essayé de la pousser à porter plainte, mais elle refusait et disait vouloir oublier, passer à autre chose. « Et si on faisait en sorte qu'autre chose, ce soit toi et moi à Londres ? »

Il la trouva bien chez elle, mais elle n'était pas seule. Bertrand aussi était là, installé en territoire reconquis. Mariam lui expliqua rapidement qu'il avait eu vent de son agression et était venu prendre des nouvelles. Idrissa était agacé. Il prétexta être venu chercher un livre dans la bibliothèque de Mariam et s'en alla sans demander son reste.

# 4

— Ça y est, c'est le départ ?
— Oui, je pars la semaine prochaine.

Cela faisait deux mois qu'Idrissa préparait son départ pour Londres. Entre les nombreuses démarches administratives et les patients, il n'avait plus une minute, ni pour lui ni pour Mariam. Ils se voyaient moins souvent, mais ils continuaient de discuter sur WhatsApp. Il y a deux mois, elle lui avait envoyé un message précisant qu'entre Bertrand et elle, c'était vraiment fini. Et que cette fois, elle tiendrait bon. *Il ne quittera jamais sa femme, sa famille, pour moi. Je le sais, maintenant.*
— Et Mam, elle en pense quoi ?
— Je ne lui ai encore rien dit.
— Idrissa, il faut que tu lui dises. Pour ça, et ce que tu ressens pour elle.
— Wawa…
— Laisse-moi terminer. Tu es un mec bien et il faut être aveugle ou dans le déni pour ne pas remarquer comment tu la regardes ; tu es attentionné et toujours là pour elle. Tu es amoureux d'elle et il faut que tu lui dises.
— Je vais y réfléchir.
— J'espère bien. Ça fait trop longtemps que vous vous tournez autour, je suis fatiguée de votre jeu de cache-cache.

Idrissa esquissa un sourire ; il n'avait pas pensé que ce dîner avec Awa se transformerait en session de coaching séduction. C'est vrai qu'elle les avait vus grandir, et d'aussi loin qu'il se souvienne, elle avait toujours fait des allusions sur eux. La nuit fut longue pour Idrissa. Il se retourna encore et encore dans son lit. Il risquait énormement s'il lui avouait ce qu'il ressentait et que ce ne soit pas réciproque. Leur amitié en pâtirait et rien ne garantissait qu'ils resteraient amis. « Mais d'un autre côté, si elle ne ressentait rien, pourquoi a-t-elle couché avec moi ? », pensa-t-il en se retournant pour la énième fois dans son lit.

***

Maintenant qu'il était assis à côté d'elle sur le canapé, la gorge nouée, il se dit que ce n'était peut-être pas une bonne idée de lui déclarer sa flamme. Pourtant, ce matin, à son réveil, il était très confiant. Il avait répété son discours devant le miroir de la salle de bains pour que ce soit clair et direct. Mais là, devant Mariam qui le regardait, ne comprenant pas pourquoi il restait silencieux, il sentait la panique monter en lui.
— Driss, ça va ? Tu as l'air bizarre. Il y a quelque chose que tu veux dire ?

« Merde, elle sait. Elle sait et je suis juste ridicule, comme ça. Je ne peux pas lui dire, il faut que je parte d'ici », se dit-il. Mariam se rapprocha de lui et posa sa main sur la sienne et le calme s'installa dans sa tête.
— Driss, parle-moi.
— Je pars à Londres, pour une formation.
— Wow, c'est génial, ça. Tu pars combien de temps ?
— Deux ans.
— C'est trop cool, tu vas voir Buckingham Palace et tout.
— On pourrait aller le voir ensemble… si tu veux.

Elle le fixa, perplexe.
— Mariam, je suis amoureux de toi depuis le lycée. Tout ce temps, je ne t'ai rien dit parce que j'avais peur que tu ne ressentes pas la même chose que moi et que ça gâche la relation que nous avons déjà. Puis tu t'es mise avec Bertrand, et même s'il est marié, je savais que

tu ne le quitterais pas. Alors je n'ai rien dit. Mais là, je pars et je tente ma chance. Je souhaite être plus qu'un simple ami…

Mariam ne disait rien. Après un moment de silence, il reprit :

— Ne te sens pas obligée de me dire « oui » juste pour me faire plaisir. Je veux que tu sois heureuse, que ce soit avec moi ou quelqu'un d'autre. Je respecterai ta décision, quelle qu'elle soit. Je ne veux pas partir et regretter de n'avoir rien tenté.

Il se rapprocha d'elle, ils étaient désormais tout près l'un de l'autre. Il posa sa main sur son visage, et lentement, il l'attira vers lui et l'embrassa. Elle lui rendit son baiser, mais continua à garder le silence.

— Je n'attends pas une réponse maintenant. Prends le temps d'y réfléchir. Le jour du voyage, je t'attendrai dans le taxi en bas de l'immeuble. J'espère que tu viendras. Mais si tu ne viens pas, au moins, je serai fixé.

— Driss, je suis désolée… mais je préfère qu'on reste amis. Ce qu'il s'est passé la dernière fois était une erreur qui ne se reproduira plus. J'étais en colère contre Bertrand et j'avais besoin de me défouler. Jamais je n'aurais pensé que c'était sérieux, pour toi. Et puis… je suis désolée, mais tu n'as jamais vraiment été mon genre d'homme. J'espère qu'on pourra continuer comme avant et…

Avant qu'elle ne termine sa phrase, il s'était levé, avait retiré de son trousseau le double des clés de son appartement qu'il avait et s'en alla. Au moins, maintenant, il était fixé.

*« There's nothing not to love about me*
*No, no, there's nothing not to love about me*
*I'm lovely*
*There's nothing not to need about me*
*No, no, there's nothing not to need about me*
*Maybe you're just not the one*
*Or maybe you're just plain…*
*Dumb !* »*

* *Beyoncé – Why Don't You Love Me ? (I Am… Sasha Fierce, 2008)*

# Inséparables
# |
# The Two of Us

*« She was lost in so many different ways*
*Out in the darkness with no guide*
*I know the cost of a losing hand*
*There but for the grace of God go, I.* [*] »*

* *Beyoncé – Ave Maria (I Am… Sasha Fierce, 2008)*

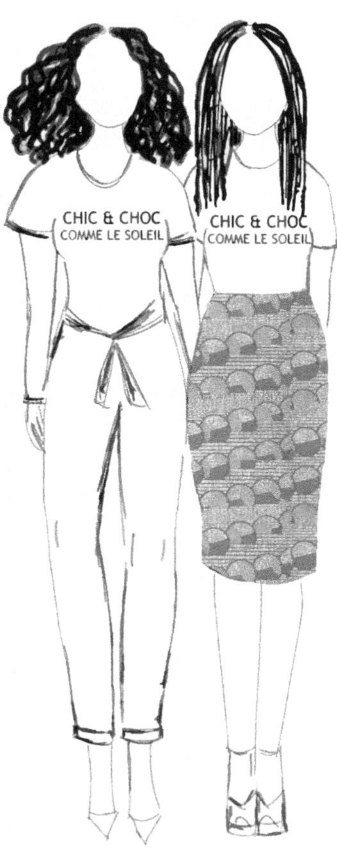
CHIC & CHOC
COMME LE SOLEIL
CHIC & CHOC
COMME LE SOLEIL

# 1

Je me souviens très précisément du jour où j'ai rencontré Ashley. C'était un de ces jours qui vous marquent et restent gravés dans votre mémoire. C'était mon premier jour à l'école ivoirienne pour l'excellence, un établissement réputé pour la qualité de son enseignement et ses excellents résultats aux examens nationaux. Mon père, qui venait d'être nommé ambassadeur de la RDC à Abidjan, tenait à ce que j'apprenne dans le meilleur établissement de la ville. On y retrouvait la progéniture des hauts cadres de la ville, mais aussi des enfants d'expatriés, français pour la plupart. Ma mère m'avait fait des tresses, une coupe carrée au niveau des épaules, et avait apprêté avec soin mon uniforme.

Ma nouvelle institutrice m'avait présentée rapidement au reste de la classe de CM1 et m'avait indiqué un pupitre au premier rang où m'asseoir. À l'heure de la récréation, Clément, un garçon plus âgé – en CM2, je crois – et sa bande d'amis s'amusaient à me suivre dans la cour et à m'insulter. « Hé ! Médusa ! Ils vont bien, tes serpents ? », « Mais qu'est-ce que t'es noire ! Elle est tellement noire que je suis sûr qu'on ne la voit pas pendant la nuit » et d'autres joyeusetés. À un moment, l'un d'entre eux m'a fait un croche-pied et je suis tombée en avant. J'étais là, par terre, à pleurer en ramassant mes affaires quand je l'ai entendue : « Face de lait périmé, laisse-la tranquille ou je raconte à tout le monde ce que tu as fait l'année dernière ! ». C'était Ashley.

Ils s'étaient retournés et elle leur faisait face, maintenant. Elle avait à peu près la même taille que moi, mais était plus svelte. Son bandeau violet à paillettes retenait ses longues boucles ondulées. Ses lunettes rondes surmontaient un nez fin et protégeaient ses grands yeux marron. Elle se tenait face à eux, comme si elle était prête à les affronter en combat singulier. Visiblement, son bluff avait fonctionné puisque les trois garçons m'ont laissée tranquille. J'étais toujours au sol, à essayer de ramasser le peu de dignité qu'une gamine de dix ans pouvait avoir dans une situation pareille. Pendant que les autres élèves dans la cour de récré nous regardaient, et – je crois – se moquaient aussi de moi, Ashley s'est approchée et m'a proposé de m'accompagner à l'infirmerie pour qu'on me donne des vêtements de rechange. J'ai ainsi passé le reste de la journée en vêtements de sport, mais j'avais gagné une amie.

Ashley et moi étions toutes les deux en CM1, mais pas dans le même groupe. On ne se croisait qu'à la récréation et à la cantine. Des pauses ludiques et nécessaires que nous passions ensemble. Elle m'avait présentée à son groupe d'amis qui m'avait tout de suite acceptée. Ashley était la seule fille de la bande ; et les garçons la taquinaient parfois, lui disant qu'elle n'était plus la chouchoute du groupe. Ce à quoi elle répondait que ce n'était pas plus mal, qu'elle en avait ras le bol de traîner avec des moches.

C'est accompagnée de mes nouveaux amis que j'ai terminé mon année de CM1. Certes, pendant les cours, nous étions séparés, mais je savais que je pouvais compter sur eux et ils pouvaient faire de même. À la fin de l'année de CM2, j'ai supplié mes parents pendant deux semaines de m'inscrire dans le même collège qu'Ashley. Nous voulions coûte que coûte être dans le même établissement, voire dans la même classe. Et lorsque Ashley m'a offert un bracelet de l'amitié pour mon anniversaire, j'ai su que nous serions amies pour la vie.

# 2

À force de nous voir tout le temps ensemble, les autres, au lycée, nous appelaient Chic et Choc. Nous en avons fait notre slogan, « Chic et Choc, comme le soleil ». Nous étions si différentes, une métisse à la peau couleur or et une Noire au teint foncé ; pourtant, nous faisions bloc face aux autres. Quiconque s'attaquait à l'une de nous devait aussi affronter l'autre. Je l'agaçais avec ma manie de me faire craquer les doigts ; elle m'irritait avec ses bruits de bouche en mangeant. Mais on s'aimait beaucoup ; « il faut beaucoup d'amour pour supporter les défauts de l'autre », dit-on.

Mes parents, après avoir rencontré ceux d'Ashley, avaient consenti à me laisser passer les samedis après-midi chez Ashley où on révisait en mangeant les gâteaux faits maison de M^me^ Lalonde. Et les siens la laissaient parfois dormir chez moi. Pendant nos soirées pyjama, elle m'apprenait le nouchi, et moi, je lui apprenais quelques mots en lingala. Elle disait que c'était une langue agréable à l'oreille. On écoutait Janet Jackson, Papa Wemba ou Brenda Fassie en se confiant nos secrets. C'est à elle que je m'étais empressée de raconter ma première fois ; elle m'avait détaillé ses expériences intimes sous la douche. Je lui confiais mes nombreux béguins d'ado ; et elle, un soir, pendant les grandes vacances de juillet-août où nous baignions dans la fumée de nos joints, elle m'a avoué à demi-mot son attirance pour les filles et qu'elle espérait que cela ne changerait rien à notre amitié.

Pourtant, les choses ont bien changé quelques semaines plus tard. Nous étions en classe de première, et comme pour toutes les rentrées scolaires, nous scrutions les nouveaux arrivés. Il y en avait un qui sortait particulièrement du lot ; Bilal. À mes yeux, il était très beau. De parents sénégalais, il était né et avait grandi à Abidjan, même si sa famille se rendait régulièrement à Saly, la ville d'où ils étaient originaires. Bilal était grand, il devait faire 20 cm de plus que moi, au moins. Sa belle peau d'un noir profond et ses cheveux crépus, mais portés courts, donnaient envie d'y passer doucement du beurre de karité. Ses yeux marron, j'avais l'impression qu'ils me transperçaient à chaque fois qu'il me regardait. Son sourire chaleureux achevait de me faire fondre. J'ai tout de suite flashé sur lui. J'ai usé de toutes les astuces discrètes, du moins c'est ce que je croyais, pour attirer son attention. En tant que déléguée de classe, je me suis proposée pour lui faire visiter l'établissement. J'avais changé de place pour être plus près de lui, laissant Ashley toute seule au fond de la classe. Dès qu'il avait quelques difficultés en cours, je me proposais de lui expliquer ce qu'il ne comprenait pas.

Il faut croire que mes efforts avaient fini par porter leurs fruits, puisqu'au début du 2e trimestre, il m'a invitée à une fête qu'il organisait chez lui. C'était une de ces fêtes d'après-midi où nous séchions les cours et où nous profitions que nos parents étaient encore au travail pour nous amuser. Ashley n'appréciait pas beaucoup Bilal, c'était bien la seule de la classe, mais pour moi, elle voulait bien faire des efforts. Elle n'avait pas envie de venir à cette fête, même si Bilal l'avait aussi invitée, mais elle avait promis de me servir d'alibi si jamais mes parents demandaient après moi. « Fais attention à toi, Désirée, watch your drinks. » Elle m'avait sermonnée. C'était vraiment une mère poule avec moi.

La veille, j'avais mis dans mon sac une robe plutôt sexy, qui mettait en avant mes formes et avantageait même ma petite poitrine. Après les cours et un rapide passage à la bibliothèque, je pris un taxi pour me rendre à Cocody, chez un garçon que je ne connaissais pas vraiment, pour y boire de l'alcool et plus, si affinités. Je ne sais toujours pas quel courage m'habitait ce jour-là ! Le taxi m'a laissée devant chez Bilal, sans manquer de me gratifier d'un regard réprobateur.

Une jeune fille, certainement de bonne famille, qui traverse tout Abidjan en petite robe moulante, c'était forcément pour aller *mougoupan*.

L'agent de sécurité m'a fait entrer dans la villa et m'a demandé d'attendre près du portail qu'il aille chercher Bilal. Ils sont revenus tous les deux quelques minutes plus tard. Lorsqu'il m'a vue, Bilal a eu l'air surpris, presque déçu.
— Tu es seule ? Je croyais que ta jumelle et toi étiez inséparables ?!
— Oui, ça arrive qu'on fasse des choses chacune de notre côté. Elle a préféré rester travailler à la bibliothèque.
— Oh okay… Dommage !
— Cache ta joie ! Je peux aussi rentrer chez moi, si tu veux.
— Pas avec la robe sexy que tu as sapée là, dehh !

La fête battait son plein dans le séjour et les autres pièces pour davantage d'intimité. Assez vite, je me suis retrouvée avec un verre, de Coca pour commencer, puis quelque chose de plus fort. Je ne sais pas si c'était le courage de l'alcool ou mes hormones, mais je suis allée chercher Bilal qui discutait avec des potes et nous nous sommes isolés dans le bureau de son père.
— Alors, comme ça, tu m'invites chez toi et tu me laisses seule avec ton ami *mundele* ?
— Bah, c'est pour lui que je t'ai invitée ! Et moi, j'étais censé distraire Ashley pendant ce temps. D'ailleurs, tu penses que tu peux lui glisser un mot gentil sur moi ?
— Attends, avec tous les signaux que je t'envoie depuis le début de l'année, tu crois que je serais partante pour t'aider à draguer ma meilleure amie ?
— Oui, j'avais remarqué… Ce n'est pas pour être méchant, hein, tu es jolie, pour une fille dans ton genre, mais je préfère les filles à la peau claire. *C'est là-bas y'a la joie !*

J'ai vu rouge. Je serais moins belle qu'Ashley simplement parce que j'ai la peau plus foncée qu'elle ?

— Déjà, il faudrait qu'Ashley aimes ce que tu as dans ton entrejambe, ai-je lancé sans réfléchir.
— Quoi ? Attends, tu es en train de me dire qu'Ashley est une *gouine* ?

À cet instant précis, en voyant l'expression de dégoût sur son visage, je compris que j'avais commis une faute irréparable. J'avais trahi ma meilleure amie et je ne pouvais m'empêcher de m'en vouloir. Mais il était déjà trop tard, le lendemain, tout le lycée serait au courant. Et peut-être même tout Abidjan.

# 3

Abidjan n'est pas la ville la plus *gay-friendly* que je connaisse. Sans vouloir généraliser, les pays africains sont loin d'être des havres de paix pour les homosexuels, les personnes transgenres et tous ceux et celles que nos sociétés traditionalistes considèrent comme des abominations. J'avais entendu des histoires horrifiantes où des parents payaient des gens pour avoir des rapports forcés avec leurs enfants afin de les guérir de leur « déviance ». *Les gens ont vraiment les foutaises !*

Comme je le craignais, la nouvelle s'est répandue comme une traînée de poudre dans le lycée. Au début, les gens murmuraient juste au passage d'Ashley. Puis les choses ont pris de l'ampleur. Certains refusaient de s'asseoir à côté d'elle à la cantine, les autres filles refusaient d'utiliser les vestiaires en même temps qu'elle ; les gens s'écartaient sur son passage comme si elle était contagieuse. Parfois, certains de nos camarades lui faisaient des signes en plaçant deux doigts autour de leur bouche et simulaient un cunnilingus. Cela a duré plusieurs semaines et je voyais Ashley dépérir. Le plus dur, pour elle, c'étaient les regards des autres. Je l'ai surprise plusieurs fois en larmes dans les toilettes du lycée. Je me sentais coupable et impuissante car je ne pouvais rien faire pour l'aider. De toute façon, elle ne m'aurait pas laissé le faire ; elle m'en voulait et je comprenais totalement.

Nous n'étions que trois à savoir pour son homosexualité : ses parents et moi. À treize ans, Ashley avait fait un mini coming out auprès de ses parents et chacun d'eux avait eu une réaction différente de ce à quoi elle s'attendait. Son père, un Ivoirien pur, avait été très compréhensif. M. Kouassi avait accepté l'orientation de sa fille avec beaucoup de bienveillance et avait posé beaucoup de questions. « Je suis un vieux baobab, mais si tu peux trouver l'ombre sous mes branches, j'aurai accompli ma mission », lui avait-il dit. M^me^ Lalonde, une Canadienne plutôt ouverte d'esprit, au contraire, avait été plus réfractaire à cette annonce. Comme beaucoup de mères, elle craignait de ne pas voir sa fille se marier en robe blanche, de ne pas avoir de petits-enfants, mais surtout, elle craignait le regard des autres. Avec le temps, elle s'était faite à l'idée.

Un jour, plusieurs semaines après ma trahison, Ashley a trouvé dans son sac à dos une note anonyme qui disait « si tu as besoin d'une bonne bite pour te remettre les idées en place, je peux t'aider ». Le lendemain, elle n'est pas venue en cours. Puis le jour d'après, et celui d'après également. J'ai bien essayé d'aller la voir, mais l'agent de sécurité avait reçu l'ordre de ne laisser entrer personne, même pas moi, sa meilleure amie. Je revenais tous les jours après les cours et j'appelais sur la ligne fixe quand je le pouvais. Lasse, M^me^ Lalonde finit par me confier qu'Ashley était partie vivre avec sa tante à Montréal. Je ne comprenais pas ; Ashley détestait le Canada. Pour elle, Abidjan, c'était sa vie, sa maison. Elle ne se voyait pas vivre ailleurs, encore moins dans un pays réputé pour ses hivers rigoureux où elle ne connaissait que la soeur de sa mère et ses cousins. Mais c'était bien vrai, ses parents sont restés encore quelques mois à cause de leurs emplois respectifs, mais ont fini par rentrer définitivement au Canada.

Et avec les événements de septembre 2002, ma famille et moi avons dû quitter la Côte d'Ivoire. Mon père a été rappelé à Kinshasa, le temps de recevoir sa nouvelle affectation diplomatique. Et moi, je me suis retrouvée en pension dans une école privée à Londres pour valider mon année de terminale. J'y ai fait mes études, j'ai eu de nouveaux amis, je m'y suis mariée et ai donné naissance à mes trois enfants, Arthur, Divine et Junior. Seize ans étaient passés ; seize années parfois trop longues, parfois trop rapides, avaient passé et je n'avais plus eu aucun contact avec Ashley. Jusqu'à l'année dernière.

Le musée The Saatchi Gallery organisait une exposition de trois artistes étrangers : Chris Martin, un peintre australien, Emiko Ishida, une sculptrice japonaise et Ashley Kouassi, une photographe canadienne. Les deux premiers, je n'avais pas la moindre idée de qui ils pouvaient être ; mais la photographe, je ne la connaissais que trop bien. C'était *mon* Ashley. J'ai hésité pendant plusieurs semaines à y aller ; c'est finalement mon mari, David, cet ange, qui a pris deux billets pour le vernissage. Il voulait qu'on fasse la paix, ou du moins que je fasse le premier pas. Il disait que ça m'aiderait à clore ce chapitre douloureux de ma vie, que je ne pouvais pas continuer à me torturer ainsi avec toute cette culpabilité qui me pesait. Je n'étais pas sûre d'être prête à affronter Ashley, mais je n'avais pas le choix ; c'était peut-être la seule chance que j'aurais de le faire.

Je crois que je n'ai jamais été aussi stressée de ma vie que pour ce vernissage. Même le jour de mon mariage et la naissance de mes enfants n'ont pas autant mis à rude épreuve mes nerfs. J'avais l'impression d'entendre battre mon coeur dans mes oreilles. Je tremblais comme une feuille. David et moi cherchions Ashley du regard. Je l'ai enfin trouvée, près d'une de ses oeuvres, le portrait n° 3 de sa série *Blue Light on Black Girls*.

Elle était magnifique. Elle portait ses dreadlocks dans un chignon haut, attaché par un turban violet à paillettes. À côté d'elle se tenait une magnifique femme noire, les cheveux très courts, quasiment à ras, et blond platine. C'était probablement sa compagne ; Ashley lui tenait la main et souriait poliment aux gens qui la félicitaient sur son travail.

Nous nous sommes approchés d'elles ; ou plutôt, David m'a tirée par le bras pour me conduire près d'elles. Lorsque Ashley nous a vus arriver à leur niveau et qu'elle m'a reconnue, elle a perdu son sourire. Je pouvais voir la colère dans son regard ; j'avais envie de disparaître sous terre.

— Bonjour Ash'…
— Qu'est-ce que tu fous ici ?
— J'ai… J'ai vu que tu exposais ici et je voulais qu'on parle… de ce qu'il s'est passé à Abidjan.
— « Ce qu'il s'est passé à Abidjan » ? Tu veux dire la fois où tu as foutu ma vie entière en l'air ??!
— *Honey, what's going on ? Why are you yelling ? People are looking at us.*
— *It's the fucking bitch I talked you about… She wants to fucking talk… After what she's done to me ?! Fuck no ! She can go to hell !*
— *I see… I think you should talk with her. It could help and you need it… Both of you need it.*
— *She betrayed me !! How can I talk with someone who betrayed me and stabbed me in the back when she was supposed to be a sister to me ?!*
— *I know. And that's why you should go and explain how you felt and still feel. Don't you think ?*

Ashley m'a lancé un regard noir et m'a indiqué un endroit à l'écart dans la galerie où on pourrait discuter. Ça a été vingt minutes horribles. Même seize ans plus tard, les blessures étaient toujours aussi fraîches et la douleur, la sienne comme la mienne, était toujours aussi vive. Je savais que la confrontation allait être difficile, mais je ne m'attendais pas à autant de colère, de souffrance et de peine. C'était évident qu'elle m'en voulait toujours. Et je comprenais très bien.

Elle hurlait, et moi, tout ce que je voulais faire, c'était la prendre dans mes bras et la consoler. Elle m'a repoussée, m'a versé sa coupe de champagne au visage et m'a laissée plantée là. Il semblait que j'avais perdu à jamais ma meilleure amie. Au moins, j'avais essayé.

La vie a suivi son cours, j'ai repris ma routine ponctuée de quelques accomplissements dont j'étais fière. Mes enfants, mon mari, mon travail, mes amis. Tout se passait bien, même si parfois encore, je m'isolais dans ma salle de bains pour pleurer. Les mois passaient et je m'étais résignée à tourner la page dans la mesure de ce qui était possible. Mais le message que je venais de recevoir allait tout changer à nouveau.

Si j'avais su, ce matin, en me préparant pour le travail, en prenant mon petit déjeuner ou en allant déposer les enfants à l'école que je recevrais ce message, je pense que je n'y aurais pas cru. Je faisais ma petite veille d'actualités et de prospection sur LinkedIn, lorsque j'ai reçu une invitation d'un nouveau contact. C'était Ashley. J'ai cliqué trois fois sur la photo de profil pour être sûre, j'ai relu deux fois le nom qui s'affichait, j'ai actualisé la page pour être certaine que je n'avais pas mal vu. C'était bien une demande provenant du compte d'Ashley Kouassi, photographe à Toronto au Canada. J'ai accepté et elle m'a tout de suite envoyé un InMail court et simple : « Tu accepterais d'être le témoin de mariage d'une lesbienne ? ». Et sans la moindre hésitation, j'ai répondu : « Chic Choc, comme le soleil ! ».

*« I'm your girl, you're my girl, we your girls*
*We want you to know that we love you.[*] »*

---

* *Destiny's Child – Girl (Destiny Fulfilled, 2004)*

# Les Vases Communicants
# |
# The Vessels of Life

*« I fought for you*
*The hardest, it made me the strongest*
*So tell me your secrets*
*I just can't stand to see you leaving*
*But heaven couldn't wait for you*
*No heaven couldn't wait for you*
*Heaven couldn't wait for you*
*No heaven couldn't wait for you*
*So go on, go home.*[*] *»*

---

* *Beyoncé – Heaven (Beyoncé, 2013)*

# 1

On a toujours l'impression que le temps avance lentement dans les salles d'attente. Jusqu'à ce qu'ils soient appelés, les gens y ont toujours le regard vide ou inquiet, tapotant impatiemment du pied. Chacun voulait être reçu le plus vite possible. Peut-être même avant son voisin. La salle d'attente du centre médical où exerçait la gynécologue de Mélanie n'échappait pas à la règle.

C'était la deuxième fois que Mélanie devait s'y rendre. Même si tout se passait bien, elle ne pouvait s'empêcher de s'inquiéter à chaque visite ; elle craignait qu'on ne lui annonce un problème avec les bébés. « Les bébés ». À seulement trois mois, ce n'étaient encore que des foetus. Mais pour elle, ils étaient déjà des bébés. Ses bébés.

Elle caressait en souriant son ventre, pour l'instant à peine visible, quand elle remarqua le regard insistant de la jeune fille à côté d'elle.
— Vous aussi, vous êtes une patiente du Docteur Simon ?

Elle détestait les papotages frivoles, en général. Mais elle n'avait trouvé rien de mieux pour entamer la discussion avec cette jeune fille qui avait l'air terrifiée.
— Je m'appelle Mélanie. Et vous ?
— Annabelle.
— Enchantée. Première fois ? Je dis ça car je ne vous ai jamais vue ici, avant.

Elle ne savait pas pourquoi elle lui parlait autant.

— Oui, c'est la première fois ici. C'est le seul endroit où je pouvais avoir un rendez-vous dans la semaine. Ailleurs, je n'avais rien avant plusieurs jours.
— C'est vrai que ce n'est pas évident. Les bons médecins sont difficiles à trouver ou réservés plusieurs semaines à l'avance. Vous êtes

enceinte de combien de semaines ?

Mélanie avait bien senti qu'Annabelle s'était crispée ; elle comprit que sa question était plus qu'indiscrète, beaucoup trop intrusive pour une simple discussion de salle d'attente. Qui pouvait poser ce genre de questions à quelqu'un rencontré à peine deux minutes plus tôt ?! Elle aurait détesté qu'on lui pose aussi cette question.

— Je suis désolée. C'était totalement déplacé.
— Ce n'est rien, dit-elle timidement.
— Dans tous les cas, si vous êtes avec le Docteur Simon, elle saura bien s'occuper de vous. Elle est la meilleure, dans son domaine.
— Non, malheureusement, si on peut dire, je suis avec le Docteur Deloit. Vous connaissez le Docteur Simon depuis longtemps ?
— Ça fait plusieurs années que je viens chez elle. Elle est vraiment professionnelle et prend le temps d'écouter ses patientes.

Elles bavardèrent pendant dix minutes, comme si elles se connaissaient depuis longtemps. On aurait dit deux amies de longue date.
— Mélanie ? C'est à vous.

C'était le Docteur Simon. Mélanie n'avait pas réalisé qu'elle l'attendait à l'entrée de son bureau.
— Bon, j'y vais. J'espère que ta consultation se passera bien. À la prochaine, peut-être.

En s'éloignant, elle se dit qu'elle aurait dû lui demander son numéro de portable. Juste comme ça, pour garder le contact. Mais bon, il y avait peu de chances qu'elles se revoient. Les gens se promettent de se recontacter, sans que cela ne se concrétise jamais. Elle entra dans le bureau du Docteur Simon, se retourna une dernière fois pour voir Annabelle lui sourire et lui faire un petit signe de la main.
— Alors, comment on se sent, aujourd'hui ?
— Très bien, j'ai toujours des nausées, le matin, et un peu mal au bas du dos, mais ça va. Je m'habitue doucement à ma nouvelle vie.

En réalité, Mélanie n'était toujours pas habituée à tous ces changements. Son corps oeuvrait littéralement à la création de, non pas une, mais deux personnes. Elle avait d'autant plus de mal à y croire à cause de ses troubles de fertilité. Après deux ans à essayer de concevoir de manière naturelle, ils avaient décidé de se faire accompagner, puis éventuellement de recourir à l'adoption. Il faut croire que le destin avait beaucoup d'humour ; peu de temps avant d'entamer le parcours médicalisé, ils découvrirent les deux farceurs, bien au chaud et attendant de faire une entrée triomphale dans le monde. Antoine avait sauté de joie en voyant le test de grossesse positif. Il avait embrassé fougueusement Mélanie, l'avait regardée comme si c'était la première fois et l'avait remerciée, au bord des larmes.

# 2

— Non, non, non, non, non…

Annabelle répétait « non » en boucle, comme si ça pouvait changer les choses, comme si son refus de la réalité qui se manifestait vivement par deux traits pouvait altérer le résultat. Ça ne pouvait pas être vrai. *Ça* ne pouvait pas être là. Pas maintenant. Tous ses projets à moyen terme tomberaient à l'eau. En plus, ses parents avaient beaucoup trop investi sur elle pour qu'elle gâche tout avec une grossesse. Ils avaient dû contracter un crédit à la banque afin de financer ses deux années de master ; sa bourse d'études ne prenait en charge qu'une partie des frais de scolarité. Ils avaient toujours voulu le meilleur pour leurs deux filles, sacrifiant de leur temps et leur argent pour qu'elles ne manquent de rien. Et jusqu'à présent, ils n'avaient jamais eu de raison de regretter leurs sacrifices. Même si elle n'avait que vingt-trois ans, ils étaient impatients qu'elle fonde une famille. Ils étaient d'autant plus pressés et pressants depuis qu'elle leur avait présenté Yann.

— Merde, Yann… Il va flipper, c'est sûr !

Elle se sentit à l'étroit dans ses WC ; elle avait l'impression que les murs se rapprochaient. Elle remonta sa culotte et baissa sa robe, tira la chasse d'eau et sortit. Tout allait si vite. Hier encore, elle était une simple étudiante. Et maintenant, un bout de plastique lui disait qu'elle était enceinte. Ce n'était pas possible. Les trois tests qu'elle tenait dans sa main disaient le contraire, mais c'était forcément une erreur. Après tout, ces machins-là ne sont pas fiables à 100 % ; il y a toujours une marge d'erreur. Elle ne pouvait pas être enceinte. Yann et elle se protégeaient toujours, à chaque rapport. C'est vrai que la dernière fois, ils avaient eu une petite frayeur, mais elle avait rapidement pris une pilule du lendemain. Et puis, merde quoi, ils étaient ensemble depuis seulement un an. « Il va forcément me quitter », pensa-t-elle.

La sonnerie de son téléphone la sortit de ses pensées. Quand on parle du loup ! C'était Yann. « T'es où ? On est déjà chez Marc ». Elle était en retard ; ils devaient se retrouver chez Marc pour célébrer la fin du premier semestre, la promo de Yann, en dernière année, et celle d'Annabelle, en première année de master. « Je finis de me préparer, j'arrive ». Elle fit quelques retouches à son maquillage, arrangea ses tresses en un chignon haut et mit ses boucles d'oreilles dorées. « Tu te fais belle pour moi ? J'adore ! » Ce message de Yann l'énerva, plus qu'autre chose. Elle prit son manteau et se rendit à l'arrêt de bus en bas de l'immeuble où elle vivait.

Heureusement pour elle, l'appartement de Marc se trouvait à quinze minutes du sien. Avec le trafic habituel du samedi soir, il fallait compter au moins dix minutes supplémentaires. Tant mieux, elle n'était pas pressée d'y être, à cette soirée. Elle n'était pas sûre de vouloir l'annoncer à Yann, ou peut-être un peu plus tard. Elle craignait sa réaction, peut-être même plus encore que de bousculer son plan parfait.

— On est bien apprêtée, ce soir. On sort retrouver des copines ?

Annabelle n'avait pas remarqué le jeune homme qui s'était assis en face d'elle dans le bus. Avec tous les sièges vides qu'il y avait, pourquoi avait-il fallu qu'il vienne s'asseoir là ? Elle voulut lancer une réplique cinglante, mais se contenta de mettre ses écouteurs et de lancer une playlist sur son portable. Le jeune homme continuait à parler et pour attirer à nouveau son attention, il posa sa main sur la cuisse d'Annabelle. Elle cria de toutes ses forces « ne me touchez pas ! » ; il la retira aussitôt. « Tout va bien, Mademoiselle ? », une autre passagère, inquiète, s'approcha pour voir ce qu'il se passait.

— Oui, oui, ça va. Je descends ici.

— Vous êtes sûre ?
— Oui, je vais bien. Merci beaucoup, c'est gentil de votre part. Bonne soirée !

Elle préférait faire les deux derniers arrêts à pied plutôt que de rester dans ce bus avec ce type. On entendait tellement d'anecdotes sordides qui finissaient mal, dans les transports en commun. Et puis, elle espérait que le froid lui donnerait le courage de parler avec Yann. Elle changeait d'avis toutes les deux minutes.
Elle arriva enfin devant l'immeuble où vivait Marc. Elle aurait bien aimé ne pas se souvenir du code d'entrée. Elle aurait ainsi pu avoir une raison de rentrer chez elle. Elle passa devant le « Miroir à Selfies » du hall de l'immeuble sans y prêter attention ; elle monta dans l'ascenseur et alla au quatrième. On entendait la musique depuis le couloir. C'était bien Marc, ça, le fêtard de la bande. Elle envoya un message à Yann : *Je suis devant la porte. Tu peux venir m'ouvrir, stp ?* Il arriva deux minutes plus tard.
— Bonsoir bébé.

Son sourire béat valait tous les compliments du monde. Il s'approcha pour l'embrasser.

— T'es belle !
— Merci bébé, dit-elle avec un petit sourire timide.

Il lui prit la main et ils entrèrent ensemble dans l'appart. Toute la bande était déjà réunie dans le séjour. La table basse était à peine visible tellement il y avait de boissons dessus. En les voyant, JB lança : « Hey les amoureux, on s'éclipse pour se faire des mamours ? », suivi d'une imitation de Yann et Annabelle en train de s'embrasser.
— T'es bête, JB. Si ta copine était là, tu ferais pareil. Oh mais non, tu viens de te faire larguer comme une vieille chaussette.

Ils se mirent tous à le chambrer, sauf Léa qui était secrètement amoureuse de JB. Annabelle avait bien essayé de faire l'entremetteuse, mais Léa avait toujours refusé ; elle craignait qu'il ne ressente pas la même chose et lui dise non.

La soirée se poursuivait tranquillement, tout le monde buvait et rigolait aux mauvaises imitations de Marc. Plus le temps passait, plus Annabelle se sentait mal. Elle ne savait pas si c'étaient les nausées qu'elle retenait depuis un moment ou le stress de devoir annoncer la nouvelle à Yann. Discrètement, elle se leva pour aller dans la salle de bains. Elle se tenait au-dessus des toilettes, elle n'avait pas entendu Yann entrer.
— Ça ne va pas, bébé ? Tu ne te sens pas bien ?
— Si si, ça va. Je digère mal mon déjeuner. T'inquiète…
— Anna, tu sais bien que tu mens très mal. J'ai bien remarqué que tu avais la tête ailleurs depuis que tu es arrivée. Allez, parle-moi !
— …
— Bébé ?

Elle sortit doucement de son sac le test de grossesse positif qu'elle avait apporté avec elle.

— Je voulais attendre qu'on soit rentré pour t'en parler. J'ai fait trois fois le test, ils sont tous positifs.
— Qu'est-ce que c'est ? Qu'est-ce que tu racontes ?
— Je suis enceinte… Suuurrpriiiise !!!

Elle cherchait, anxieuse, un signe sur le visage de Yann. Il la regardait, incrédule, et restait planté là, sans savoir quoi dire.

— De… Depuis quand tu le sais ?
— J'ai fait les tests tout à l'heure avant de venir.
— Tu es enceinte ?!!
— Tu le crois, toi ? Tu nous vois avec un bébé ? On ferait de piètres modèles parentaux. On a déjà du mal à nous occuper de nous-mêmes, alors imagine, avoir la responsabilité d'un autre humain.

Annabelle parlait beaucoup, et vite. Elle tournait en rond dans la salle de bains. Elle allait d'un bout à l'autre de la pièce, puis revenait sur ses pas. Le stress, peut-être.

— Tu veux le garder ?

— Comment ça, si je veux le garder ?

— Je ne sais pas, je te demande juste. Peut-être que…

— Peut-être que quoi ? Peut-être que j'ai fait exprès de tomber enceinte et de te piéger ? Peut-être que ce serait plus simple pour tout le monde que j'avorte ?

— Ce n'est pas ce que j'ai voulu dire. Je voulais juste…

— Ne te fatigue pas, j'ai bien compris ce que tu as voulu dire. Rassure-toi, que je le garde ou pas, ON ne t'embêtera pas.

Elle sortit de la salle bains en trombe, prit son manteau dans l'entrée et s'en alla en claquant la porte. Yann essaya de la rattraper, mais elle était déjà loin.

***

Le temps avançait vraiment lentement dans cette salle d'attente. Discuter avec cette autre jeune fille… c'était quoi, son nom, déjà ? Mélissa ? Mélanie, c'est ça… Discuter avec Mélanie lui avait fait du bien, elle était plus détendue. Elle aurait aimé être aussi joyeuse qu'elle pour sa grossesse. « Je ne peux pas être enceinte maintenant. Surtout pas maintenant », pensa-t-elle. Elle avait pu avoir un rendez-vous assez rapidement. Merci les nouvelles technologies ! Après une petite recherche Google, elle avait trouvé ce site où on pouvait prendre rendez-vous en ligne chez un médecin. Le seul créneau disponible, c'était aujourd'hui à dix-sept heures trente. Elle avait dû rater son TD du mercredi, mais elle n'avait pas trop le choix. Ces trois jours d'attente avaient déjà été une torture pour elle.

— Mademoiselle ? Le Docteur Deloit va vous recevoir.

Le bureau du Docteur Deloit était sommairement décoré. Ses diplômes étaient accrochés au mur et une plante verte se trouvait près de la fenêtre. Et le mur derrière son fauteuil était couvert de photos de bébés et de dessins d'enfants. Ce qu'Annabelle craignait se confirma. Embryon de six semaines… 12 millimètres… tube neural… Elle avait pris sa décision.

— Quand pouvez-vous me l'enlever ?

# 3

Dès qu'elle en avait l'occasion, Mélanie se regardait dans le miroir et admirait son petit miracle. Après tout ce temps à invoquer les dieux, on lui avait enfin répondu. Et quelle réponse ! Deux bébés d'un coup. Pendant deux ans, Antoine et elle avaient essayé de concevoir, sans succès. Des échecs répétés qui avaient mis à mal leur mariage. L'innommable avait même été évoqué un soir de grande colère. Antoine souhaitait plus que tout être père. Il n'imaginait pas son mariage sans enfants. Certainement le résultat de sa propre enfance sans son père, absent de sa vie depuis qu'il avait cinq ans.

Un père parti en mission pour le travail, mais qui ne revint jamais. C'est du moins ce que sa mère lui avait dit. Peu de temps après, il surprit une conversation entre sa mère et sa tante ; elles parlaient de la maîtresse de son père dans le Sud du pays. Antoine ne comprenait pas pourquoi son père avait eu besoin d'aller si loin pour avoir une maîtresse. Il aurait pu demander aux maîtresses de son école. Antoine aurait même accepté avec plaisir d'aider son papa à faire ses exercices. Et c'est quoi, une pension *oliment terre* ? Son père ne pouvait pas refuser de payer ça, il avait beaucoup d'argent. La preuve, il lui achetait toujours plein de jouets et de cadeaux.

Quand il fut en âge de comprendre, il détesta son père, son héros. Il se promit de faire mieux, d'être mieux que lui. Ce n'est qu'à l'approche du mariage qu'il lui avait pardonné. Une semaine avant la cérémonie, ils s'étaient rencontrés pour mettre les choses à plat. C'était la première fois depuis que son père l'avait abandonné. Cette nuit-là, Antoine pleura pendant des heures. C'était la deuxième fois que Mélanie le voyait pleurer ; la première fois, c'était à la mort de sa mère. Elle lisait un livre sur le canapé quand il était rentré ; elle comprit que quelque chose n'allait pas. Sans un mot, il se dirigea vers elle et commença à pleurer. Sans un mot, elle le consola du mieux qu'elle put.

Des enfants, Mélanie en voulait également. Mais son désir d'enfant était… disons différent de celui d'Antoine. Pour elle, la parentalité marquait une nouvelle étape dans la vie d'un couple ; ce n'était pas une nécessité absolue. En revanche, une âme soeur, on n'en avait qu'une. Et elle était convaincue qu'Antoine était son âme soeur. Il se moquait souvent d'elle, mais peu importe, elle le savait, et c'était suffisant. Pourquoi voulait-elle des enfants ? En voulait-elle ? La question ne se posait plus vraiment ; ses petits farceurs allaient bientôt être là et elle allait pouvoir en être gaga à longueur de journée.

— Vous devriez avoir honte, Madame ; c'est du narcissisme, ce que vous faites.

Elle se retourna et remarqua enfin Antoine, adossé à la porte de la salle de bains, qui l'observait en souriant.

— Pas du tout. Je m'admire avant de me transformer en grosse vache à cause de vos enfants, Monsieur.

— Même en grosse vache, tu seras toujours la plus belle, pour moi.

— Ouh là, tu sais parler aux femmes, toi, dit-elle en riant.

— C'est exact ! C'est d'ailleurs pour ça que tu es tombée amoureuse de moi, il y a neuf ans, maintenant.

— On n'a pas le même souvenir de cette première rencontre.

— Non, je me souviens très bien. C'est toi qui persistes dans le déni.

— Tiens donc ! Vas-y, rappelle-moi comment ça s'est passé.

— C'était à la soirée d'anniversaire de Michel. La goinfre que tu es se planquait près du buffet et j'ai tout de suite été attiré par tes cheveux qui formaient un nuage de boucles sur ta tête. Armé de mon courage, j'ai bataillé contre la foule pour venir t'aborder. Et là, quand tu m'as vu, tu as succombé devant tant de charisme et d'élégance.

Le rire de Mélanie résonna dans la salle de bains. Son rire délicat et chaleureux. Il la tenait par la taille et la regardait se moquer de lui et de son récit romanesque un peu exagéré de leur rencontre.

— Tu parles d'un acte courageux ! Tu avais demandé à Michel de plaider pour ta cause et pour avoir mon numéro. Et j'étais d'accord uniquement si tu venais me le demander toi-même.
— Oui, bon, c'est la même chose, à quelques différences près. Le plus important, c'est le résultat final. Nous deux.
— Bientôt nous quatre !
— Oui, bientôt… Tu crois qu'on va y arriver ?
— J'en suis sûre ! Comme dit le célèbre dicton : *Put us together, how they gon' stop both us ?*
— Faut vraiment que t'arrêtes de citer des chansons de Jay-Z et Beyoncé.
— *I can't darling. Because Beyoncé taught me well !*
— Mais oui, mais oui, bien sûr ! En attendant, j'ai encore un peu de boulot avant le match de ce soir.
— Okay, je prends une douche et j'arrive. Je n'ai pas envie de cuisiner, ce soir. Tu peux commander à manger, s'il te plaît ?
— Qu'est-ce que tu veux manger ?
— Tes enfants ont envie d'acras de morue et d'un mafé. Et de jus de bissap, aussi.
— Utiliser mes fils pour parvenir à tes fins, quelle ignominie !
— J'ai tous les droits, je suis enceinte ! Et puis, qui te dit que ce sont des garçons ? Peut-être qu'on aura deux magnifiques filles !! Tu as peur d'être en infériorité numérique, dit-elle en le taquinant.
— Pas du tout ! Je serai l'homme le plus heureux qu'on ait des filles ou des garçons. Mais je sais qu'on aura des garçons.

Elle le chassa de la salle de bains après un baiser sur la joue, se déshabilla et entra dans la baignoire. « Avec le temps, ça va être de plus en plus compliqué de faire ça ». Elle anticipait déjà les changements à venir sur son corps et la logistique que cela entraînerait.

# 4

*Le train Z308, prévu pour quatorze heures trente-cinq, partira voie 4*. Annabelle regarda l'horloge de la gare. Il était quatorze heures cinq ; encore dix minutes avant de pouvoir accéder au train. Elle avait décidé sur un coup de tête d'aller passer quelques jours chez ses parents. Avec sa carte de réduction étudiant, le billet lui coûtait trois fois rien. Elle avait eu juste le temps de jeter quelques vêtements dans sa valise, de mettre son ordinateur dans son sac à main et de prendre ses clés.

Elle avait besoin de partir. Pour souffler et pour être loin de Yann. Elle avait ignoré tous ses appels, le transférant directement sur le répondeur. Il lui avait aussi envoyé plusieurs messages qu'elle avait effacés sans les lire. Au fond, elle ne lui en voulait pas d'avoir suggéré d'interrompre la grossesse. À ce stade de leur relation et de leurs vies, c'était prématuré de se lancer dans une telle aventure avec toutes les responsabilités que cela impliquait. Elle aurait simplement aimé que ce ne soit pas la première chose à laquelle il ait songé.

Elle repensa au rendez-vous avec le médecin. Il y avait bien un bébé de la taille d'un haricot qui se développait en elle. Après un examen sommaire et quelques questions classiques, le Docteur Deloit lui avait expliqué la procédure pour une interruption volontaire de grossesse. Elle pouvait, si elle le souhaitait, s'entretenir avec un psychologue avant la deuxième consultation, pendant laquelle elle remettrait son consentement écrit. Avec les délais à respecter, l'embryon serait trop avancé pour une interruption médicamenteuse ; la méthode recommandée était celle par aspiration. Elle frissonna à cette idée et posa sans s'en rendre compte sa main sur son ventre.

Les passagers du train Z308 sont invités à se rendre voie 4. Les gens se pressaient pour accéder au quai de départ et Annabelle trouva cela tellement inutile. Les sièges étaient attribués ; il ne servait donc à rien de se battre pour y monter en premier. Elle préférait attendre que ça se calme et essaya de deviner le dessert que son père allait faire pour le dîner.

***

À peine le cours terminé, Annabelle se dépêcha de partir. Depuis deux ans maintenant, elle travaillait comme téléconseillère dans un centre de relation clients. Ce n'était pas le job le plus glamour du monde, mais au moins, le loyer était payé et le frigo était rempli. Les horaires avaient été réorganisés et son nouveau service commençait à dix-huit heures trente.

Elle n'arrêtait pas de se repasser la conversation avec sa soeur. Elle n'aurait jamais cru que les conseils les plus avisés qu'elle recevrait sur ce sujet viendraient d'une adolescente de dix-sept ans. Elles étaient si complices que Maëva avait rapidement compris que quelque chose n'allait pas, mais lui laissa le choix d'aborder le sujet. Annabelle était revenue ressourcée de chez ses parents, et aussi, un peu moins catégorique sur son choix.

Elle traversait la rue pour rejoindre l'immeuble du centre de relation clients, lorsqu'elle reconnut Yann, assis sur un des bancs publics à l'entrée.

— Qu'est-ce que tu fais là ?
— Je t'attendais, vu que tu m'évites depuis trois semaines. Bonjour, quand même ? Tu vas bien ?
Elle répondit d'un ton indifférent et pressé. Après un moment d'hésitation :
— Donc… Je vais être papa ?
— Il paraît, oui. Mais bon, tu avais plutôt l'air de vouloir t'en débarrasser.

— Je n'ai jamais dit cela.
— Tu m'as demandé si je voulais le garder.
— Oui, parce que tu disais qu'on serait, je cite : « de piètres modèles parentaux. » Tu ne donnais pas l'impression de vouloir le garder.

Annabelle, comprenant qu'elle avait tiré des conclusions hâtives, tenta de garder la face.

— Et même si c'était le cas, ce n'est pas avec nos jobs à temps partiel qu'on pourra l'élever correctement.
— On trouvera une solution ensemble, okay ?
— Je ne sais pas…
— Écoute, peu importe ce que tu décideras, je respecterai ton choix… Juste, ne me tiens plus à l'écart.
— Et si je veux le garder ?

Elle regardait le sol, comme si c'était là qu'elle trouverait la réponse.
— On se débrouillera. On aménagera mon appart, il est plus grand que ton studio. D'ici l'accouchement, j'aurai terminé mon stage et peut-être trouvé quelque chose de plus stable. Regarde-moi, dit-il en relevant son menton. On va y arriver, je te le promets.

# 5

Enfin, ce fichu compte-rendu de mission était terminé ! Mélanie pouvait enfin souffler en attendant la décision du client. Cela faisait presque un mois qu'elle préparait, avec son équipe, des recommandations pour un client de l'agence. Ils avaient fait le déplacement à New York pour les présenter aux directeurs et l'équipe marketing. Mélanie avait eu un trac monumental ; c'était une chose de piloter un projet, mais c'en était une toute autre de le présenter devant une dizaine de personnes qui pouvaient faire ou défaire votre réputation.

Si elle réussissait à faire signer ce client, ce serait le plus gros contrat de l'agence. Ce projet était la voie royale vers le poste de Directrice du département Web. Son chef, le Directeur actuel du département, quittait ses fonctions dans quelques semaines et souhaitait que Mélanie lui succède. Il avait conclu sa lettre de recommandation adressée à la hiérarchie par cette phrase qui avait marqué Mélanie : *C'est mon atout le plus compétent et j'ai totale confiance qu'elle remplira pleinement ses nouvelles fonctions.*

Même si elle travaillait déjà plus que le reste de l'équipe, Mélanie avait redoublé ses efforts. Maintenant que la phase la plus complexe était passée, elle allait pouvoir ralentir la cadence en attendant la décision du client, dans une semaine. Pour commencer, elle avait posé quelques jours de congé pour rattraper son sommeil en retard et passer du temps avec Antoine. Mais également pour aller voir son médecin. Les traces rougeâtres qu'elle trouvait sur ses sous-vêtements depuis quelques jours l'inquiétaient un peu. A priori, rien de grave, mais elle préférait s'en assurer.
Dix-huit heures. Ça faisait longtemps qu'elle n'était pas rentrée chez elle avant vingt-deux heures. Encore quelques mails, notamment celui pour son *backup*, et elle pourrait rentrer. « En plus, il fait

vraiment trop chaud, dans ce bureau. » Elle se fit la réflexion en arrêtant le chauffage. Elle rangeait ses affaires lorsqu'elle ressentit comme une gêne au niveau de l'entrejambe, comme à l'arrivée de ses règles. Elle voulut se rendre aux toilettes, mais remarqua avec effroi le siège de son fauteuil maculé de sang. Ce rouge contrastait avec le vert du siège. Mélanie eut de plus en plus chaud et se sentit tomber au sol. Avant de perdre connaissance, elle se dit qu'il fallait envoyer un mail demain aux services des achats pour commander un nouveau fauteuil et une nouvelle moquette.

***

« Elle a perdu beaucoup de sang... Depuis combien de... Bébé, c'est moi, Ant... Préparez une transfusion... Les bébés, attention à nos bébés... Monsieur, veuillez attendre ici, nous allons... »

Mélanie n'entendait que des bribes de conversations. Tout était flou et les sons étaient étouffés, même celui de la sirène de l'ambulance. Où était Antoine ? Est-ce que les bébés allaient bien ? Elle essaya d'interroger l'homme en blouse blanche à côté d'elle, mais elle était vraiment fatiguée. Plus tard, peut-être.

À son réveil, il faisait à nouveau jour. La lumière de l'extérieur filtrait à travers le rideau de sa petite chambre d'hôpital. Les murs jaune beige avaient besoin d'un rafraîchissement. En face du lit, une porte entrouverte qui donnait certainement sur les toilettes. Ses affaires étaient posées sur un fauteuil, à gauche. Mais pas d'Antoine.

Paniquée, Mélanie essaya de comprendre ce qu'il s'était passé. Où était Antoine ? Combien de temps avait-elle dormi ? Mais surtout, est-ce qu'ils allaient bien ? Elle trouva une mini-télécommande avec un bouton « appel » qu'elle s'empressa d'actionner. Une infirmière arriva quelques minutes plus tard.

— Bonjour. Vous savez où est mon mari ?

— Bonjour Madame. Je ne vais pas pouvoir vous renseigner par rapport à votre mari, mais je vais prévenir le médecin que vous êtes réveillée.

Près d'une heure s'écoula avant que le médecin ne vienne la voir dans sa chambre. Il était accompagné de la même infirmière.
— Bonjour Mélanie ! Comment vous sentez-vous ?
— Euh… Bien, je crois… Vous avez vu mon mari ?
— Quelle est la dernière chose dont vous vous souvenez ?
— J'étais au bureau, je rangeais mes affaires, je me suis levée et j'ai vu du sang partout sur le siège. Et puis plus rien. Est-ce que… Est-ce que les bébés vont bien ?
— En effet, vous avez perdu connaissance ; c'est une de vos collègues qui vous a trouvée et a appelé une ambulance. Nous sommes sincèrement désolés, Mélanie, nous n'avons constaté aucun battement de coeur. Vous avez fait une hémorragie interne car votre corps essayait d'expulser les foetus nécrosés. Il se peut que ce soit ainsi depuis deux semaines. Nous avons dû faire une intervention chirurgicale en urgence pour arrêter l'hémorragie et les effets de la fausse couche…

Aucun battement… Fausse couche… Mélanie ne comprenait pas. Leurs coeurs battaient pourtant bien, à la dernière échographie, il y a trois semaines. Elle les avait entendus ! Un coeur ne peut pas simplement s'arrêter de battre alors que tout allait bien. Tout se mélangeait dans sa tête ; elle ne pouvait pas avoir perdu… Non, c'était impossible… Elle refusait d'y croire.
— Mélanie, vous comprenez ce que je viens de vous dire ?
— Je veux voir mon mari. Vous savez où il est ?
— J'ai discuté avec lui, ce matin, après votre opération. Il disait vouloir prendre quelques affaires chez vous. Nous allons essayer de le joindre. Mais en attendant, si vous souhaitez parler avec notre psychologue…

— JE N'EN AI RIEN À FOUTRE DE VOTRE PSY ! JE VEUX VOIR MON MARI !!

Elle pleurait à chaudes larmes et hurlait en se débattant dans tous les sens. Elle jetait tous les objets à proximité en hurlant qu'elle voulait voir son mari. On lui injecta un sédatif pour la calmer et éviter qu'elle ne se fasse mal. Les deux jours suivants, elle alternait torrents de larmes, silences assourdissants en fixant un coin de la chambre et rappels automatiques pour essayer de joindre Antoine. Il ne répondait pas à son portable et personne ne décrochait à leur domicile. Finalement, le samedi, elle accepta, lasse, la recommandation du médecin pour une séance avec la psychologue de l'hôpital.

Dans la salle d'attente du service psychologie, Mélanie fixait le sol et se repassait les dernières semaines en boucle pour essayer de comprendre ce qui n'avait pas marché, ce qu'elle avait pu mal faire. L'échographie. Les battements de coeur. La liste de prénoms. Le sang. L'hôpital. Le vide. Ce ventre vide. Elle n'avait pas encore annoncé la nouvelle à ses proches. C'était trop difficile. Et Antoine qui demeurait introuvable. Est-ce qu'il s'était enfermé chez eux pour ruminer sa colère ? Est-ce qu'il avait eu un accident ?

— Mélanie ? C'est bien vous ?

Mélanie leva la tête. Elle essayait de se rappeler où elle avait rencontré cette jeune fille. Ce visage lui semblait familier.
— Vous vous souvenez ? Annabelle ! Au cabinet Les Lilas !
— Euh… Oui, bien sûr. Désolée, je ne suis pas encore bien réveillée.
— Ça se voit. Vous avez l'air très fatiguée.

Mélanie esquissa un faible sourire en guise de réponse. Elle, d'habitude si coquette, avait une mine de déterrée. Elle avait des cernes qui faisaient peur à voir, les yeux rougis, les lèvres gercées, le vernis écaillé ; « je dois faire peine à voir », se dit-elle.

— Vous venez voir quelqu'un ?

— En fait, je viens voir la psy. J'ai changé d'avis à propos d'un sujet abordé avec elle… Et vous ? Vous vous êtes perdue dans l'hôpital ? Vous voulez que je vous raccompagne à votre chambre ?

Mélanie fixait Annabelle et se demandait pourquoi elle était aussi aimable.

— J'ai fait une fausse couche et je crois que mon mari veut me quitter.

# 6

— Alors, dites-moi, comment vous vous sentez, aujourd'hui ?

— Ça va mieux. J'ai beaucoup aimé l'exercice ; ça m'a soulagée, d'écrire cette lettre aux jumeaux. Tout ce que j'aurais aimé leur dire et faire avec eux… Évidemment, j'ai fini en larmes, mais ça m'a fait du bien.

Cela faisait désormais trois ans que Mélanie se rendait trois fois par mois chez sa thérapeute. Et il s'en était passé, des choses, en trois ans ! Déjà, c'était une jeune divorcée. Un mois après sa fausse couche, elle avait reçu la demande de divorce d'Antoine à leur domicile. Divorce par consentement mutuel. « Un beau ramassis de conneries », pensa-t-elle. Il avait pris toutes ses affaires et déménagé dans un autre appartement, sans la moindre explication. Il avait simplement disparu. Ils ne s'étaient revus qu'au tribunal, le jour de la répartition de leur patrimoine commun, séparés par une table immense et deux avocats. Leur vie, leur couple, leur mariage, réduit à une simple discussion pour savoir qui garderait quoi et combien chacun gagnerait. Elle ne put s'empêcher de pleurer, dans les toilettes du tribunal, après ce rendez-vous.

Au travail, ce ne fut pas mieux. Après une semaine d'arrêt maladie, elle avait repris son poste. Qui se remet de la perte d'un enfant, en l'occurrence de deux, en une semaine seulement ? C'était totalement absurde ! Elle n'avait vraiment pas envie de faire semblant, mais il le fallait bien ; sa promotion était en jeu. Quand le poste de Directeur du département Web fut accordé à Thomas, quelqu'un qu'elle avait recruté et formé, Mélanie comprit qu'on lui tenait rigueur d'avoir laissé sa vie privée interférer dans son travail. Même Baptiste, son chef, fut surpris de la décision. Elle avait tout donné à cette agence, mais c'était insuffisant ; son absence à un moment aussi crucial était impardonnable.

Plus d'enfants, plus de mari, plus de promotion. C'était trop d'un coup ; il fallait qu'elle parte. « Personne n'est indispensable », se dit-elle. Elle démissionna et partit faire le tour de l'Amérique du Sud. Mais sa fuite à des milliers de kilomètres n'avait rien résolu ; elle se sentait toujours aussi mal. Ses crises de panique devenaient de plus en plus intenses. Elle finit par entamer une thérapie. Les débuts furent fastidieux ; elle arrêta à plusieurs reprises. De toute façon, il ne se passait rien ; elle parlait, la thérapeute notait quelque chose dans son carnet et lui demandait d'expliquer pourquoi elle ressentait ceci ou cela. Ce n'est que dix mois après la première séance qu'elle commença à observer les premiers résultats.

— Nous sommes arrivés à destination, Madame. Toutes mes excuses pour ce détour. Bonne soirée.
— Merci beaucoup, bonne soirée à vous aussi.

Elle détestait être en retard, mais elle avait appris à lâcher prise pour les choses sur lesquelles elle n'avait aucun contrôle. « Notre table est dans le salon privé ; la réservation est à mon nom ». Un message de Stéphane, son compagnon depuis un an, maintenant ; il était déjà arrivé au restaurant. Annabelle et Yann y étaient également ; ils avaient pu trouver une baby-sitter pour Max.

« Qui aurait cru que le yoga était un vrai sport ?! » C'était ainsi que Stéphane l'avait abordée la première fois. Elle s'était mise au yoga et à la méditation, en plus de la thérapie, pour aller mieux. Sa mère se moquait souvent d'elle en disant que c'était une « activité de Blancs ».

Grand et élancé, Stéphane était le nouveau, avec un certain charme, qui mettait en émoi les filles du groupe. Mais il n'avait pas l'air de s'intéresser plus que ça à elles. Il venait après le travail, comme beaucoup, et se changeait dans les vestiaires. Il se plaçait toujours au fond de la salle et repartait à la fin de la séance, après avoir discuté rapidement avec le professeur.

Ce jour-là, il avait posé son tapis à côté de celui de Mélanie, au deuxième rang, et pendant le cours, il la regardait souvent, certainement pour copier ses postures. À la fin du cours, il tenta d'engager la conversation, mais Mélanie n'y prêta pas attention. La séance d'après, il répéta le même manège et elle comprit que ce n'était pas simplement un novice qui souhaitait s'améliorer en yoga. Du moins, pas ce yoga-là… Quelle idée saugrenue ! Elle n'avait plus la tête à ça, ni l'envie, d'ailleurs. Et puis, qui voudrait être en couple avec une femme incapable de procréer et, par conséquent, de fonder une famille ?!

Un jour, elle était arrivée plus tôt ; elle aimait bien avoir la salle pour elle seule et se défouler. Elle essayait de reproduire la chorégraphie du clip *U Can't Touch This*, lorsqu'il lança depuis la porte : « Je vous apprends à faire la *MC Hammer Dance* si vous acceptez de prendre un verre avec moi. »

Mélanie sourit en y repensant. L'audace dont il avait fait preuve représentait parfaitement sa personnalité. Stéphane osait ; et si cela ne marchait pas, il passait à autre chose. À trente-cinq ans, cet archiviste ne laissait rien, ni personne, limiter son ambition. Ses parents avaient désapprouvé son choix d'études car pour eux, « travailler aux archives » n'avait rien de valorisant. Mais Stéphane n'y accordait aucune importance ; il était passionné par son métier.

Cette audace, ce courage d'oser, c'est ce qui lui avait aussi permis de tenir après le décès de sa femme, cinq ans auparavant. La chimiothérapie n'avait pas réussi à éliminer la tumeur et les solutions alternatives n'avaient servi qu'à atténuer la douleur des dernières semaines. Pour faire son deuil, il était devenu bénévole dans une association de lutte contre les cancers féminins. Une fois par mois, il participait aux actions de sensibilisation et de dépistage.

Le maître d'hôtel du restaurant conduisit Mélanie au salon privé. C'était un espace à l'écart de la salle principale. Quand elle entra dans le salon, ils s'arrêtèrent de parler pour l'admirer. Son manteau au bras, elle portait une robe de créateur vert émeraude en soie, assez près du corps, avec une fente sur le côté gauche. Ses longues tresses retombaient sur son dos nu. Elle avait hésité à la porter car ses quelques kilos en plus la gênaient, surtout au niveau des hanches et du ventre.

— Eh ben dis donc, Madame la Responsable du Marketing Digital, si vos collègues vous voyaient ! Moi, je ne peux plus me permettre des robes pareilles, à cause de Max.
— Tu dis n'importe quoi, Annabelle ! Tu es une très belle femme avec un très beau corps.
— Pas autant que toi ! Regarde comment Stéphane ne te quitte pas des yeux.

Effectivement, Stéphane la dévorait du regard. Elle accrocha son manteau sur un cintre et alla s'asseoir sur la banquette, à côté de lui. Il lui murmura à l'oreille : « Tu ne vas pas garder cette robe bien longtemps quand on sera rentré. »

— Je lève donc mon verre à ces deux magnifiques femmes qui partagent nos vies et à leurs projets professionnels.
— Bientôt, je vais pouvoir prendre ma retraite et me faire entretenir par Mélanie.
— Tu dis ça en rigolant, mais j'aimerais bien rester à la maison pour m'occuper de Max, passer plus de temps avec lui. Ou alors, travailler depuis la maison.

Ils se lancèrent dans une discussion sur l'équilibre entre la vie privée et le travail. Le dîner se déroulait calmement ; ils burent aux petites et grandes victoires du quotidien. Au moment du dessert, sans aucune raison, l'intensité des acouphènes de Mélanie augmenta rapidement. Elle fut prise de bouffées de chaleur et eut l'impression d'être enveloppée d'un voile noir. Elle eut juste le temps d'entendre Stéphane l'appeler, avant de perdre connaissance.

***

Elle se réveilla dans une chambre à l'hôpital. « Non, pas encore ». Depuis sa fausse couche, elle détestait les hôpitaux ; elle évitait au maximum de s'y rendre. Stéphane, qui se tenait près de la fenêtre, s'approcha du lit.
— Ça va mieux, bébé ? J'ai eu très peur. Comment tu te sens ?
— Je crois que ça va. Qu'est-ce qu'il s'est passé ?
— On t'a emmenée aux urgences quand tu as perdu connaissance. Ils t'ont fait plusieurs examens et depuis, j'attends les résultats. Annabelle et Yann vont repasser demain.
— Tu sais quand on les aura, les résultats ?
— Je vais chercher l'interne qui t'a prise en charge.
— Non, reste avec moi.

Il s'assit dans le fauteuil pour pouvoir poser sa tête sur le lit et lui prendre la main. Ils restèrent comme ça un long moment, jusqu'à ce que l'interne entre dans la chambre.
— Mélanie ? C'est bien, vous êtes réveillée. Comment vous vous sentez ?
— Un peu mieux, mais je serai plus tranquille quand j'aurai mes résultats.
— Eh bien, plus de peur que de mal. Vous avez simplement fait un malaise vagal. Mais c'est courant, à ce stade de la grossesse. Rassurez-vous, le foetus se porte bien et…
— Pardon ? Comment ça, « grossesse » ? Si c'est une blague, elle est de très mauvais goût, Docteur. C'est une caméra cachée, c'est ça ?

— Eh bien, l'échographie que j'ai réalisée montre un foetus viable de 22 semaines et…

L'interne continuait à parler, mais elle n'entendait déjà plus ce qu'il disait. Elle ne pouvait pas être enceinte de cinq mois et demi. Pas à trente et un ans, avec un problème de fertilité. C'était impossible. Elle se tourna vers Stéphane qui essayait de rester calme, le temps de bien enregistrer l'information.
— Vous pouvez nous laisser seuls un instant, s'il vous plait, Docteur ?
— Oui, bien sûr, si vous avez besoin de moi, n'hésitez pas à demander à une des infirmières de me faire appeler.

L'interne ressortit en fermant la porte derrière lui. Ils restèrent là deux minutes sans parler.

— Stéphane…
— Non ! Arrête-toi avant de dire une bêtise.
— Si je suis vraiment… Si c'est vrai, je ne veux pas que tu te sentes obligé de rester. Je ne veux pas t'imposer une situation pareille.
— Je me doutais bien que tu dirais un truc insensé dans le genre. Je vais être très clair, je n'ai l'intention d'aller nulle part. Cette responsabilité, c'est aussi la mienne et je ne comprends même pas que tu puisses penser ça de moi. Je ne suis pas comme lui… On va avoir un enfant, ensemble, et je compte bien faire ma part, même si je n'ai pas la moindre idée de ce qu'il faut faire. Et surtout, désormais, j'ai une solide raison pour t'obliger à emménager avec moi.

Mélanie essayait tant bien que mal de retenir ses larmes. Tous les douloureux souvenirs de sa fausse couche, la solitude et le désespoir qu'elle avait ressentis au moment le plus tragique de sa vie, la perte de l'homme qu'elle aimait par-dessus tout… Tout était remonté à la surface d'un coup. Elle essaya de se rappeler les techniques de respiration apprises en thérapie, mais rien n'y fit. Elle ne parvenait pas à arrêter le torrent de larmes qui se déversait sur son visage. Stéphane lui tenait toujours la main. Entre deux sanglots, elle bredouillait des choses qu'il ne comprenait pas, mais il l'écoutait attentivement.

— Je suis enceinte ? On va avoir un bébé ?

Si c'était un rêve, elle espérait qu'elle ne se réveillerait pas.

— La plus belle chose qui pouvait m'arriver, après toi.

*« Make it last forever*
*Come on baby won't you hold on to me, hold on to me*
*You and I together*
*Come on baby won't you hold on to me, hold on to me.* * »

* *Beyoncé - Blue (Beyoncé, 2013)*

# Communauté de Biens
# |
# Till Death Do Us Part

*« Who's there to save the hero*
*When she's left all alone*
*And she's crying out for help*
*Who's there to save the hero*
*Who's there to save the girl...* * »

* *Beyoncé – Save The Hero (I Am... Sasha Fierce, Delux Edition, 2008)*

# 1

Aïda était heureuse de revoir Laïla. C'était une journée ensoleillée comme les autres pour tout le monde, mais pour Aïda, cette journée avait une saveur particulière. Comme une sensation de renouveau, de renaissance. Le printemps et l'été avaient toujours eu cet effet sur elle.

Enfant déjà, elle se roulait dans l'herbe à l'arrivée du beau temps, une fois les pluies passées. Courir pieds nus, jouer au foot avec son père et sa soeur jumelle. Elle pouvait rester des heures à jouer sous l'un des nombreux arbres dans le jardin familial. Courir pieds nus dans le jardin et essayer d'attraper les papillons et les insectes.

Toute l'insouciance de son enfance disparut avec le bruit des armes de guerre dans la ville où elle avait grandi. Ses parents s'étaient rencontrés à Brazzaville. Sa mère, originaire du Tchad, avait choisi d'y faire sa résidence en cardiologie dans un hôpital privé et son père y enseignait les mathématiques à l'université. Assez rapidement, ils se marièrent et la famille s'agrandit avec la naissance d'Aïda et Laïla. Le bonheur dura huit ans. Puis, des gens motivés par l'argent et le pouvoir prirent les armes afin de renverser le parti en place, et cela, peu importe le prix à payer pour la population. Il y avait déjà eu quelques crises, des tentatives de coups d'État, mais cette fois-ci, c'était différent.

À cause des affrontements, ils ne parvinrent même pas à sortir de leur quartier. Ils restèrent enfermés quelques jours chez eux, espérant que les choses se calmeraient d'elles-mêmes, comme d'habitude. Mais cela continua. Ils eurent de plus en plus peur en réalisant que la situation était plus grave qu'attendu. M. Lisanga fut soulagé de retrouver les passeports belges de la famille. Il avait rechigné à en faire pour ses filles, mais à ce moment, il oublia son aversion pour le passé colonial de la Belgique au Congo. Cette nationalité qui l'incommodait tant, qu'il vivait comme un affront fait au passé de ses ancêtres, allait sauver sa famille.

À contrecoeur, il décida d'emmener sa famille à Pointe-Noire. Le consulat de la Belgique y avait installé une représentation secrète pour ses ressortissants qui souhaitaient quitter le territoire congolais en période de crise. On ne sait trop comment, mais Pointe-Noire avait toujours été épargnée pendant les nombreuses crises politiques que le pays avait traversées. Certains affirmaient que la ville jouissait d'un bouclier politique afin de préserver les intérêts économiques de différents acteurs nationaux et internationaux.

La famille Lisanga partit à la tombée de la nuit. Ils profitèrent d'un semblant d'accalmie pour sortir de chez eux avec quelques affaires emballées dans des sacs plastique et des sacs à dos. Ils croisèrent des cadavres de femmes et leurs nourrissons criblés de balles, des corps sans vie d'hommes mutilés et en putréfaction, la chaleur aidant à la décomposition. Aïda essayait de ne pas regarder ce spectacle macabre, mais il y en avait partout. Et l'odeur à elle seule rappelait en permanence leur présence.

Près d'une semaine de marche pénible et éreintante fut nécessaire pour arriver à Pointe-Noire. L'agent d'accueil du consulat secret avait l'air suspicieux, mais fut bien obligé de reconnaître que les passeports étaient authentiques et dut les programmer pour le prochain vol d'évacuation. Avant qu'ils aient le temps de réaliser, ils durent reconstruire leur vie dans un logement social à Bruxelles. Cette solution qui devait être temporaire devint leur réalité permanente.

— *Mo Panzi Na Nga.*

Aïda leva les yeux. Laïla se tenait devant elle, dans un tailleur gris de créateur. Ses lèvres, soulignées par un rouge mat, dessinaient ce sourire chaleureux qu'elle lui connaissait depuis toujours.

— *Lipassa Na Nga.*

Laïla prit place en face d'elle. Elles ne s'étaient pas vues depuis l'hospitalisation d'Aïda avant que celle-ci n'interdise toute visite. Dans son état, elle ne souhaitait pas que sa famille la voie et surtout, elle culpabilisait de n'avoir pas pu se défendre.

— Tu as déjà commandé ? Désolée pour le retard, la réunion s'est éternisée.
— Non, pas encore ; je t'attendais en regardant les passants et la déco. C'est un nouveau restaurant ? Je ne l'avais jamais vu, avant.
— Ça a été rénové récemment, ils ont rouvert la semaine dernière et le restaurant a déjà de bonnes critiques. Et je voulais amener ma soeur chérie dans un endroit bien chic !

Un sourire discret et timide apparut sur le visage d'Aïda. Laïla appela un serveur qui prit leur commande avant de revenir avec une carafe d'eau et des amuse-bouches.

— Alors, comment tu vas ? Qu'est-ce que tu fais, en ce moment ?
— Je suis une formation pour me remettre à niveau, tu sais qu'en Tech, les choses avancent vite. Mais d'après ma formatrice, j'ai toujours la main et si je continue comme ça, je pourrai être parmi les cinq apprentis qui seront placés chez Microsoft. On connaîtra les sélectionnés d'ici deux ou trois semaines.
— C'est génial ! Je suis fière de toi, ma belle, tu le mérites. Encore plus avec tout ce qu'on a vécu. Après tout ce que tu as vécu…
— Laïla, arrête, s'il te plaît…
— Je suis désolée. Tu as raison. Aujourd'hui, on se concentre sur le positif. Vu que bientôt tu vas bosser pour Microsoft, il te faut la garde-robe qui va avec. Après le déjeuner, on va faire les magasins et si tu vois un truc qui te plaît, je te l'offre. Et tu ne peux pas refuser, sinon je vais bouder.

— T'es trop bête !
— Et tu m'aimes comme ça !
— D'accord. Mais pas aujourd'hui, j'ai rendez-vous au foyer pour récupérer le reste de mes affaires. Après, j'aurai totalement emménagé dans mon nouvel appart.
— Cool ! Besoin d'aide pour les cartons et la déco ? Je peux poser quelques jours de congé pour venir t'aider.

Laïla se resservit un verre d'eau et le vida d'une traite, il faisait chaud. Aïda la regarda faire et se demanda comment elle avait pu accepter de s'éloigner d'elle pour plaire à Franck.

# 2

« Quand je te parle, tu dois baisser les yeux, salope ! »

Avec le temps, Aïda ne sentait plus les coups. La douleur ne se manifestait qu'après, quand Franck arrêtait de la frapper et sortait se calmer. Elle avait ainsi le temps de se traîner jusqu'à la douche. Les bons jours, elle n'avait que quelques bleus sur le corps, Franck évitant soigneusement de la frapper au niveau du visage. Il disait ne pas vouloir gâcher son joli minois, que c'était la seule chose de bien, chez elle. Heureusement qu'elle travaillait encore, il était obligé de se retenir dans ses coups. Pour pas que ça se voie trop, pour pas que ça se sache.

Elle avait déjà essayé de partir. Plusieurs fois. À chaque fois, il la retrouvait et menaçait les personnes qui avaient osé l'aider. Ses parents, restés à Bruxelles, n'étaient pas au courant du drame qui se déroulait chez elle et se réjouissaient d'avoir un gendre bien sous tous rapports. Les collègues, du moins ceux qui avaient relevé des points étranges, préféraient regarder ailleurs, ne voulant pas être mêlés à une dispute de couple. Les quelques amis qui étaient restés malgré la stratégie d'isolement de Franck regardaient, impuissants, leur amie sombrer sous l'emprise de son mari. « Il va changer », disait-elle. « C'était un accident. Il est un peu stressé en ce moment ; il a du mal à retrouver du travail ». C'est vrai, le groupe pour lequel il travaillait avait mis en place un plan social et Franck faisait partie des malheureux qui s'étaient vus remerciés après des années de bons et loyaux services. Mais était-ce une raison pour défouler sa colère sur la personne qu'on a promis, devant le maire, la famille et les amis, d'aimer et de protéger ?

Elle se releva péniblement pour ouvrir la porte de la douche et s'assit sur les toilettes. Pour reprendre son souffle. Pour évaluer l'ampleur des dégâts. Elle se demandait toujours comment ils en étaient arrivés là. Comment ils étaient passés du parfait couple moderne à cette situation tyrannique où il la battait pour un oui, un non, ou même un silence.

Aurait-elle dû se méfier quand il disait que ses crises de jalousie étaient sa façon de lui prouver son amour ? Ou lorsqu'il suggérait, de manière pas si subtile, qu'elle n'avait besoin d'aucun autre ami que lui ? Aurait-elle dû prendre ses jambes à son cou aux premières insultes, à la première gifle, au premier coquard ? Peut-être que si elle avait écouté les signes, suivi son intuition au lieu de les ignorer, pensant que le temps ferait mentir ce malaise qu'elle ressentait, cette crispation quasiment invisible, cette anxiété, ce noeud dans l'estomac à chaque fois qu'il essayait de contrôler ses vêtements, ce qu'elle disait et faisait, peut-être qu'elle aurait pu s'épargner ce calvaire. À présent, elle ne pouvait que s'en vouloir de n'avoir rien vu et, désormais, d'être une mauvaise épouse qui ne savait pas satisfaire son époux.

La moindre contrariété se soldait inévitablement par des coups, des violences, sur le corps et au moral. Franck, qui la complimentait tout le temps au début de leur relation, était devenu ce monstre qu'elle ne reconnaissait pas. Les bouquets de fleurs étaient devenus des coups de poing et de pied. Les paroles douces et affectueuses avaient fait place aux insultes blessantes et avilissantes. La violence des mots jumelée à celle des coups. Il était difficile de s'en relever.

Franck avait réussi à contrôler son esprit, à la faire douter de ce qu'elle voyait, pensait, ressentait et vivait. Elle finit par douter de ses convictions. Est-ce vraiment du viol si l'agresseur est son mari ? Après tout, ne dit-on pas de ne pas se refuser l'un à l'autre ? Alors c'est vrai, juste avant, il essayait de l'étrangler et elle avait perdu connaissance, se réveillant plus tard, le pantalon baissé et du sperme entre les jambes, mais même si elle ne se souvenait pas d'avoir donné son consentement, ça ne pouvait pas être un viol, n'est-ce pas ? « Le viol conjugal, ça n'existe pas, chez nous ; encore une notion des Blancs à laquelle on veut nous forcer à adhérer. Chez nous, les vrais Africains, la femme doit faire l'effort, même quand elle ne veut pas, de se donner à son homme et de faire ça bien. C'est notre culture. » Oui, c'est vrai, quel viol conjugal ? Aïda n'eut plus le courage de se plaindre auprès de certaines personnes dans son entourage, convaincue que c'était elle qui exagérait le mal.

« Des lésions anales, quelques saignements, vous dites ? Je vous assure, Docteur, ce n'est rien de grave. C'est juste que c'était la première fois qu'on essayait et il s'est laissé aller. On fera attention, la prochaine fois. » Les paroles disaient une chose, mais les yeux, eux, trahissaient la vérité. « Aidez-moi, s'il vous plaît ! »

C'est fou comme on peut réviser l'anatomie du corps humain dans une situation pareille ! Et on connaît désormais par coeur la procédure et le personnel aux urgences quand on y fait plusieurs séjours dans l'année. À chaque fois, il fallait réexpliquer aux infirmiers et médecins que ce n'était rien, qu'on avait dérapé dans les escaliers, que le sol de la salle de bains était glissant, qu'on n'avait pas fait attention en faisant du vélo et qu'on était tombé en voulant effectuer une manoeuvre.

Elle voyait bien qu'ils ne la croyaient pas, mais ils n'insistaient pas. Des cas comme le sien, ils en traitaient à la pelle, bien plus qu'on ne l'imagine. Mais les victimes ne souhaitaient pas aller plus loin. Elles avaient trop peur pour faire quoi ce soit qui aille à l'encontre des désirs et ordres de leur bourreau. Même si c'était pour sauver leur vie.

Lisiane, une infirmière d'une cinquantaine d'années, avait remarqué son regard apeuré et fuyant. Les vêtements couvrants et à manches longues même avec un soleil de plomb, le maquillage un peu trop forcé au niveau des yeux et des pommettes. Lisiane reconnaissait les signes qu'elle avait elle-même ignorés chez sa fille. Depuis, les retrouvailles familiales se faisaient au cimetière, avec un bouquet de fleurs sur sa tombe.

Comment aborder une personne qui subit des violences physiques et morales dans son foyer, avec toute l'humiliation et la gêne que cela entraîne, sans la culpabiliser ni la juger plus qu'elle ne le fait déjà ? Comment instaurer un climat de confiance pour qu'au moment où cette personne sera prête, on puisse l'aider ? Les personnes dans cette situation sont en proie à une contradiction qui, pour les personnes extérieures, semble stupide et incohérente. « Mais pourquoi elle ne le quitte pas ? », « Si elle reste, c'est qu'elle doit aimer ça ! », « Comment un bonhomme comme lui peut se faire maltraiter par sa femme ? »
— Bonjour Aïda. Je peux entrer ?

Elle fit oui de la tête.

— Je suis Lisiane, votre infirmière pour aujourd'hui. Ça vous va si je vous examine et si je vous prépare pour l'intervention ? Le Docteur Lombard viendra ensuite vous expliquer la procédure et répondre à vos questions.

Elle fit à nouveau oui de la tête.
— C'est parfait. On va s'allonger sur le dos et mettre les pieds sur les étriers pour que je puisse faire les prélèvements.

Elle ne put s'empêcher de remarquer les ecchymoses sur ses cuisses et cela confirma les soupçons qu'elle avait. Elle termina l'examen abdominal et vaginal puis retira ses gants.
— C'est terminé. Vous avez été très courageuse.

On frappa à la porte ; c'était Coumba, une autre infirmière du service.
— Lisiane, il y a un monsieur à l'accueil qui demande à voir ta pa-

tiente. Il dit être son mari.

Effrayée, Aïda prit la main de Lisiane et fit non de la tête. Il ne lui en fallut pas davantage pour comprendre le message.

— Dites-lui que ce ne sera pas possible, elle va bientôt entrer au bloc. Il pourra la voir demain, pendant les heures de visites de l'hôpital.

Coumba fit une moue dubitative – l'intervention programmée ne nécessitait pas plus de trois heures de repos postopératoire, mais elle s'exécuta.

— Je suis là, si vous avez besoin de moi. Vous n'êtes pas seule, Aïda !

# 3

Aïda se réveilla à l'hôpital. Des fils et des machines tentaient tant bien que mal de la maintenir en vie.

— Maman, regarde, elle se réveille !

Elle reconnut la voix de sa soeur jumelle, mais elle la voyait difficilement ; ses yeux ne s'ouvraient qu'à moitié.

— *Lipassa*...
— Je suis là, Ma Moitié. On a eu peur, mais Dieu merci, tu es sauve.
— Qu'est-ce qu'il s'est passé ? Pourquoi vous n'êtes pas à Bruxelles ?
— On est venu dès qu'on a su. Quelle est la dernière chose dont tu te souviens ?
— J'étais à table avec Franck. Il avait eu une journée difficile, donc j'essayais de ne pas trop l'énerver. Il m'a demandé de lui servir un verre d'eau, j'en ai renversé un peu et ça l'a mis en colère. Je crois que ma tête a frappé le rebord de la table ; après, c'est le trou noir.

Son père se leva et sortit de la chambre. Il ne voulait pas qu'elles le voient pleurer. M^me^ Lisanga, elle, terminait son chapelet en rendant grâce à Dieu de lui avoir rendu sa fille. Les médecins ne savaient pas si elle se réveillerait un jour de son coma ; les traumatismes crâniens subis étaient très importants. On avait dû la placer sous coma artificiel pour aider son cerveau à se rétablir.

— Papa s'en veut de n'avoir rien remarqué plus tôt. Il n'a rien dit depuis qu'on nous a prévenus.
— Comment... vous avez su ?
— Une dame qui dit te connaître, Lisiane Jean-Lou, je crois.
— Elle m'a vraiment sauvé la vie, alors...

Depuis son séjour prolongé à l'hôpital huit mois auparavant, Aïda s'était liée d'amitié avec Lisiane, après avoir timidement demandé son aide. Elles s'arrangeaient pour se voir quelques heures par semaine pour préparer le départ d'Aïda. Elle se sentait prête à mettre un terme à ce mariage plus que toxique. Au début, Lisiane avait dû batailler pour que le plan aille jusqu'au bout ; Aïda semblait, volontairement ou pas, vouloir saboter le projet. « Je sais que tu vis un conflit interne, en ce moment. Tu veux partir car tu sais que tu es en danger ; mais c'est ton mari et tu l'aimes. Je ne peux qu'imaginer ce que tu traverses, mais quelle que soit ta décision, je t'aiderai comme je peux. De la même façon que j'aurais aimé aider et sauver ma fille. »

La première étape devait l'aider à mettre en place des routines de sécurité. Tous les soirs, à la même heure, elle devait envoyer un message à Lisiane pour indiquer si tout allait bien chez elle. Elle avait aussi désormais un sac d'urgence qui contenait quelques affaires de première nécessité, vêtements, documents administratifs et de l'argent liquide.

L'étape suivante consistait à réunir un maximum de preuves pour pouvoir porter plainte et demander le divorce. Retrouver et compiler tous les examens médicaux, toutes les photos et tous les témoignages possibles. Et enfin, un point qui fait parfois défaut aux personnes dans cette situation : l'argent.

La jeune femme avait l'air perdue devant toutes ces nouvelles notions. Comment faire un budget, gérer ses dépenses et épargner ? Elle ne comprenait pas grand-chose au début, mais elle s'accrocha ; d'après Lisiane, pour une femme, savoir gérer ses finances personnelles était une nécessité absolue. Pour certaines, c'était la différence entre la liberté de partir quand elles le souhaitaient sans perdre en qualité de vie, et la prison d'une relation abusive, car elles dépendaient financièrement de leur conjoint. Pour certaines, c'était une véritable question de vie ou de mort.

Vu que Franck avait retrouvé du boulot, il n'exigeait plus qu'elle lui vire mille euros par mois et qu'elle paie, seule, le crédit pour leur appartement. En *Bonus Pater Familias*, il tenait à nouveau à tout payer dans leur couple. Pour se flatter l'*ego*. Avec l'aide de Lisiane, Aïda ouvrit son premier livret d'épargne à l'âge de trente-trois ans. Et elle découvrit également, lors de son entretien annuel, qu'elle bénéficiait du dispositif d'épargne salariale mis en place par l'entreprise et qu'elle pourrait prochainement débloquer les fonds sécurisés.

Elle n'en revenait pas ; cela représentait plus de vingt mille euros. Pourquoi, tout à coup, les choses semblaient-elles s'améliorer ? Même son bourreau semblait être redevenu l'amoureux tendre et passionné qu'il était à leurs débuts. Après toutes ces années, elle s'était convaincue qu'elle ne méritait pas que des choses positives lui arrivent et qu'elle soit heureuse. Et le changement de comportement de Franck depuis son retour à la vie active l'amena à penser que les coups, les insultes, étaient temporaires et que tout revenait à la normale ; que ce n'était qu'une épreuve à passer pour tester la solidité de leur mariage.

Ce jour-là, elle acheta de la lingerie fine et prépara le plat préféré de Franck. Mais le verre d'eau renversé changea la donne. Elle devait sa vie à Lisiane qui, ne recevant pas le message quotidien et craignant le pire, appela la police. Lorsqu'ils arrivèrent, elle gisait, à moitié consciente dans le séjour, le parquet recouvert de sang.

***

Aïda emprunta la rue qui menait au foyer. C'est là qu'elle apprit à respirer de nouveau à plein poumons, qu'elle reprit confiance en elle avec l'aide des accompagnatrices. C'est là qu'elle réalisa également que des hommes pouvaient aussi être victimes de violences conjugales de la part de leurs compagnes et compagnons. Elle qui avait toujours cru que seules les femmes les subissaient.

Elle marchait d'un pas calme et posé, enfin libérée de sa prison ; même si de temps à autre, elle se retournait encore pour s'assurer de ne pas être suivie. La police n'avait toujours pas retrouvé Franck. Même plus d'un an après, elle était toujours sur ses gardes ; sursautait au moindre bruit dans sa chambre et vérifiait bien que la porte et la fenêtre étaient verrouillées, que personne ne pouvait s'introduire à son insu. Elle avait toujours cette peur incontrôlée et irrationnelle de rester seule dans la même pièce qu'un homme ou qu'il s'approche de trop près. Les cauchemars étaient moins fréquents et elle parvenait désormais à se calmer seule. Lisiane lui avait enseigné quelques techniques de respiration et de relaxation pour faire passer facilement ses crises d'angoisse. Elle revoyait encore Franck s'abattre sur elle, l'assener de coups. Elle repensait à sa fausse couche. Elle repensait aux séances de rééducation après l'hôpital. Apprendre à marcher avec une prothèse dans la hanche. Apprendre à aimer un corps qui avait beaucoup changé. Et surtout, se pardonner et accepter d'avancer

Aïda chercha son badge d'accès pour valider son passage à la grille d'entrée du foyer. Elle sortait toujours ses clés en avance pour entrer le plus vite possible et ne pas être une cible facile en s'arrêtant devant. Le badge venait de passer au vert lorsqu'il l'appela.

— Bébé…

Aïda se figea. Il avait fini par la retrouver.

# 4

Se remet-on jamais d'un enfer pareil ? Nul doute que l'on puisse remonter la pente, s'en sortir et commencer une nouvelle vie, mais guérit-on vraiment de ces blessures qui scarifient la chair et l'âme ? Est-ce qu'un jour on arrête de sursauter au moindre bruit ou geste brusque ? Est-ce qu'un jour les crises d'angoisse et les larmes cessent de surgir de manière inattendue à l'évocation d'un mot, d'un son, d'une image, d'un geste ? Est-ce qu'on peut jamais, un jour, pardonner à l'autre pour le calvaire infligé, réellement pardonner ? Mais surtout, parvient-on jamais à se pardonner soi-même ? Se pardonner de n'avoir pas vu les signes ou de les avoir ignorés, de n'être pas parti plus tôt, aux premières insultes, aux premiers coups ? Et aussi se pardonner d'avoir aimé l'autre, et parfois, de l'aimer encore ? Peut-on réellement et sincèrement y arriver ? C'est en tout cas nécessaire pour pouvoir avancer et faire face à sa nouvelle vie.

Elle se retourna lentement, comme pour se donner le temps de réaliser que ce n'était pas une hallucination auditive. Son cauchemar semblait ne pas avoir de fin. Franck se tenait derrière avec un bouquet de fleurs, des roses jaunes, ses préférées. À la vue de son sourire amoureux, elle eut la nausée et se retint de vomir. Elle chercha dans la poche de sa robe le boîtier d'urgence qu'elle avait toujours sur elle.

— Bonjour bébé. Ça va ? Tu m'as manqué.

Aïda ne savait pas quoi dire, ni quoi faire. Son corps était comme paralysé, incapable de faire le moindre mouvement. La grille était déjà ouverte, il suffisait qu'elle se dépêche de rentrer et la referme derrière elle avant que Franck puisse s'approcher. Mais elle ne bougea pas, tétanisée. Ou alors, cherchait-elle la force de lui tenir tête ?!

— Je sais que j'ai été une ordure, mais je te promets que j'ai changé. J'ai suivi des cours de gestion de la colère, je suis une thérapie, en ce moment, et tout. Je t'assure, bébé, j'ai changé, tu veux bien me pardonner ? On pourra repartir sur de nouvelles bases, effacer les erreurs du passé et renforcer notre mariage. Tu sais, je...
— Est-ce que tu te rends compte de toutes les inepties que tu sors ? dit-elle en l'interrompant. Ce que tu appelles « des erreurs » n'est que la noirceur qui se cache dans ton âme. Je ne veux plus jamais avoir affaire à toi, plus jamais. Tu ferais mieux de partir avant que quelqu'un te voie.
— Tu me parles sur un autre ton, Aïda, je suis encore ton mari. Tu me dois le respect.
— Selon toi, un homme qui bat sa femme et lui inflige les pires souffrances a-t-il droit au respect ? À cause de toi, j'ai maintenant une prothèse à la hanche et je boite ; à cause de toi, j'ai passé les dix derniers mois en rééducation ; à cause de toi, on a dû me faire une ablation d'ovaire ; à cause de toi, j'ai littéralement perdu une partie de moi. Et la liste est encore longue. Le nouveau départ que tu pensais trouver ici n'existe pas, la femme que tu pensais ramener avec toi est morte cette nuit-là, quand tu m'as laissé me noyer dans mon sang sur le parquet froid de notre appartement. Pars, maintenant, c'est mieux pour tout le monde.
— Je ne pars pas sans toi, dit-il en la prenant par le bras.
— Lâche-moi, Franck. Je n'irai nulle part avec toi.

Agacé, il jeta le bouquet de fleurs sur le trottoir et leva la main pour donner une gifle à Aïda.
— Cette fois, ne t'arrête pas à mi-chemin. Fais bien ton boulot jusqu'au bout. Parce que si je me relève, tu vas le regretter.

Elle le regardait droit dans les yeux, sans hésiter, sans flancher ni montrer le moindre signe de faiblesse. Son langage corporel disait « je suis prête à riposter s'il le faut ». Ce n'était réellement plus la jeune épouse frêle et intimidable qu'il avait connue. Le calme dans sa voix lorsqu'elle s'adressa à lui témoignait d'une maîtrise d'elle-même qu'il n'avait jamais observée chez elle ; sa mâchoire, serrée, et ses yeux, fixés sur lui, en disaient long sur la colère qui grondait en elle. Elle n'avait plus peur de lui.

De savoir qu'il n'avait plus de pouvoir sur elle, qu'elle ne le craignait plus, l'énerva davantage. Il plia alors les poings pour l'assommer avec un coup violent au visage. Mais avant qu'il puisse mettre à exécution son plan de lâche, une dizaine de personnes sortirent du foyer et l'interpellèrent : « Hé ! Vous ! Arrêtez-vous ! », « Ça va, Aïda ? Tu n'as rien ? », « Rattrapez-le ! Il ne doit pas s'enfuir ! », « Emmenez-la à l'intérieur ! ».

Deux agents de sécurité se mirent à la poursuite de Franck pendant qu'une des thérapeutes et quelques résidentes du foyer la raccompagnaient dans sa chambre. Aïda se mit à hyperventiler et son corps fut pris de légères convulsions à cause de ses sanglots. Elles l'allongèrent sur son lit, pour la calmer, pour faire descendre la pression. Elle répétait sans cesse : « J'ai résisté, j'ai résisté… » Lorsqu'elle se calma, la thérapeute, qui était restée assise sur le lit à lui tenir la main, prit un ton doux pour lui parler.

— Oui, tu as résisté. Tu as été d'un courage extraordinaire et tu ne t'es pas laissé faire. Tu lui as montré qu'il ne te faisait plus peur, que désormais, tu savais te défendre.

— Il aurait pu…

— Mais il ne l'a pas fait, dit-elle en l'interrompant. Nous sommes arrivés à temps car tu es une femme intelligente et tu as pensé à nous alerter avec le bouton d'urgence. Tu savais que tu pouvais compter sur nous pour t'aider et ça, c'est le plus important. Tu peux être fière de toi, tu as accompli quelque chose de très fort, aujourd'hui. Et ce n'est que le début, tu vas encore faire d'autres choses extraordinaires.

— J'espère, dit-elle timidement.
— J'en suis sûre !

Son affirmation s'accompagna d'un sourire rassurant.
— Je peux rester ici, ce soir ? Je n'ai pas envie de dormir seule à l'appart.
— Bien sûr ! Je vais en parler avec la Directrice, mais je pense que ça ne devrait pas poser de problème. Repose-toi un peu, le dîner sera prêt dans deux heures.

Lorsqu'elle referma la porte, Aïda se mit à pleurer. Non plus de tristesse, mais de joie et de fierté. Recroquevillée sur elle-même, elle se félicita silencieusement d'avoir combattu pour elle, d'avoir d'une certaine façon vengé cette Aïda fragile et effrayée du passé. Comme une impression de début de paix avec elle-même. Elle savait désormais qu'elle était capable de tenir ferme face à son ancien bourreau, qu'elle n'était plus une victime ; désormais, ce serait une combattante, pour elle, mais aussi pour les autres. Elle pouvait compter sur ces femmes formidables et sa famille.

Elle se releva, essuya ses larmes et alla prendre une douche. Elle aimait la sensation de l'eau sur son crâne nu. Depuis l'incident, elle portait désormais ses cheveux crépus très courts car elle se sentait plus féminine comme ça, mais aussi pour pouvoir porter fièrement sa cicatrice, montrer aux autres, les prédateurs mais surtout les victimes, qu'elle avait survécu, que c'était possible. Même si peu ont cette chance, c'est possible, si on trouve le courage de demander de l'aide à la bonne personne. Il y a toujours une main prête à aider.

*« Until you had enough then you took that ring off*
*You took that ring off*
*So tired of the lies and trying, fighting, crying*
*Took that ring off.* »*

* *Beyoncé - Ring Off (Beyoncé, 2013)*

# Une Place au Soleil
# |
# Let's Get Information

*« Some of them men think*
*They freak this like we do*
*But no They don't*
*Make your check come at they neck*
*Direspect us ? No They won't.* [*] *»*

---

* *Beyoncé – Run The World (Girls) (4, 2011)*

# 1

Dans l'ascenseur qui l'emmenait au quatorzième étage de cette immense tour de bureaux, Sandy vérifia son allure dans le miroir, ajusta sa coiffure et prit une profonde respiration. Elle était à la fois excitée de commencer ce nouveau travail et anxieuse à l'idée de devoir repartir de zéro dans cette nouvelle ville. Elle avait vécu plusieurs années dans une petite bourgade, pour ses études supérieures, après avoir débarqué du Cameroun à dix-huit ans. Elle y avait également obtenu son premier emploi, mais elle n'y était restée qu'une année.

Après plusieurs mois de recherche et d'entretiens infructueux, elle finit par se résoudre à déménager dans une ville un peu plus grande. Cela faisait donc deux mois qu'elle avait emménagé et, il y a deux semaines, elle avait enfin décroché ce nouveau CDI tant recherché. Sur le plan administratif, ce contrat était une réelle bouffée d'air, pour elle. Elle allait pouvoir obtenir une carte de séjour d'une plus longue durée et arrêter de faire des allers-retours incessants, à chaque rentrée, à la préfecture, pour justifier sa présence dans ce pays.

Intérieurement, Sandy se motiva en voyant les portes de l'ascenseur s'ouvrir devant elle. À la réception, elle se présenta et attendit debout, son trench-coat couleur camel et son sac à la main. Elle avait hâte de commencer ses missions et de rencontrer ses collaborateurs. La responsable des ressources humaines, une femme d'une quarantaine d'années, apparut, le sourire aux lèvres, suivie de Jean, un rondouillard aux cheveux grisonnants et au visage avenant. Après une rapide réunion au cours de laquelle elle signa son contrat, Jean lui remit le livret d'intégration de la société et la pria de le suivre.

— Je vais te montrer notre pôle et te présenter tes collègues. Traditionnellement, on se tutoie tous, ici. C'est plus simple. J'espère que cela ne te dérange pas.

— Non, pas du tout. Au contraire !

Les bureaux de l'entreprise étaient divisés en immenses salles aux murs et aux portes vitrés. Une vingtaine de salariés travaillaient sur ce plateau, répartis en équipes de trois ou quatre personnes. Jean s'arrêta à chacune des salles pour présenter Sandy aux différentes équipes :

— Voici Sandy Atangana, notre nouvelle designer graphiste. Elle vient nous apporter un regard neuf sur nos créations.

Ils arrivèrent enfin dans leur espace de travail. La salle, très lumineuse grâce à l'immense baie vitrée qui offrait une vue imprenable, accueillait quatre postes de travail. Dans deux coins se trouvaient deux grands tableaux blancs, noircis par des dessins et des notes. Des photos et des images étaient épinglées sur l'un des murs qui servait de *moodboard*. Le bureau le plus grand, placé au centre de la pièce, était certainement celui de Jean. Un homme d'une trentaine d'années se leva en les voyant entrer et se dirigea vers Sandy :

— Bonjour, moi, c'est Fabrice.

Fabrice était un grand brun aux yeux marron clair. Ses cheveux étaient coupés court et il arborait une barbe de trois jours. Il portait un jean avec une chemise à carreaux et des chaussures de ville en daim. Sandy lui serra la main. Elle regarda vers l'autre bureau occupé. La jeune femme qui y était ne décolla pas son regard de l'écran de son ordinateur jusqu'à ce que Jean s'adresse directement à elle.

— Amélia, voici Sandy, ta nouvelle collaboratrice. Elle viendra te seconder pour tout ce qui est créa' et graphisme. Vous allez faire un binôme de choc.
— Bonjour, dit Sandy.

Amélia regarda enfin sa nouvelle collègue et esquissa un simple hochement de tête avant de se concentrer de nouveau sur son écran.

— Bien, dit Jean en lui désignant le bureau inoccupé. Voici ton poste. Il faudra que tu ailles voir le service IT pour qu'ils te remettent un ordinateur portable. Ils te donneront également toutes les instructions nécessaires en ce qui concerne la sécurité, la confidentialité, etc. Pour l'instant, tu peux te mettre à l'aise. Nous avons une réunion dans une demi-heure environ avec notre Directeur général. Ce sera l'occasion pour toi de le rencontrer.
— D'accord. Merci beaucoup, Jean, répondit Sandy en s'installant à son poste.

Elle examina un instant son environnement immédiat afin de s'y habituer. Elle sentait le regard amusé de Fabrice qui s'était mis à parler du beau temps avec Jean. Amélia, quant à elle, gardait le silence et le regard rivé sur son ordinateur. Quelques minutes plus tard, elle les suivit dans une des salles de réunion. Alain, le Président-directeur général, était déjà là. Il branchait son ordinateur à un vidéoprojecteur pendant que les autres s'installaient.

Alain était un petit brun d'une quarantaine d'années. Sa stature élancée et son allure sportive lui donnaient un certain charme. Autodidacte, il avait exercé en tant qu'agent immobilier pendant plusieurs années avant de se lancer dans la publicité, après avoir suivi des cours du soir. Il avait connu le succès en décrochant un contrat important avec une grande maison de prêt-à-porter. Avec seulement trois collaborateurs à l'époque, Alain avait brillamment dirigé la campagne de publicité pour leur collection printemps/été. Aujourd'hui, il était à la tête d'une entreprise de plus de vingt salariés et enchaînait les projets.

La réunion se tenait avec l'équipe artistique et l'équipe commerciale. Au total, ils étaient une dizaine dans la salle. Sandy essaya de se rappeler le nom de chacun en prenant place entre Jean et Fabrice.

— Tout d'abord, je voudrais souhaiter la bienvenue parmi nous à

M^lle Sandy Atangana qui rejoint notre équipe artistique. Et comme nous le savons, sans cette équipe artistique, bon nombre de nos projets ne verraient jamais le jour ! Et bon nombre de contrats très intéressants nous passeraient sous le nez, déclara Alain en serrant la main à Sandy.

Amélia, qui se trouvait juste en face d'elle, lui lança un regard noir.

— Bien, venons-en aux faits. J'ai enfin reçu l'appel d'offres officiel pour la nouvelle ligne de cosmétiques de La Régente. Ils prévoient de faire une très grosse campagne autour de leur nouvelle égérie, une jeune actrice qui sera sûrement nominée aux Oscars, cette année. Il nous faut donc quelque chose de frais et de contemporain.

— Aïssa a une image plutôt underground, très rock'n'roll, précisa Amélia. Je la connais bien. Ils l'ont choisie comme égérie pour casser leur image très lisse et bon chic bon genre. Il nous faudra donc des visuels qui attireront l'attention d'un public autre que leur clientèle habituelle…

— C'est exact. Et surtout, elle est noire, coupa Sandy. Je crois que leur choix s'explique également par la polémique autour de leur marque qui ne proposait pas assez de teintes et de produits adaptés aux peaux noires ou métissées. Ils veulent rebondir dessus en élargissant leur gamme et en touchant une clientèle absente de leur targeting actuel.

— Exactement, Sandy. C'est également ce que je pense. Il nous faut donc leur proposer un tout autre angle que celui habituellement abordé dans leurs campagnes. Je tiens à vous préciser qu'il s'agit d'un contrat de deux millions d'euros. Si nous l'obtenons, ce sera le contrat de l'année et, bien sûr, pour nos créatifs, cela veut dire un bonus et une prime importante à la clé, ajouta Alain.

Sandy, Amélia et Fabrice se regardèrent en silence. Pour Sandy, commencer dans l'entreprise avec un projet aussi important était un véritable défi, mais elle se dit que c'était pour ça qu'elle était là,

qu'elle s'était lancée dans un déménagement, une nouvelle vie. Elle était là pour relever des défis, prouver ce qu'elle valait. Après un tour de table sur les différentes informations essentielles de l'appel d'offres, Jean prit la parole :
— Je voulais également officiellement annoncer mon départ à mon équipe et à mes collègues. Après dix années au sein de Kréatif Agency, j'ai décidé de me tourner vers d'autres horizons. J'ai donc déposé ma démission et Alain a, bien sûr, accepté ma demande. Cependant, je serai encore parmi vous pendant les quatre prochains mois. Fabrice, Amélia et Sandy, cela veut surtout dire que l'un d'entre vous prendra ma succession. Nous souhaitons que cela reste en interne. Alain et moi déciderons lequel d'entre vous aura droit au poste de Directeur artistique et je crois que ce projet pour La Régente sera l'un des éléments déterminants de notre décision. Bien sûr, Sandy, Amélia et Fabrice ont une longueur d'avance sur toi du fait de leur ancienneté. On connaît déjà leur travail et leurs capacités à travailler sous pression. Il va donc falloir que tu nous impressionnes.
— Sans compter le fait qu'il ne s'agit pas de votre seul projet. Même si obtenir ce contrat avec La Régente devient une priorité pour tous, les autres projets devront être livrés à temps. Toutes les deadlines sont toujours applicables, précisa Alain. Vous nous proposerez vos différentes idées pour cette campagne, dans un mois, environ. Je veux que ce soit accompagné de visuels pertinents, je veux avoir une idée claire et concise de ce qui sera proposé au client.

Les trois collègues hochèrent la tête en silence. Alain s'intéressa ensuite à l'aspect financier avant de clore la réunion. En sortant de la salle, Amélia bouscula Sandy devant la porte. La jeune fille la regarda du coin de l'oeil attendant une excuse, mais celle-ci continua son chemin vers son bureau.

— Je t'offre un café ? demanda Fabrice.
—Avec plaisir !

# 2

Cela faisait un peu plus d'un mois que Sandy avait commencé à travailler chez Kréatif. Ses relations avec ses supérieurs et ses collègues étaient au beau fixe et relativement cordiales, sauf avec Amélia. La jeune femme l'avait prise en grippe sans que Sandy ne comprenne réellement la raison. Jean leur avait confié la mise en place des visuels de la campagne La Régente et elles devaient donc travailler ensemble pendant plusieurs mois. Cependant, à chacune des propositions de Sandy, Amélia lui rétorquait que c'était trop « simple » ou « basique », « pas assez créatif ». Sandy savait aussi qu'Amélia tenait des propos déplacés à son égard auprès de leurs autres collègues. Un jour, alors que Sandy s'était proposée pour apporter des desserts typiquement camerounais à ses collègues, Fabrice lui avait alors rapporté qu'Amélia avait fait une remarque blessante sur les Africains et leur nourriture. Même si Amélia était également Noire, elle était Française, originaire de la Martinique. Elle ne se sentait donc pas du tout proche de Sandy culturellement et le lui faisait bien comprendre.

Les bassesses et les commentaires désobligeants de sa collègue ne la dérangeaient pas réellement, sauf lorsque celle-ci s'attaquait directement à son travail et son efficacité. Devant Jean, elle remettait constamment ses idées et son analyse en cause, sur chacun de leurs dossiers et cela même sur ceux qui relevaient exclusivement de Sandy. En tant que nouvelle arrivante et toujours en période d'essai, elle préférait éviter de se plaindre du comportement d'une personne de son équipe à ses supérieurs. Lasse, elle en avait parlé à son petit ami, qui lui avait conseillé de soit faire profil bas et continuer à ignorer Amélia, soit avoir une conversation franche et honnête avec elle. Elle avait fini par opter pour la seconde option. Ce matin-là, elle était

arrivée en avance pour travailler sur le projet La Régente. Elle était donc seule dans les locaux lorsque Alain, le P.-D.G., fit son apparition. Elle le vit au téléphone, faire les cent pas dans les locaux, et lorsqu'il l'aperçut dans l'une des salles de travail à travers les vitres, il lui fit un signe de la main. Il se dirigeait vers elle au moment où elle enregistrait ses dernières propositions à l'attention de Jean, Fabrice et Amélia.
— Sandy ! Matinale ? J'aime !
Il avait entrouvert la porte et se tenait debout à quelques mètres d'elle.
— Je t'offre ton premier café de la journée ? Tu pourras me faire un *brief* rapide sur votre avancée.
— Bien sûr !

Sandy se leva et suivit Alain. Dans l'une des salles de repos, il fit un cappuccino pour Sandy puis un espresso pour lui-même. Sandy regarda l'horloge accrochée à l'un des murs. Il était huit heures cinq et les locaux étaient toujours déserts. Ils s'installèrent chacun dans un fauteuil.

— Alors, Sandy ! Tu te plais, chez nous ?
— Oui, vraiment. Il y a une bonne ambiance, et les projets sur lesquels Jean m'a mise sont particulièrement intéressants. Beaucoup de travail, mais je ne vais pas me plaindre.
— C'est pour la campagne La Régente que tu viens si tôt au travail ?
— Oui, j'avais besoin de retravailler certains points. Amélia et moi avons du mal à nous mettre d'accord et cela nous prend plus de temps que prévu. Il ne nous reste que quelques semaines, donc je fais des heures supplémentaires pour trouver des consensus. Soit je viens tôt le matin, soit je reste tard le soir, mais je préfère le matin ; le soir, je vais à la salle de sport. C'est vital pour moi, expliqua-t-elle en riant.
— Ça se voit ! Tu as une silhouette très agréable.

Le ton d'Alain n'avait pas changé ; il semblait faire cette remarque de la même manière qu'il aurait commenté la météo, mais Sandy se sentit mal à l'aise, seule avec lui. Elle portait une blouse rose avec une jupe noire droite qui moulait effectivement ses formes. D'un mouvement léger, elle tenta de redescendre encore un peu plus sa jupe qui était légèrement remontée sur ses cuisses lorsqu'elle s'était assise.
— J'aime beaucoup vos cheveux, ajouta Alain. Les femmes noires ont ceci de mystérieux qu'elles changent constamment de style. On ne peut jamais vraiment savoir à quoi vous ressemblez. C'est intrigant, voire excitant.
— Merci, répondit Sandy, gênée.

Elle passa rapidement sa main sur ses nattes collées. Elles étaient fines et longues et lui tombaient dans le dos. Elle les fit passer par-dessus son épaule gauche.
— Au sujet de la campagne, dit-elle pour changer de sujet, je pense que nous devrions proposer une campagne autour des valeurs d'Aïssa. Elle a récemment pris part à des manifestations liées aux violences policières sur les populations noires et s'est également insurgée sur les réseaux sociaux contre le traitement subi par les minorités et les personnes issues de…
— Il s'agit d'un sujet touchy, Sandy. Il ne faudrait pas qu'on crée un bad buzz en se positionnant sur ce type de sujet. N'oublions pas qu'il s'agit d'une campagne publicitaire pour vendre des produits de beauté à des femmes. Ce n'est pas aussi sérieux, coupa Alain.
— Oui, il ne s'agit peut-être que de produits cosmétiques, mais faire passer un message activiste attirera justement cette partie de la population qui méprise certaines grandes marques car elle se sent elle-même méprisée par celles-ci. Aujourd'hui, avoir une égérie noire et des produits visant directement certaines carnations relève du miracle, en Occident. Je crois qu'on devrait mettre en avant cet aspect,

dans notre campagne. Je vois des mannequins noires, une marche dans la rue, une manifestation, des personnes engagées, rebelles, avec Aïssa mise en avant. Ça, ça ferait de l'effet et attirerait positivement l'attention.
— Je ne sais pas. C'est à voir. Peaufinez cette idée avec Jean et les autres et nous verrons dans deux mois ce que vous proposez concrètement.
— D'accord… Je vais y aller. J'ai encore beaucoup à faire avant que les autres n'arrivent. Nous avons une réunion à neuf heures trente et je veux faire le maximum avant.

Sandy se leva et, en même temps, Alain se dressa devant elle. La proximité la gêna un peu plus. Elle fit un pas vers la gauche pour le dépasser, mais il se déplaça en même temps qu'elle. Elle lui jeta un regard interrogateur. Alain souriait, mais ne disait rien. Il semblait avoir oublié les distances de politesse en se rapprochant de plus en plus d'elle.

— Je dérange, peut-être ?

Amélia se tenait derrière Alain, près de la porte. Ils n'avaient pas entendu la jeune femme arriver. Amélia était une grande femme avec de longues jambes et une silhouette fine. Elle devait avoir les cheveux bouclés, mais ils étaient constamment attachés en un chignon bas avec une raie au milieu. Cela lui donnait un air austère. Son sac à la main, elle observait Alain et Sandy d'un air suspicieux, le sourcil droit légèrement levé. Alain recula enfin et afficha son sourire le plus complaisant en se retournant.

— Amélia ! Bonjour. Sandy et moi avions une petite conversation autour d'un bon café. Elle m'a fait part de ses idées pour la campagne La Régente, idées que je trouve particulièrement intéressantes, d'ailleurs. N'est-ce pas, Sandy ?

La jeune femme ne répondit pas. Elle sentait une forme de colère et de dégoût monter en elle. Elle ne savait pas quelles auraient été les intentions réelles d'Alain si Amélia n'avait pas fait irruption dans la pièce, mais elle se sentit reconnaissante envers elle, même si elle savait que cet « incident » donnerait du grain à moudre à sa collègue. Alain s'éloigna d'elle, passa devant Amélia qu'il effleura sournoisement et sortit de la salle de repos. Les deux femmes se regardèrent silencieusement. Amélia finit par ouvrir l'un des réfrigérateurs et en sortit une bouteille de jus de fruit, tandis que Sandy se dirigeait vers la porte. Lorsqu'elle passa près d'elle, Amélia murmura d'un ton cassant et ironique : « Tu n'obtiendras pas ce poste en écartant les cuisses pour Alain, Sandy. Tu ne seras qu'une parmi d'autres. » Sandy referma la porte derrière elle en évitant de répondre. Elle lui aurait sauté au cou si elle n'était pas dans le cadre professionnel. Supposer qu'elle essayait de coucher avec leur patron pour obtenir la place de Jean, c'était insulter son intelligence et ses compétences.

# 3

Après l'incident du matin, Sandy savait qu'elle devrait avoir une réelle conversation avec Amélia avant que celle-ci ne raconte à tous sa version de l'histoire. Cette dernière l'ignora et l'évita toute la matinée et une bonne partie de l'après-midi. Même pendant leur réunion avec Fabrice et Jean, les deux femmes s'adressèrent à peine la parole et Amélia ne s'opposa pas, comme à son habitude, aux propositions de Sandy. Elle resta silencieuse et stoïque et se contenta d'approuver les lignes directrices de la campagne par des hochements de tête. L'atmosphère resta tendue dans leur bureau pendant toute l'après-midi. Seuls Jean et Fabrice échangeaient quelques phrases de temps en temps. Sandy surveillait Amélia du coin de l'oeil. Elle savait qu'elle prenait souvent une pause vers seize heures. Elle sortait fumer et revenait généralement avec une pâtisserie.

Lorsque Amélia se leva et sortit du bureau, Sandy décida de la suivre ; il fallait qu'elle lui parle. De son comportement envers elle en général et surtout du comportement d'Alain à son égard, plus tôt dans la matinée. Celui-ci avait été absent toute la journée. Il avait plusieurs rendez-vous en extérieur, aujourd'hui, et était parti vers dix heures. La colère qu'elle avait ressentie ce matin s'était, dans un premier temps, accentuée puis calmée au fur et à mesure que le temps passait, mais elle estimait qu'il faudrait que lui aussi s'explique. Elle n'avait pas rêvé, son comportement avait été particulièrement ambigu, voire malsain. Elle se leva, prétextant une pause-café et suivit Amélia. Celle-ci se rendit dans les toilettes pour femmes situées près de la salle de repos.

Sandy attendit un moment devant la porte, faisant semblant de chercher quelque chose dans le réfrigérateur. Au bout de cinq minutes, elle entra également dans les toilettes. Elle entendit des sanglots étouffés provenant de l'une des trois cabines.

— Amélia ?

Pas de réponse. Les sanglots cessèrent. Sandy resta debout près du lavabo, silencieuse. Amélia finit par sortir des toilettes. Ses yeux étaient rouges, mais son visage demeurait impassible, imperturbable.

— Tu vas bien ? Je t'ai entendue pleurer.

— Oui… merci. Juste une mauvaise journée en général. J'avais besoin d'extérioriser quelques frustrations, expliqua-t-elle calmement en rinçant le savon sur ses mains.

— C'est normal. On a tous nos coups de mou.

— Ce n'était pas un coup de mou… Sandy ! répondit Amélia d'un ton cassant.

— Écoute, Amélia, ça fait un mois que je suis là et j'ai l'impression que tu ne m'aimes pas du tout. Soit, chacun ses préférences, mais tu sembles exprimer ton animosité à mon égard en t'attaquant à mon travail et ça, je ne compte pas l'accepter plus longtemps.

— La nouvelle se rebelle ? Tu vas me faire quoi exactement, Sandy ? Me taper dessus jusqu'à ce que je respecte ton travail ?

Amélia leva les mains et fit un geste indiquant des guillemets au moment où elle prononça le mot « travail ».

— Qu'est-ce que tu sous-entends ?

— Que tu as une drôle de manière de prouver que tu es compétente. N'oublie pas que je vous ai vus, ce matin, Alain et toi.

— Quoi ? Tu es jalouse ? ironisa Sandy.

— Jalouse ? Ce type est un prédateur. Tu n'es qu'une gamine.

Amélia avait haussé la voix, puis se tut. Sandy l'observa en silence un moment. Quelque chose clochait dans le comportement d'Amélia. Elle semblait en savoir plus qu'elle ne le prétendait. Surtout au sujet d'Alain et de son comportement envers les femmes.

— Il y a quelque chose que je ne comprends pas. Ton problème, c'est moi, ou Alain, ou plutôt l'intérêt qu'il me porte ? Je ne suis pas ton ennemie.

Amélia ignora la remarque. Elle se dirigea vers la porte, mais s'arrêta juste avant de sortir et se retourna. L'inquiétude se lisait sur son visage, elle semblait hésiter à dire quelque chose. Pendant un moment, elle resta silencieuse. Sandy l'observait, également silencieuse. Elle voulait lui laisser le temps de se dévoiler, qu'elle lui explique les raisons de son animosité à son égard, du comportement d'Alain, de sa méfiance. Finalement, Amélia se rapprocha d'elle d'un air un peu plus calme.

— Alain me harcèle depuis que je suis dans cette entreprise. Il fait des commentaires complètement racistes et pervers au sujet des femmes de couleur, de mon corps, de mes vêtements. Je ne suis pas sa maîtresse, Sandy, et jamais je ne le défendrai. Je passe mon temps à l'éviter. Il m'a déjà plusieurs fois coincée dans un coin ou dans l'ascenseur, mis la main aux fesses ou a carrément exigé que je reste tard avec lui, ici. Voilà ce qu'il se passe. Depuis que tu es arrivée, il semble avoir déplacé son intérêt vers toi. Je pensais qu'il s'était calmé, mais ce que j'ai vu ce matin m'a un peu… Bouleversée. Je pensais que c'était moi, le problème, mais en fait, il est juste…
— Complètement malade ? finit par dire Sandy, horrifiée.

Elle avait écouté, d'un air ahuri, Amélia lui raconter son histoire. Alain harcelait sexuellement une de ses employées depuis des années et elle n'avait rien dit. De plus, elle l'avait prise en grippe dès son arrivée car elle se sentait « menacée ? ». Dans quel pétrin s'était-elle foutue ?

— Je suis désolée de mon comportement envers toi depuis ton arrivée. Mais après ce qu'il s'est passé ce matin, je pense qu'il est préférable que je t'informe. Je te demande juste de faire très attention à

— Pourquoi tu n'as pas démissionné ou porté plainte ?
— J'ai mes parents à charge et je finance les études supérieures de ma soeur cadette. Je ne peux pas me permettre de perdre mon emploi. Je ne suis pas seule.

Sandy resta perplexe un moment. Peut-être que cette histoire de harcèlement était une ruse de la part de sa collègue pour la déstabiliser et créer un climat relativement méfiant entre Alain et elle. Mais elle observa longuement Amélia. La jeune femme avait l'air réellement à bout et semblait, pour la première fois depuis leur rencontre, sincère avec elle. C'était comme si la scène à laquelle elle avait assisté le matin même les avait inconsciemment rapprochées. Elle s'approcha finalement d'elle.
— Je pense qu'on doit établir un plan d'attaque et montrer à cet homme que nous sommes beaucoup plus malignes que lui… finit-elle par dire.

# 4

Amélia et Sandy décidèrent ensemble de se concentrer, dans un premier temps, sur la campagne La Régente et de décrocher la prime de 10 % du contrat. Elles s'entendirent pour se tenir l'une et l'autre à distance d'Alain le plus souvent possible et ne jamais se retrouver seule avec lui. Même si Alain pensait exercer son pouvoir sur l'une ou l'autre, il n'oserait s'attaquer aux deux femmes en même temps. Un mois plus tard, elles bouclèrent enfin le projet qui se basait sur les propositions de Sandy.

La campagne tournerait autour d'une manifestation pour la reconnaissance des droits des minorités. Aïssa et plusieurs mannequins d'origines ethniques différentes seraient mises en avant, maquillées par les produits de la marque. Non seulement, elles étaient sûres et certaines que cet angle plairait à l'actrice, mais en plus, cela donnerait une image un peu plus consciente des problèmes sociaux à une marque encore trop classique. Aidées de Fabrice, les deux femmes peaufinèrent donc les détails de leur présentation à Alain et Jean avant de devoir présenter le projet quelques semaines plus tard à des représentants de la marque. Il fallait qu'elles décrochent cet appel d'offres.

— Vous avez fait un travail formidable, les filles. Je suis sûr que votre projet sera sélectionné. La prime et la promotion sont certainement pour l'une d'entre vous. Je ne sais pas ce qu'il s'est passé entre vous deux, mais il faut reconnaître que vous semblez avoir enterré la hache de guerre, déclara Fabrice.

Les deux femmes se regardèrent d'un air complice. Finalement, elles avaient plus en commun qu'elles ne le pensaient et travailler réellement ensemble sur ce projet les avait rapprochées. Elles venaient de terminer leur présentation à Alain et Jean et les deux hommes s'étaient montrés particulièrement enthousiastes. Alain les avait félicitées avec cette lueur dans les yeux qui faisait désormais frissonner d'effroi Sandy. Elles se trouvaient dans leur bureau avec Fabrice. Après leur présentation, Alain avait tenu à s'entretenir avec Jean. Quarante-cinq minutes plus tard, les deux hommes les rappelèrent dans la salle de réunion.

— Nous avons décidé que ce serait Fabrice qui présenterait le projet de campagne au client, annonça Alain d'un ton monocorde.
— Pardon ? Fabrice ? Mais c'est notre projet, à Sandy et à moi. Vous ne pouvez pas nous écarter comme ça, à quelques jours de la présentation. Nous avons travaillé des mois dessus sans relâche, s'insurgea Amélia.

Elle essayait de garder son calme, mais sa voix tremblait et marquait sa colère.

— J'estime que ce serait plus facile pour le client d'adhérer à notre idée si elle est présentée par une personne… Neutre ? Qu'il ne pense pas que le travail que nous présentons a été biaisé par les personnes qui l'ont préparé.
— En clair, vous ne voulez pas que ce soient deux femmes noires qui présentent une campagne de publicité mettant en avant les personnes issues des minorités ? résuma Sandy.

Elle aussi sentit le ton de sa voix monter.

— Vous vous rendez compte de ce que vous êtes en train de dire là, Alain ? C'est à la fois sexiste et raciste.
— Doucement, Sandy. Je n'ai pas décidé seul de ce changement. J'ai consulté Jean, votre supérieur direct ainsi que Fabrice, qui semblait parfaitement d'accord pour présenter le projet à votre place. C'est une décision commune afin de mettre en avant notre objectivité et notre créativité. Si vous présentez ce projet tel quel vous-mêmes, il pourrait être suggéré que vous vous êtes basées sur vos propres

appréhensions de notre société. Ce n'est pas l'image de Kréatif que nous voulons véhiculer.
— Wow, vous êtes sérieux, Alain ? Vous allez réellement nous manquer de respect à ce point ? Nous avons travaillé comme des dingues sur ce projet et, tout à coup, nous manquons d'objectivité ? demanda de nouveau Amélia. S'il s'agissait d'une question d'expérience, passe encore, mais il s'agit ici d'une question de couleur de peau.
— Prenez donc cela comme s'il s'agissait d'une question de compétence, alors.
— Je travaille ici depuis plus de quatre ans. Je suis la plus expérimentée de nous trois. Je vous ai fait gagner des centaines de milliers d'euros. En tant qu'homme, Fabrice gagne déjà beaucoup plus que nous deux et cela, je l'ai accepté, mais je refuse que vous lui offriez notre projet, la prime et la promotion sur un plateau de cette façon. Jean, dis quelque chose, bon sang !

L'ambiance dans la pièce était de plus en plus tendue. Alain restait assis dans son siège, les coudes posés sur la table. Fabrice se tenait près de la porte et ne disait rien, tandis que Jean semblait de plus en plus gêné :
— Amélia, Sandy... Je pense réellement qu'Alain a raison. Nous devons présenter une certaine image de la société et Fabrice...
— Incarne mieux cette image que nous deux réunies, alors même que nous avons fait tout le travail.
— Je vous ai quand même aidées sur le graphisme final ? intervint Fabrice.
— Tu es sérieux, toi ? Comment qualifie-t-on les personnes comme toi ? Profiteur semble être le mot juste.

Amélia semblait au bord de la crise de nerfs.
— Si vous faites ça, je démissionne, finit par dire Sandy.
Son ton était calme et sa voix était posée, sûre.
— Il s'agit de mes idées, de mon travail. Je vous interdis de me spo-

lier au nom d'une certaine objectivité. Je démissionnerai.
— Tu peux partir quand tu veux. De toute façon, tu es encore en période d'essai, répondit Alain.
— Je m'en irai aussi, rétorqua Amélia.

Les deux femmes se regardèrent un instant et sortirent ensemble de la salle sans attendre la réponse éventuelle d'Alain. Elles récupérèrent toutes les deux leurs affaires et quittèrent les locaux de Kréatif Agency.

# 5

Quelques semaines plus tard, Alain, Fabrice et Jean reçurent trois représentants de La Régente pour leur présenter leur campagne pour la nouvelle ligne de produits cosmétiques. Au cours de la réunion, Fabrice se basa sur le travail de Sandy et Amélia comme prévu, mais il ne parvint pas à expliquer dans les détails chacun des angles abordés par les deux femmes, ainsi que les retombées positives éventuelles d'une campagne basée sur la diversité ethnique des femmes françaises et des produits proposées par La Régente Cosmétiques. Tandis qu'Alain et Fabrice tentaient difficilement d'expliquer plus en détail leur projet, Sandy et Amélia firent irruption dans la salle. Amélia se présenta.

— Bonjour Messieurs, je suis Amélia Louise et voici Sandy Atangana. Nous sommes les deux personnes derrière le projet que notre ancien collègue, Fabrice, vient de vous présenter.
— Bonjour Madame. Si ce projet est le vôtre, je tiens à vous dire qu'il est bancal et imprécis, répondit un des représentants de la marque.
— Il n'est pas bancal. Il vous a été présenté par des personnes qui ne savent pas de quoi elles parlent. Sandy et moi allons vous expliquer plus clairement notre vision.

Alain ne disait rien. Il resta assis pendant que Sandy et Amélia prenaient le relais de Fabrice qui, sans présenter la moindre résistance, leur laissa sa place devant le vidéoprojecteur. Sandy finit par prendre la parole. Elle recommença la présentation depuis le début et répondit à toutes les questions dans les moindres détails avec Amélia.
— Votre approche nous plaît particulièrement. Il s'agit d'un angle qui peut être risqué, mais nous ferions le *buzz* en prenant en compte les minorités ethniques et en basant notre campagne sur des mannequins moins… conventionnels. Je crois que c'est le point de vue le

plus accompli qu'on nous ait présenté jusqu'à présent. En plus, je suis sûr qu'Aïssa sera particulièrement emballée par cette campagne. Elle a tenu par exemple à tester chacun de nos produits pour peaux noires. Elle a également insisté pour que plusieurs carnations de « noir » soient prises en compte, contre seulement trois pour nos anciennes collections. Prendre en compte ses prises de parole actuelles dans la campagne serait certainement un atout supplémentaire pour nous assurer son plein support. Je suis très enthousiasmé par cette présentation. Mesdemoiselles Atangana et Louise, je vous félicite.
— Nous avons mis nos meilleurs éléments sur ce projet. Amélia et Sandy ont fait du très bon travail, en effet, précisa Alain en se dirigeant vers les deux femmes.

Il prit position entre elles, et posa chacune de ses mains sur leurs épaules.
— De plus, continua-t-il, l'une d'elles deviendra bientôt notre Directrice artistique. En effet, Jean a décidé de nous quitter. Vous serez donc entre de bonnes mains, comme vous avez pu le constater.

Fabrice, honteux et embarrassé, finit par quitter la pièce sans demander son reste. Sandy et Amélia s'éloignèrent d'Alain. Sandy prit, dans son sac, posé sur l'une des chaises, deux enveloppes.
— Ce que notre cher Directeur général a oublié de vous préciser est que nous avons toutes les deux démissionné, il y a quelques semaines. Nous ne pourrons donc pas diriger cette campagne si vous choisissez cette agence. Comme vous l'avez constaté, ils sont dans l'incapacité de connaître dans les détails les enjeux de ce projet. Amélia et moi-même, avons, cependant, mis en place notre propre structure après notre démission. Si vous souhaitez réellement travailler avec nous deux, il faudra prendre le risque de vous associer à une toute jeune entreprise. Mais comme vous venez de le constater, nous sommes toutes les deux très professionnelles. Et si je débute à peine, sachez qu'Amélia a plusieurs années d'expérience derrière

elle. Elle a également dirigé plusieurs projets notables au sein même de cette entreprise. Voici notre candidature officielle à votre appel d'offres. Elle tendit l'une des enveloppes au représentant.
— Vous n'avez pas le droit de faire cela. Vos contrats prévoient des clauses de confidentialité et de non-concurrence… intervint Alain, fou de rage.
— Bien sûr, Alain. Mais nous sommes également confiantes sur le fait que le conseil des prud'hommes serait prêt à casser ces clauses lorsque nous leur expliquerons que, toutes les deux, nous avons été harcelées sexuellement au sein de cette entreprise et par son dirigeant. Agressions qui semblent avoir pour base votre obsession pour les femmes noires. C'est un facteur aggravant, Alain.
— Mais…
— Je pense que nous allons arrêter là cette présentation. Il semblerait que vous ayez des sujets brûlants à régler avant que votre entreprise ne travaille un jour avec nous, M. Bailleux, intervint le représentant.
— Mais je vous assure que ce qu'elle raconte n'est qu'un tissu de mensonges…
— Nous préférons cependant écourter notre entretien avec vous. Mademoiselle Atangana, nous reprendrons contact avec vous et votre associée dans les plus brefs délais.

Les trois hommes se levèrent en choeur et sortirent de la pièce, accompagnés par Jean qui n'avait pas dit un mot depuis l'arrivée des deux femmes. Sandy se rapprocha d'Alain, totalement sonné par ce qui venait de se passer. Elle lui tendit la seconde enveloppe.
— Ceci est pour toi. Il s'agit de notre plainte conjointe auprès du Conseil pour discrimination fondée sur le sexe et sur l'origine ethnique et pour harcèlement sexuel.

Alain ne récupéra pas l'enveloppe. Sandy la posa sur la table de réunion tandis qu'Amélia récupérait son sac :
— On se reverra au tribunal, Alain.

Les deux femmes sortirent de la pièce. Les deux millions de la campagne La Régente leur permettraient de financer leur propre agence de publicité sans avoir à s'endetter. Une agence à leur image. Libre.

*« Tell me how you feel about this*
*Who would I want if I would wanna live ?*
*I worked hard and sacrificed to get what I get,*
*Ladies, It ain't easy Being independent.* [*] *»*

[*] *Destiny's Child - Independent Women Pt.1 (Survivor, 2001)*

# Libère-moi
# |
# One Night Stand

*« I'm a grown woman, So I know how to ride it*
*I'm a grown woman, And I'm so erotic*
*I'm a grown woman, Look down, got you so excited*
*I'm a grown woman, Look at my body*
*It ain't no fun, if a girl can't have none*
*You really wanna know how I got it like that*
*Cause I got a cute face and my booty so fat*
*Go girl ! She got that bomb, that bomb*
*That girl ! Can get whatever she wants*
*Go girl ! She got that tight, that tight*
*Them boys ! They do whatever she like.* »*

---

* *Beyoncé – Grown Woman (Beyoncé, 2013)*

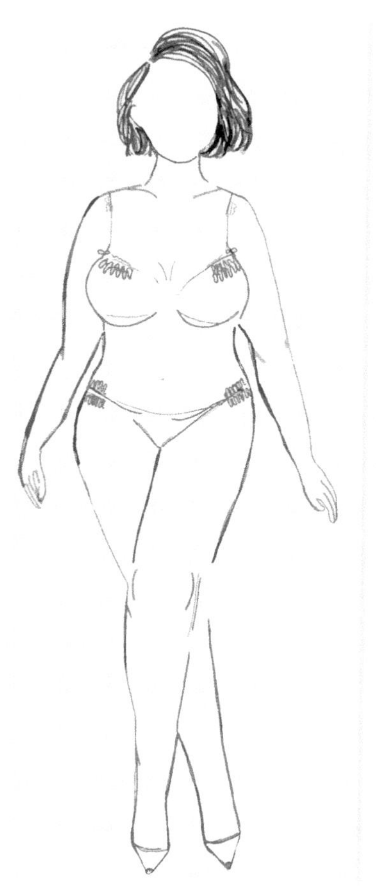

# 1

Il est parti. Il a traîné derrière lui deux immenses valises qui sont censées contenir toute sa vie. Sa vie avec moi. Sa vie avec nous. Il a tout simplement passé la porte d'entrée et est sorti de ma vie. Assise dans un fauteuil du salon depuis qu'il s'est mis à sortir une à une ses chemises du placard, je me lève enfin et me dirige vers la fenêtre. Je le vois mettre les deux valises dans le coffre de sa berline noire. Un modèle à la fois classique et tape-à-l'oeil. Je le vois sortir son téléphone portable de sa poche et appeler, tout en démarrant. J'imagine sa conversation : « Ça y est. Je l'ai quittée. J'arrive. » L'autre, au bout du fil, doit exulter, être prête à l'accueillir, prête à fêter sa victoire, prête à s'offrir à lui. Bientôt, la voiture n'est plus à portée de ma vue.

Je soupire et observe la grande pièce de vie de notre maison. On y vit tellement que l'on ne fait plus attention aux détails : les chaussons qui traînent près du tapis, les livres mal classés, le plaid posé négligemment sur le canapé. Treize années de relation. Dix de vie commune. Neuf de mariage. Deux filles. Un crédit. Et il part. Me laissant tout, en bon gentleman. « Reste ici avec les filles. Je continuerai à payer le prêt. Je te verserai 700 euros par mois pour elles jusqu'au prononcé du divorce et de la pension alimentaire », avait-il dit. Il me laisse dans cette maison que je n'ai pas voulue, dans cette campagne qui m'horripile depuis le début. Dans ce silence qui m'angoisse. Je suis une citadine. J'ai toujours vécu dans le brouhaha des grandes villes, de Yaoundé à Paris, au milieu des tours d'immeubles et du klaxon des voitures. Je cours en talons aiguilles, me faufile dans les métros. Je brunche l'été sur des *rooftops* et prends l'apéro dans des bars branchés insolites. Voilà qui je suis. Enfin, qui j'étais. Maintenant, je suis une banlieusarde de trente-sept ans, femme au foyer, mère de jumelles, femme de… enfin, future ex-femme de, qui ne peut désormais vous parler que d'activités extrascolaires, organisation de son foyer, jardinage, recettes de cuisine et des prochaines vacances.

Je pense à mes filles de huit ans. Comment je vais leur expliquer que leur père est parti ? Qu'il ne reviendra plus chez nous. Qu'elles ne le verront qu'occasionnellement ? Que je n'ai pas pu le retenir. Même pour elles, il n'a pas voulu rester. Là encore, mon cher époux s'est montré bon prince : « Si tu veux, je leur explique la situation. » Non. Tu es celui qui part. Celui qui trompe. Celui qui abandonne. Tu ne diras rien à mes enfants. Je regarde l'heure. Je vais devoir aller les récupérer. Elles sont chez leur grand-mère depuis deux jours. Deux jours qui étaient censés me permettre de régler les tensions au sein de mon couple. On va dire que c'est réglé. Que vais-je dire à ma mère ? Cette femme butée aux idées précises. « Le divorce est inenvisageable », m'avait-elle précisé le jour de mon mariage.

« Mon mari m'a quittée. Mon mari ne veut plus de moi. » Ça fait des heures que je me le répète. Il est parti pour une autre. Ce n'est pas une histoire de fesses, non. C'est une question d'amour. De principes et d'amour. Il est trop plein de principes pour juste baiser une autre, une fois en passant, et reprendre sa vie de famille. Il est trop respectueux pour me mentir. Il est trop sincère pour se mentir et donc, il part. Je blâme sa mère. Cette ancienne hippie reconvertie artiste bobo parisienne qui a fait du trop bon travail sur sa progéniture. Oui, j'aurais peut-être préféré qu'il mente. Qu'il nie. Qu'il reste. Je l'aime toujours, moi. Il était mon âme soeur.

Cela fait dix minutes que je fixe un point vide dans la pièce quand la sonnerie de mon téléphone portable me sort de mes rêveries. « Maman » s'affiche, ainsi que la photo en grand format de ma mère, sourire aux lèvres. Ma mère. Cette force de la nature, mariée pendant trente-six ans et, aujourd'hui, veuve heureuse jouissant de ce statut de manière exagérée. Je me demande si mon père a, lui aussi, pensé partir un jour. Nous abandonner. Elle, mes trois frères et moi. Comment aurait-elle réagi, à ma place ?

— Oui, maman ? Je vais prendre la route. Je suis là dans une vingtaine de minutes.
— Ne te dérange pas ! Nous sommes déjà en route, je les ramène.

Allons bon. Il ne manquait plus que ça. J'aurais voulu retarder l'aveu fatal de cet échec, mais je sais que je vais devoir tout lui dire dès maintenant. Je me rassois dans le fauteuil en cuir marron placé près de la bibliothèque. Je n'ai jamais aimé ce fauteuil trop strict, carré. Il ressemble à ces fauteuils que l'on trouve dans les salles d'attente de psychiatres aux honoraires exorbitants. Mon « mari » avait eu un coup de coeur. Jusqu'à présent, il était le seul à s'y asseoir, d'ailleurs. Je songe donc à m'en débarrasser pour passer mes nerfs au nom de toutes les concessions faites ces dernières années.

— Comment ça, il est parti ? Où ? Qu'est-ce qu'il s'est passé ?
— Il a rencontré quelqu'un d'autre. Il est amoureux. Il veut être avec elle. C'est aussi simple que ça.
— Quoi ? Depuis quand on quitte femme et enfants à quarante-deux ans sur un coup de tête ? Ces Blancs-là ! Tchipp !

J'observe ma mère. Son visage fermé témoigne de son inquiétude. Elle reste silencieuse un moment en secouant doucement la tête d'un air grave. J'entends les jumelles jouer dans la pièce à côté. Je vais devoir leur annoncer la nouvelle dans quelques minutes. Mon crâne crie au secours.

— Hum. Il reviendra. Ils reviennent toujours. Eux-mêmes, ils appellent ça « crise de la quarantaine ». Laisse-lui le temps de réaliser ce qu'il perd et ne fais pas de bêtises en son absence.
— Maman, mon mari vient de m'annoncer qu'il veut divorcer après plus de dix ans et c'est à moi de faire attention à mon comporte-

ment ? Tu étais où, avec ton conseil, lorsqu'il se faufilait dans le lit d'une autre femme ?
— Ne te fâche pas, ma fille. Les hommes sont comme ça. Il n'ira pas au bout de sa démarche. Tu as de la chance que cela arrive après tant d'années. Certains prennent une maîtresse dès le début. Il faut t'endurcir.

Je ne réponds pas. Je n'en ai pas la force, je viens de passer une nuit et une journée entière à discuter, à négocier. Vais-je réellement passer mes prochaines semaines, mois voire années à attendre le retour du mari prodige ? Pour la première fois, je ressens de la colère contre lui. J'ai envie qu'il souffre aussi. J'ai envie d'appeler mes trois frères pour leur demander de casser les rotules de mon cher et tendre.

Après avoir dispensé des conseils de matriarche camerounaise, ma mère prend enfin congé. « Ne va pas crier partout que ton homme est parti, hein ! » ajoute-t-elle sur le pas de la porte. De nouveau, je ne réponds pas. Après avoir baigné et nourri mes enfants, je reporte la fatidique nouvelle et décide de me réfugier dans le mensonge pour ce soir. Papa est parti en déplacement quelques jours. Mes petites bouilles aux cheveux mi-crépus, mi-bouclés me croient sur parole et vont se coucher le sourire aux lèvres avec toute leur insouciance intacte.
J'erre. Comme une âme en peine. J'erre dans cette maison que je trouve trop grande tout à coup. Une personne vous manque et tout est dépeuplé, dit-on. Ma maison était dépeuplée. Est-ce parce qu'il me manque ? J'essaie de l'imaginer, l'autre. À quoi ressemble-t-elle ? Est-ce une jeunette dans la vingtaine, sans enfants, à la taille encore fine et aux cuisses fermes ? De quelle couleur est-elle ? Cette question me submerge tout à coup. Jusqu'à présent, je ne m'étais pas posé la question. Maintenant, j'estime que mon degré de colère dépend de l'origine ethnique de ma rivale.

Avant moi, il n'avait jamais été avec une femme noire. Je sais que j'ai été une expérience qui s'est transformée en réelle relation. Finies les Mathilde aux cheveux blonds, les Julie aux taches de rousseur et Sophie à la silhouette longiligne, Monsieur avait voué une réelle obsession pour moi : Gaëlle, camerounaise aux lèvres charnues, aux fesses rebondies, aux rastas sans fin. Et maintenant, il était parti.

# 2

Cela fait deux semaines que le couperet est tombé, que mon mari est parti et j'ai l'impression que je dois entièrement me réinventer. C'est incroyable comme vous ne vous interrogez sur votre moi profond et l'intérêt même de votre existence que lorsque la vie vous sort de façon brutale de votre zone de confort. Ma zone de confort, c'était François, son salaire de banquier et les 150 m2 de maison avec jardin et piscine qu'il nous avait offerts après la naissance de nos jumelles. Ma zone de confort, c'était ma vie de femme au foyer que je pensais accomplie. Je n'avais pas réellement choisi d'être mère au foyer. Lorsque je suis tombée enceinte, je commençais ma carrière en tant qu'assistante manager dans une grande chaîne de magasins de vêtements après des études en marketing.

Un arrêt de travail de cinq mois, pour maternité, était initialement prévu… jusqu'à ce qu'on découvre qu'il n'y avait pas un, mais deux bébés. Au cours du cinquième mois de grossesse, j'ai été prise d'une grande fatigue et les médecins m'ont clouée au lit jusqu'à mon accouchement. Ensuite, les cinq mois sont devenus une année, puis deux et François a eu une promotion : « Tu sais que tu n'as plus vraiment besoin de travailler, mon amour ? Tu peux rester à la maison et te concentrer sur les filles. » J'ai accepté. Je l'avoue, j'avais du mal à rester trop longtemps loin de mes enfants et j'ai eu encore plus de mal à les confier à un tiers, même de confiance. Alors je suis restée à la maison et même si on sous-estime souvent le travail de ces femmes qui ont choisi de renoncer à leur emploi, je ne me tournais pas les pouces, bien au contraire. Entre le déménagement, deux enfants en bas âge à gérer à plein temps, une maison entière à entretenir, un mari et une mère omniprésente, mes journées étaient remplies, longues et chronométrées.

Il y a deux semaines, mon univers entier s'effondrait et je ne savais plus à quel saint me vouer. François m'avait finalement avoué s'être installé dans l'immense appartement parisien de sa mère, celle-ci ayant décidé de s'offrir une croisière de plusieurs mois dans les eaux caribéennes. Les filles disposaient déjà de leur propre chambre dans cet appartement, elles s'y rendaient fréquemment depuis leurs trois ans. Elles ne seraient pas dépaysées lorsqu'il les prendrait. Il s'agit là d'un point que je n'avais pas pris en compte lorsqu'il avait claqué la porte, renoncé à des années de vie commune. J'avais omis le fait que je serais tenue de lui confier les filles pendant des jours, des semaines. Que je me retrouverais seule, sans personne dont je devrais m'occuper, sans mari dans mon lit, sans enfant à nourrir, laver et dorloter.

Deux semaines après notre séparation, je revis donc mon époux. Il se contenta de rester devant la maison. Il prit avec ferveur ses deux filles dans ses bras après leur première vraie séparation. Il me gratifia d'un sourire et d'un « Comment vas-tu, Gayou ? » inquiet. Il s'inquiétait pour moi. Je me demande si ma mère lui avait téléphoné, si nos amis communs, qui répondaient pour la majorité aux abonnés absents, le rencontraient dans mon dos, si nos voisins lui avaient raconté que les premiers jours, j'errais tel un fantôme, sans maquillage, un foulard sur la tête et vêtue constamment d'un legging noir et d'un gilet longues manches. Je ressemblais à une veuve. J'avais l'impression d'être une veuve. Je faisais le deuil de ma vie, de mon couple, de nous.

Ce matin, je l'ai observé, mon mari. Il était en bonne santé, sa chemise blanche semblait parfaitement repassée. Je me demandai qui l'avait fait : lui, un service pressing, ou elle ? Je refrénai aussitôt l'envie de lui poser la question. Inconsciemment ou pas, le fait qu'il aille s'installer chez sa mère et non chez sa maîtresse me réconforta un instant. Peut-être que ce n'était pas si sérieux, et peut-être qu'il avait juste besoin de prendre un peu de distance.

Pourtant, avant de partir, il me lança : « J'ai donné tes coordonnées à mon avocat. Il te contactera. Tu devrais en prendre un aussi, de ton côté. Ne t'inquiète pas, ce n'est qu'une formalité. Je compte te verser une pension juste et tu pourras garder la maison. » Mais bien sûr. Tandis que je refermais la porte d'entrée, je décidai que je ne voulais plus de sa maison avec jardin et piscine. Que je ne voulais plus de son argent, de sa complaisance douce. Je voulais gagner ma croûte, sortir de cette banlieue bourgeoise dont je me sentais désormais prisonnière. Je finis par appeler Mallaury, ma meilleure amie, une éternelle célibataire qui vivait, à près de quarante ans, comme une post-ado : sans compagnon fixe, sans attache, sans enfant. Mallaury était une artiste, un peu peintre, un peu écrivaine, un peu mannequin. Elle avait vécu dans plus de six pays ces dix dernières années, principalement pour suivre un de ses nombreux amants du moment. Nous nous étions rencontrés à Barcelone il y a seize ans, tandis que je faisais mon année d'Erasmus. Mallaury était également la marraine de Sophie, l'une de mes filles.

— *Helllooooo darling ?* Comment ça va ? Tu déprimes toujours au sujet de ton premier divorce ?
— Merci pour ta sollicitude…
— Oh, arrête, Gayou, tu ne vas pas continuer à te morfondre sur lui. Je ne te comprends pas. Tu as enfin la chance de reprendre ta vie en main…
— Je ne savais pas que ma vie allait à la volée, Mallaury.
— Tu sais exactement ce que je veux dire. Cherche du boulot, quitte cette grande maison guindée, voyage, sors, change de coupe de cheveux et envoie-toi en l'air. Arrête de jouer à la Bree Van de Kamp et passe en mode Samantha.
— De Sex and the City ? Beurk !!!

Mallaury éclata de rire à l'autre bout du fil.

— Qu'est-ce que tu fais de beau pour te changer les idées ?
— François vient de récupérer les filles. Il doit les garder pendant leur semaine de vacances. Je ne sais pas quoi faire de tout ce temps libre… Qu'est-ce que je vais devenir, Mallaury ?
— Toi ! Tu existais avant et tu existeras après, ma chérie. Tout est éphémère. Bon, écoute, là, j'ai un rendez-vous, mais je te propose de faire une petite valise et de venir passer quelques jours chez moi. Cet aprèm, shopping, et ce soir, Tequila, baby !
— Hum… vin, plutôt ?
— J'ai dit Tequila, Gaëlle. *Ciao*…

Et elle raccrocha.

En temps normal, j'aurais décliné l'invitation de mon amie, mais nous n'étions plus en temps normal. Et je décidai donc de suivre son conseil. Après avoir réservé un billet de train sur mon portable, je montai mettre quelques vêtements dans un trolley. Je pris ensuite une douche rapide et décidai d'enfiler autre chose qu'un legging noir. Une robe mi-longue et des bottes hautes feraient l'affaire. Deux heures plus tard, j'étais donc en route, prête à laisser Mallaury faire de moi son nouveau projet.

# 3

Mallaury ne faisait pas les choses à moitié. Après m'avoir récupérée à la gare en début d'après-midi, elle m'avait entraînée avec elle dans plusieurs boutiques. Selon elle, j'avais besoin d'un relooking complet : « C'est connu, le shopping, c'est bien pour le moral, et anti-déprime. » Je pensais donc qu'elle devait faire une vraie dépression nerveuse en la voyant faire chauffer sa carte bancaire à coups de paires de chaussures, de sacs à main et de robes qui iraient mieux à des adolescentes.
— On devrait carrément se faire un week-end bien loin.

On était assises à la terrasse chauffée d'un café. Tandis que je sirotais un verre de cappuccino brûlant, mon acolyte avait opté pour la version alcoolisée du café, l'irish-coffee.
— Hum, je récupère les filles dans quelques jours et il faut que je m'organise. Je voudrais recommencer à travailler… Mais je t'avoue que je suis totalement larguée. Je suis un dinosaure sur le marché du travail. Je n'ai travaillé que quatre ans. En plus, dans mon domaine, tout se renouvelle constamment. Je suis has been ! Et je n'ai, de toute évidence, plus les moyens pour les week-ends improvisés.
— Une petite formation te remettra à niveau et tu trouveras le travail de tes rêves. Il faut que tu trouves le courage de te réinventer, Gayou…

Mallaury tendit la main à travers la table et caressa la mienne. Je savais que venant d'elle, c'était un immense signe de tendresse.
— Merci, Mallo.
— Tu sais que tu peux toujours te réfugier chez moi. C'est quand tu veux. Mais… En attendant, FIESTA !!! On va faire un tour dans ce bar branché hyper-sélect qui vient d'ouvrir dans le centre. C'est ZE place to be. On pourra tester nos nouveaux vêtements ! ajouta-t-elle

en souriant.
— On va y aller juste toutes les deux ?
— Comme des grandes filles de quarante ans, oui.
— Je n'ai pas quarante ans, Mallo.

Celle-ci me lança un regard amusé du coin de l'oeil. Au fond, elle avait raison. Trente-sept ou quarante ans, quelle était réellement la différence ? J'atteignais l'âge mûr de ma vie et je me sentais l'âme d'une grand-mère avec les dernières épreuves que je venais de traverser. Surtout que je devais subir les appels incessants de ma mère qui cherchait encore une explication au comportement de François. Parmi ses thèses préférées, en première position celle selon laquelle je ne satisfaisais pas suffisamment sexuellement mon cher époux.

— Elle t'a demandé ça comme ça ?
— C'était tellement gênant… Je veux dire, je n'ai aucune envie de parler de ma sexualité avec ma mère.
— Et… ?
— Et ?
— Ben… avec moi non plus, tu n'en as jamais beaucoup parlé, de ta vie sexuelle avec ton bonhomme. Comment c'était, le sexe à la campagne ?

Nous étions désormais dans l'appartement du moment de Mallaury. Comme les hommes, les paires de chaussures et les coupes de cheveux, mon amie ne restait jamais très longtemps dans un endroit particulier. Elle suivait ses envies : maison, loft, appartement classique. Elle avait même réaménagé une vieille grange et y avait vécu pendant un an avant de la revendre. Notre session préparatifs avait conduit à une atmosphère de confessions. Mallaury me parlait depuis la salle de bains, dans laquelle elle s'appliquait méticuleusement à éliminer chacun des poils de son corps tandis que moi, déjà douchée, je tentais de déterminer quoi faire de mes cheveux tout en prenant en compte le conseil de mon amie. « Pas trop guindé, Gayou

», avait-elle dit.

— Le lieu importe peu, tu sais ?

— Tu sais parfaitement ce que je veux dire. Il est mignon, François, mais je ne l'ai jamais imaginé en bête sexuelle, avec ses airs de premier de la classe.

— Je ne cherchais pas une bête sexuelle, je voulais un compagnon.

Elle revint vers moi avec une serviette nouée autour de sa poitrine.

— Allons donc.

En réalité, j'avais épousé le second homme qui avait mis les pieds dans mon lit. Avant François, j'étais sortie pendant cinq ans avec Henry, un ami d'enfance devenu premier amour comme dans bien des cas. Nous avions perdu notre virginité ensemble l'année de nos dix-sept ans. On avait fini par se séparer pendant mon absence lors de mon Erasmus. Il m'avait quittée en me disant « avoir fait le tour de notre relation ». Un an plus tard, je rencontrais François sur son lieu de travail. J'effectuais une mission d'intérim pendant mes vacances d'été. Quelques mois plus tard, on s'installait ensemble. Puis le mariage, puis les enfants, puis la maison. Contrairement à Mallo, je n'ai jamais été une aventurière, sexuellement parlant. Le sexe avec Henry avait été celui des premiers émois, de la découverte, des hésitations.

En treize ans avec François, nos relations charnelles relevaient plus du devoir conjugal que du réel désir. Je sais que j'étais peu satisfaite, mais ce n'était pas le but de notre union. Nous voulions tous les deux fonder une famille, offrir à nos enfants une structure stable et forte. Que vaut le sexe au milieu de tout cela ? Au début de notre mariage, j'essayais régulièrement de le surprendre : rendez-vous improvisé, lingerie ; je lui avais même fait un strip-tease, une fois, mais il m'avait avoué plus tard que cela l'avait mis mal à l'aise. Après la naissance des filles, il s'est passé près de neuf mois avant que nous ayons de nouveau des rapports sexuels. Il semblait s'en passer facilement et moi aussi, à vrai dire. Alors, même s'il était plausible que le sexe ait joué dans son départ, je ne croyais pas que ça en soit la raison principale.

— Hé, ho, tu rêvasses ? Allez, on y va, le Uber est là !

Je suivis Mallaury dans les escaliers et montai à sa suite dans le véhicule qui nous attendait au pied de son immeuble. Je portais une robe vert émeraude qui offrait un maxi décolleté dans le dos. Elle n'était pas trop courte, mais moulait avec style chacune de mes courbes, et le dos échancré offrait une vue imprenable sur la naissance de mes fesses. Mallaury m'avait passé une paire d'escarpins vertigineux à semelles rouges et avait relevé mes cheveux en un chignon pas trop strict. Je me sentais bien, séduisante.

— Ma chérie, comme dirait l'autre : Tu es *MAGNIFAIK*. Tu vas choper, *today* !

Elle éclata de rire tandis que nous sortions de l'ascenseur au huitième étage d'un immeuble. Nous découvrîmes alors un bar/restaurant branché, à l'atmosphère feutrée et lounge. La voix grave et soul d'une femme chantonnait dans nos oreilles. En me tournant, je réalisai qu'il s'agissait d'un groupe live. Une jeune femme au visage parfait, et entourée d'un pianiste et d'un saxophoniste, poussait la chansonnette. Un serveur nous proposa soit un coin cosy sur un canapé, soit des tables hautes, ou encore le bar, tout simplement. Mallaury trancha.

— Nous ne sommes pas là pour aller nous asseoir dans un coin. On va s'installer au bar. Merci beaucoup.

Tandis que nous marchions vers ledit bar, je sentis les regards se poser sur nous. Cette sensation me grisa. Cela faisait longtemps que que je n'avais pas eu l'impression d'être autant admirée, regardée.

# 4

Mallaury était dans son élément. Et à mon grand étonnement, moi aussi. Après deux cocktails, je discutaillais avec les autres personnes présentes, flirtant avec untel et rigolant aux blagues d'un autre. Mon acolyte n'était pas en reste. Mallaury est une femme magnifique, du haut de son mètre quatre-vingts. Elle est tout en jambes et en blondeur. Un vrai blond, ondulé et sauvage. Je savais qu'elle se peignait rarement les cheveux.

Elle m'avait raconté une fois avoir fait un scandale, lorsque, pour une campagne de publicité pour laquelle elle avait été engagée, le coiffeur attitré avait à la fois proposé de lui lisser, mais aussi de lui couper sa tignasse. Elle avait quitté le plateau, en colère, se demandant en quoi ses cheveux avaient un rapport avec les vêtements à vendre.

Alors que je me rapprochais de nouveau du bar pour me commander un verre de Baileys, et m'assis sur une des chaises libres, je sentis un regard insistant à quelques mètres de moi.

— Sur mon compte, le verre de la demoiselle. Merci.
— Qui vous a donc dit que la demoiselle avait besoin qu'on lui offre son verre ?
— Je n'ai pas voulu vous être désagréable. Je me présente : Ibrahim.

Se trouvait devant moi un jeune homme à la peau caramel. De toute évidence, il était beaucoup plus jeune que moi. Je lui donnais, à première vue, la fin de la vingtaine, au maximum. Ses cheveux étaient coupés court et une barbe de trois jours entourait des lèvres pulpeuses et des yeux rieurs, voire moqueurs, d'une couleur que je n'arrivais pas clairement à identifier dans la pénombre de la pièce. Discrètement, je baissai mon regard pour évaluer le reste de sa silhouette.

Il portait une chemise blanche dont il avait retroussé les manches. Ses muscles étaient parfaitement visibles et j'aperçus la naissance de tatouages à la fois sur son cou et sur l'un de ses bras. Il posa l'une de ses mains près de la mienne, sur le comptoir et poussa mon verre, que le barman venait de déposer, vers moi. Des mains parfaites. Ses ongles étaient parfaitement coupés et des veines saillantes apparurent à chaque mouvement de ses doigts. Je me sentis tout à coup faible, excitée et attirée. Je ne savais pas si c'était l'alcool, j'en étais quand même à mon troisième verre, ou ma conversation avec Mallaury sur les performances sexuelles de mon futur ex-mari, mais Ibrahim provoqua en moi une envie que je n'avais pas ressentie depuis longtemps, voire jamais ressentie. Je repris rapidement mes esprits, essayant de garder le contrôle de mes émotions tandis qu'il s'installait près de moi tout en commandant un whisky.

De loin, Mallaury nous observait. Je croisai son regard et sentis dans ses yeux des encouragements à développer ma conversation avec mon nouvel ami. Je me redressai sur mon siège et le regardai droit dans les yeux.
— Que faites-vous dans la vie, Ibrahim ?
— Je travaille dans l'immobilier. Et vous ?
— Je suis à la recherche de nouvelles opportunités, répondis-je, sans savoir moi-même si je parlais de ma vie professionnelle ou personnelle.
— Intéressant.

Il me dévorait littéralement du regard et ne semblait pas réellement s'intéresser à moi en tant que telle, mais je m'en fichais. Un agent immobilier de dix ans de moins que moi n'allait pas devenir le nouvel homme de ma vie. Cependant, l'intérêt et l'attirance étaient réciproques. Ibrahim et son sourire de jeune premier me troublaient irrémédiablement. Prétextant le bruit ambiant, je me rapprochai donc un peu plus de lui pour l'écouter me parler de ses aspirations profes-

sionnelles et des biens immobiliers qu'il avait en rayon.
— Justement, je crois que je vais devoir vendre ma maison actuelle et trouver un appartement en ville.
— Location ou achat, l'appartement ?
— Je ne sais pas encore. Cela dépendra de la vente de la maison, du partage entre mon… ex-mari et moi.
— Dans tous les cas, je serai ravi de vous faire visiter quelques pépites, ici. De vrais bijoux.
— C'est vrai ? Montrez-moi ! dis-je de ma voix la plus sensuelle.

L'instant d'après, je regrettais déjà mon audace, mais Ibrahim saisit ma proposition au vol.

— Maintenant ? Bien sûr. Il se trouve que j'ai découvert cet endroit en venant visiter un appartement somptueux qui se trouve deux étages plus haut. Les propriétaires sont partis s'installer à l'étranger et m'ont chargé de leur trouver l'acheteur parfait. J'ai les clés dans ma voiture. Je pourrais vous faire faire le tour rapidement.

Quelle audace !

J'hésitai et me mis à chercher Mallaury du regard. J'avais besoin de son aide. Est-ce que je devais vraiment suivre cet étranger dans un appartement vide pour une « visite guidée particulière » ? Je savais parfaitement ce que cela voulait dire et, dans le fond, cette idée ne m'effrayait pas, au contraire, cela m'excitait. Je confirmai donc à Ibrahim ma volonté de faire un tour avec lui plus haut. Il me demanda de l'attendre tandis qu'il descendait récupérer son trousseau de clés. Je le surveillai du regard et, une fois qu'il eut passé les portes de l'ascenseur, je me précipitai vers Mallaury qui minaudait avec un mec dégarni.

— Tu as proposé à la statue grecque un tour dans un appartement vide ? Gayou !!!! Tu m'épates ! Qu'on me rende ma copine !
— Arrête ! Je ne sais pas pourquoi je lui ai proposé ça. Je ne peux

pas faire ça. Je ne le connais pas.
— Oh que si, tu peux faire ça. En tout cas, vu le spécimen, si tu ne le fais pas, moi je me le tape.

Je m'apprêtais à répondre lorsque je sentis la présence d'Ibrahim dans mon dos. Dans une main, il tenait le sésame, les clés, et de l'autre, une bouteille de champagne et deux flûtes. Il n'en était sûrement pas à son coup d'essai. Mais je m'en fichais royalement. Après avoir vérifié que mon téléphone était toujours chargé et murmuré à Mallaury d'avoir le sien à proximité au cas où je changerais d'avis, je suivis mon nouveau prétendant d'un pas assuré, à la fois étonnée par mon comportement et excitée par la personne qui m'accompagnait. Nous montâmes dans l'ascenseur. Le temps des deux étages me sembla une éternité et je sentais le souffle d'Ibrahim sur ma nuque. Il se tenait derrière moi et avait doucement rapproché sa bouche pulpeuse de mon oreille gauche. Lorsque les portes s'ouvrirent, je me rendis compte que ma petite culotte, elle, était trempée.

# 5

Il est presque onze heures trente et je suis en retard. Je dois me rendre dans le bureau du juge aux affaires familiales, rejoindre François et nos deux avocats. Après six mois de séparation de corps légale, nous devons officiellement signer les documents relatifs à notre divorce. François a tenu à ce que nous le fassions en même temps. Sinon, nos avocats respectifs auraient pu nous envoyer une copie à signer, tout simplement. Je me presse. Je n'ai pas pu prendre ma matinée. Je commence à peine mon nouveau travail et je ne souhaite pas attirer l'attention en posant des journées pour signer des documents au tribunal. En six mois, ma vie a radicalement changé. Je ne saurais pas encore dire si c'est de manière positive, mais ce qui est sûr, c'est que ce changement a été nécessaire, voire salutaire. Ce week-end, j'irai de nouveau faire le tri dans la maison que je vais quitter également définitivement.

J'ai suivi une formation de remise à niveau de trois mois en marketing et management pour pouvoir de nouveau postuler en tant qu'assistante responsable dans le domaine de la mode. Avec l'aide et le réseau de Mallaury, j'ai pu accéder à plusieurs offres auxquelles j'avoue avoir postulé ardemment. J'ai fini par obtenir le sésame : un poste dans un magasin du centre-ville. Les horaires me permettent de continuer à m'occuper de mes enfants et, une fois ma période d'essai passée, j'ai enfin pu signer mon propre contrat de bail pour un appartement de deux chambres, près de leur école primaire. Ma mère n'a pas été d'accord avec mes décisions. « Tu ne peux pas quitter ta maison pour aller t'installer en ville dans un appartement, Gaëlle ! Si François veut vraiment partir, OK, mais il faut que tu tires le maximum de ce divorce, ma fille. »

Elle aurait voulu que je me batte contre lui, que je plaide mes années d'inactivité pour obtenir une prestation compensatoire en plus de la pension alimentaire des jumelles. C'est que ma mère se sentait très concernée par mon divorce et elle a tout de suite alerté Sandra, la femme slash avocate de mon frère cadet. Cette dernière, lécheuse de bottes favorite de sa belle-mère, a fait de l'excès de zèle en lui parlant de compensations, d'adultère, de patrimoine, de régime matrimonial et j'en passe. Mais j'ai refusé.

Tout ce que je voulais, c'est avoir la garde principale de mes filles, vendre la maison, obtenir la moitié de cette somme. Je placerai une partie sur un compte épargne et une assurance-vie et le reste me servira d'apport pour acheter un lieu qui me ressemble et me convient un peu plus. Je suis sur la bonne voie. J'en suis sûre. Je n'ai pas disparu avec la fin de mon mariage, je ne suis pas devenue une ombre, une paria. J'existe toujours.

J'ai pris conscience de cela en même temps que le premier orgasme m'a traversé le corps alors même que j'étais allongée sur le parquet dans un salon, sous les coups de langue d'Ibrahim. Je souris en pensant à Ibrahim. Ce jeune homme s'est révélé être un amant de choix et extrêmement expérimenté. Je ne l'ai plus revu après cette soirée. J'ai pensé à le contacter lorsque je cherchais mon nouvel appartement. Mais il ne faut pas abuser des bonnes choses et son corps avait été la meilleure chose que j'ai pu voir et avoir depuis des années. Chacune de ses caresses avait réveillé mes sens ; ses mains, sa peau, sa bouche avaient exploré mon corps dans les moindres recoins pendant toute la nuit dans cet immense appartement dénué de tout meuble que je ne connaissais pas.

Ça avait été grisant, le sexe avec un parfait inconnu, de se lâcher sans retenue aucune car l'homme qui me possédait n'avait aucun jugement à porter sur moi. Tout ce qu'il voulait, ce soir-là, c'était la même chose que moi. Jouir, encore et encore. Personnellement, j'ai eu exactement quatre orgasmes en quelques heures, entre deux coupes de champagne. Loin de m'avoir uniquement fait prendre mon pied avec Ibrahim, cette expérience m'a fait réaliser quel genre de femme j'étais. Le lendemain, après avoir ressenti la honte et les remords qui découlaient de mon éducation, j'ai accepté ma situation et j'ai décidé d'agir pour mon bien et celui de mes enfants. François voulait partir. Soit. Je ne l'attendrai pas, je ne me battrai pas, je ne pleurerai plus. Je l'aimerai sûrement encore pendant un moment, mais là n'était pas la question. Et les mois qui ont suivi, je me suis donc évertuée à faire en sorte de rompre tout pouvoir que pouvait avoir cet homme sur moi, en commençant par son argent.

J'ai coupé mes cheveux. Pas complètement, mais j'ai opté pour une coupe garçonne comme celle de Kelly Rowland pendant l'ère première des Destiny's Child. Dans ce couloir triste et impersonnel, assise en face de mon encore mari pour quelques minutes, vêtue d'une jupe plissée en tulle, d'un T-shirt blanc sur lequel est marqué « Black is the new Black » et de talons aiguilles à bouts pointus, je me sens enfin renaître. « Tu es magnifique, Gayou ! Ils sont beaux, tes cheveux, comme ça. »

— Je sais, merci. Et puis, appelle-moi Gaëlle, s'il te plaît. Je préfère.

— Tu veux vraiment qu'on vende la maison ? Je t'ai dit que tu pouvais la garder. Avec ton boulot, si tu veux, on peut payer les traites de la banque ensemble. Je sais que c'est ce qui te dérange. Ce serait mieux pour les filles, pense à leur bonheur.

Je souris, mais j'ai carrément envie d'éclater de rire. Les filles. L'homme grisonnant en face de moi m'explique aujourd'hui que le bonheur de mes filles dépend de l'endroit où elles vivent ; ce même homme qui n'a pas hésité à déserter cette même maison pour une autre femme.

— Je crois que leur bonheur dépendait aussi de ta présence dans cette maison, François. Je ne veux pas y rester. Je ne veux pas que tu payes pour qu'on y reste. Mais merci de t'en soucier.

Il reste silencieux et continue à m'observer tandis que je surveille l'heure du coin de l'oeil. J'empiète sur ma pause dej'.

La porte du bureau du juge s'ouvre enfin et il nous demande de nous installer. Tandis qu'il vérifie avec nos avocats les détails de mon divorce devant François qui garde un silence religieux, mon esprit s'évade. De nouveau, je me retrouve au dixième étage de cette tour, dans cet appartement aux fenêtres immenses, devant cette vue sur la ville éclairée. Je me revois me tourner vers cet homme au physique parfait, à la vigueur juvénile. De nouveau, je sens ses mains se glisser dans mon dos. Je frissonne. François me regarde, inquisiteur et je pense à Ibrahim en prenant le stylo que me tend mon avocat. Ah ! Ibrahim !

*« Six inch heels,*
*she walked in the club like nobody's business*
*Goddamn, she murdered everybody and I was her witness*
*Stars in her eyes*
*She fights for the power, keeping time*
*She grinds day and night*
*She grinds from Monday to Friday*
*Works from Friday to Sunday*
*She gon' slang*
*She too smart to crave material things*
*She pushing herself day and night*
*She grinds from Monday to Friday*
*Works from Friday to Sunday*
*Oh, stars in her eyes*
*She fights and she sweats those sleepless nights*
*But she don't mind, she loves the grind.*[*] *»*

---

* *Beyoncé - 6 Inch (Lemonade, 2016)*

# Table des matières

# Table des matières

# Table des matières

# Table des matières

Achevé d'imprimer en France

Dépôt légal : Septembre 2020

Imprimé en France
FRHW011058210222
29995FR00010B/725